溫柔時光

Tender Time

青春在心裡劃下一道傷口，你一定要勇敢的帶著傷繼續走，
這樣才能在未來某一天，到達真正屬於你的那個人身邊……

晨羽

暖淚系
青春愛情天后

出·版·緣·起

三百六十度全媒體出版

城邦原創創辦人　何飛鵬

當數位變革浪潮風起雲湧之際，做為一個紙本出版人，我就開始預想會不會有數位原生內容出版社出現？如果會的話，數位原生出版會以什麼樣貌出現？而我又將如何面對這種數位原生出版行為？

就在這個時候，我看到了大陸的起點網，這個線上創作平台，聚集了無數的寫手，形成數量龐大的創作內容，無數的素人作家在此找到了夢許之地，也成就了一個創作與閱讀的交流平台，而手機付費閱讀的習慣養成，更讓起點網成為全世界獨一無二、有生意模式的創作閱讀平台。

基於這樣的想像，我們決定在繁體中文世界打造另一個線上創作平台，這就是POPO原創網誕生的背景。

做為一個後進者，再加上我們源自紙本出版工作者，因此我們在POPO上增加了許多的新功能，除了必備的創作機制之外，專業編輯的協助必不可少，因此我們保留了實體出版的編輯角色，讓有心成為專業作家的人，能夠得到編輯的協助，我們會觀察寫作者的內容、進度，選擇有潛力的創作者，給予意見，並在正式收費出版之前，進行最終的包裝，並適當的加入行銷概念，讓讀者能快速認識作者與作品。

這就是POPO原創平台，一個集全素人創作、編輯、公開發行、閱讀、收費與互動的一條龍全數位的價值鏈。

經過這些年的實驗之後，POPO已成功的培養出一些線上原創作者，也擁有部分對新生事物好奇的讀者，不過我們也看到其中的不足—我們並未提供紙本出版服務。

眞實世界中，仍有許多作家用紙寫作，還有更多讀者習慣紙本閱讀，如果我們只提供線上服務，似乎仍有缺憾。

爲此我們決定拼上最後一塊全媒體出版的拼圖，爲創作者再提供紙本出版的服務，讓所有在線上創作的作家、作品，有機會用紙本媒介與讀者溝通，這是POPO原創紙本出版品的由來。

如果說線上創作是無門檻的出版行爲，而紙本則有門檻的限制，線上世界寫作只要有心，就能上網、就可露出，就有人會閱讀，沒有印刷成本的門檻限制。可是回到紙本，門檻限制依舊在。因此，我們會針對POPO原創網上適合紙本出版的作品，提供紙本出版的服務，我們無法讓所有線上作品都有線下紙本出版品，但我們開啓一種可能，也讓POPO原創網完成了「三百六十度全媒體出版」的完整產業及閱讀鏈。

不過我們的紙本出版服務，與線下出版社仍有不同，我們提供了不同規格的紙本出版服務：（一）符合紙本出版規格的大眾出版品，門檻在三千本以上。（二）印刷規格在五百到二千本之間的試驗型出版品。（三）五百本以下，少量的限量出版品。

我們的宗旨是：「替作者圓夢，替讀者服務」，在作者與讀者之間搭起一座無障礙橋梁。

我們的信念是：「一日出版人，終生出版人」、「內容永有、書本不死、只是轉型、只是改變」。

我們更相信：知識是改變一個人、一個組織、一個社會、一個國家的起點。讓想像實現、讓創意露出、讓經驗傳承、讓知識留存。我手寫我思，我手寫我見，我手寫我知，我手寫我創，變成一本本的書，這是人類持續向前的動力。

我們永遠是「讀書花園的園丁」，不論實體或虛擬、線上或線下、紙本或數位，我們永遠在，城邦、POPO原創永遠是閱讀世界的一顆螺絲釘。

目錄

第一章　流浪

我背著行囊，流浪流浪，來到一片名為陽光的汪洋。

國二暑假的某個週三午後，一點三十六分，一個不乾不脆的時間點，我獨自搭上高鐵南下。

那是我第一次坐高鐵，媽媽事先訂了自由座。進到第十一號車廂，放眼望去，我只看到五名乘客。

我刻意與其他乘客拉開一大截距離，直接走到車廂最尾端，卸下塞得圓鼓鼓的背包，在靠窗的位子落坐，這時外頭的月臺上已經沒有人，預告發車的音樂聲一停止，窗外景色就開始移動。

媽告訴我這班車中途只停靠臺中，一個半小時就能抵達高雄，到時外婆會來高鐵站接我，不知道怎麼走出車站就跟著人潮前進，如果不小心迷路，就去問人，既然長了嘴巴，本來就是要拿來問的。

向來節儉到近乎苛刻的媽，這次會幫我訂這麼昂貴的高鐵票，我其實很意外，還勸她把票拿去退，我直接坐客運就行，但她說偶一爲之沒關係，偶爾奢侈點不是什麼罪過。

雖然她這麼說，但我知道，那是因爲她不想再繼續被剛離婚的爸視爲吝嗇鬼的關係。上高鐵前，她傳Line給我，說這段日子有什麼想買的就儘管買，應該也是想到要是爸問起，我就能告訴他這件事，讓他知道她其實也是能很慷慨的。

傳訊告訴媽，我已經坐上高鐵，等了幾分鐘，她始終未讀，想起她的那句「偶爾奢侈不是罪過」，我輕輕嘆一口氣。

好吧，那我就眞的奢侈一點。

我收起手機，當服務員推著零食車走來，我馬上舉手，一口氣買下五包零嘴。

接下來我將獨自度過寧靜的一個半小時。

配著窗外的風景悠閒吃點心，這種感覺很是愜意，那些不斷流逝的景色，很快的把我帶離這座城市。

等到零嘴吃得差不多，我對著窗外的田園風光發起呆，直至某件事悄悄浮上腦海。

我打開身旁的背包，從內袋裡拿出一小疊信封。

一共有三封信，信封的顏色都不一樣，這些是三天前就收到的東西，我卻到現在才把它們拿出來。

我拆開其中一封，裡頭放著一張卡片，翻開一看，幾行熟悉的字跡映入眼裡。

亮亮：

老實說，我到現在還是不知道要跟妳說什麼才好。

我希望所有的事都可以好轉起來，大家能回到從前的日子，可是妳已經要走了，我們沒辦法再見到妳，說這些都來不及了。

我很難過，沒想到我們之間會變成這樣，不光是我，大家也都很難過。

為什麼妳不肯解釋？我們不是好朋友嗎？我相信妳不是故意要這麼做的，一定是有什麼理由，對不對？

如果妳願意說，回個信給我們好嗎？只要妳眞心道歉，我相信大家都會原諒妳的。

我眞的希望我們可以是一輩子的好朋友，更希望將來還能再見到妳。

PS.祝妳搬到高雄後可以一切順利。要好好照顧身體喔。

玲萱

我打開第二張卡片，上頭的字跡潦草雜亂，只有短短一行字。

什麼都沒解釋就逃走，會不會太狡猾了？

阿典

第三張卡片。

我本來不想寫這張卡片的。

可是我還是決定寫了，因爲我要告訴妳，妳所做的事，已經徹底傷害到香香，也傷害到我們大家了！

他們兩個到底是哪裡惹到妳？妳爲什麼一定要這樣對他們？

我到現在都還是不敢相信妳會做出這種事。

我很生氣，也對妳超級失望，完全沒辦法原諒妳，想不到妳是這種人。

妳怎麼可以背叛好朋友？太差勁了！

嬿婷

看完後，我把卡片都收進背包。

照理說，卡片應該會有五張，但因爲另外兩人沒有寫，所以只有三張。

那兩人不願意寫我並不意外，應該說，他們不寫才是正常的。

我不知道自己會不會再打開這些卡片，也不知道有一天會不會回信給他們？我只知道，現在的我什麼都不想思考。

既然我無法面對也不願解釋，那麼隨著這列高鐵遠去他鄉，無非是種解脫，是爲了成全這樣自私自利的我的一種「逃亡」。

媽和爸正式簽字離婚的那天，她問我，願不願意搬到高雄的外婆家住？等她臺北的工作處理好，她也會一起過來，我僅考慮一晚就答應了，因爲逃到遙遠的另一處，躲開一切，是當時的我唯一想做，也唯一能做的事。

所以我眞的離開了，一個人。

一個半小時過去，我抵達高雄左營站，和時刻表上預定到站的時間分秒不差。

我沒有跟其他乘客走，也沒有找人問路，很順利的就找到高鐵大廳，也很順利的看見搭乘計程車的出口，我走出去站在前方的速食店門口，等待外婆的到來。

眼前是計程車搭乘處，旁邊就是停車場，來接送人的車一輛接一輛，在等待的過程中，我不時嗅到一股來自速食店的陣陣漢堡香氣。

我自認不算是個容易緊張的人，但隻身一人來到陌生環境，並且即將在這裡展開新生活，儘管表面再冷靜，心裡多少還是有點忐忑，或許因爲這樣，才會在嗑完一堆零食之後，肚子馬上又餓了。

沒考慮多久，我迅速跑進店裡買了一個漢堡，再迅速回到原地站好。

我小心的打開包裝紙，正要將熱騰騰的漢堡送進嘴裡——

「妳好，請問妳是汪玟亮嗎？」

漢堡在我張得大大的嘴巴前定格住。

一道灰黑的影子擋住原本灑在我身側的陽光，一個素昧平生的男生正用蘊含淺淺笑意的眼睛注視著我。

突然出現一個陌生人，對方還叫出我的名字，我先是呆了一下，隨即有些戒備地打量對方。

「你是誰？」

他露出一口乾淨潔白的牙齒：「我是代替陳秀玥婆婆來接妳的，她原本要親自過來，但是早上身體突然不舒服，所以特別拜託我來接妳回去。」他接著自我介紹：「我叫溫硯洋，硯臺的硯，海洋的洋，妳好。」

對方十分溫和有禮，我一時卻忘了回話，只是愣愣的看著他。

這個男生年紀應該和我沒差多少，但他談吐得體，文質彬彬，沒有一絲矯揉做作，說話口吻，完全不像一個「少年」。

「妳還沒吃午飯？」他注意到我手上的漢堡。

「沒有，我吃過了，只是肚子突然又餓了。」

「好，那妳先吃，吃完後，我帶妳去坐捷運，不會很遠，五站就到了。」他低頭瞥了眼被我放在腳邊的背包，「妳的行李就只有這個？」

「嗯。」

「好。」他二話不說就扛起那厚重的背包。

我趕緊阻止：「我來背就可以了！」

「沒關係，妳一個人大老遠背著它過來，應該很累了吧？我們先進大廳裡吹冷氣，再到隔壁的捷運站，這裡太熱了，走吧。」

他的主動積極令我有些意外。

我連忙三兩口吃完漢堡，和他一起離開高鐵大廳，前往捷運站。

走進捷運車廂，裡頭只剩一、兩個單人座位，於是我和他分站在門口兩邊。

他一直背著我的包包，即便站著不動，也不曾放下來，那沉重到快要把我肩膀壓垮的包袱，他背起來卻顯得一派輕鬆，好似絲毫不成負擔。

與溫硯洋在車廂裡相處的這幾分鐘裡，隨意聊了幾句，得知他是外婆的鄰居，跟外婆住在同一棟公寓。

十年前，我的外公去世，幾個孩子很早就搬出家裡，各分東西，如今剩外婆一個人住在高雄。

「紅豆麻糬。」溫硯洋唇角揚起一道弧度，「秀玥婆婆她很會做麻糬喔，各種口味的都會做，尤其是紅豆麻糬特別受歡迎。不只是我爸媽，其他鄰居吃過後也讚不絕口，甚至還有人請她多做幾盒，想要跟她買呢。每次到婆婆家玩的時候，她都會請我吃紅豆麻糬，還讓我帶一堆回去。」

溫硯洋說話時，我的眼睛幾乎離不開他的臉。

因爲我想起在之前學校的那群好友當中，玲萱最愛看漫畫跟偶像劇，她曾在看完一部少女漫畫後，激動的嚷著，說想要遇到和漫畫男主角一樣的男生，結果遭到我們這群死黨毫不留情的譏笑，要她晚上睡覺再到夢裡去找。

當我一見到溫硯洋，頓時明白玲萱所謂的「像漫畫男主角一樣的男生」在現實中究竟是什麼模樣？他的五官端正，有一雙沉穩的烏黑眼睛；微微一笑的時候，頭會稍往左邊偏；說話時的聲音溫潤乾淨，音調不過高也不過低，讓人聽了很舒服。

總而言之，他就是「很有氣質」的一個男生，要是玲萱看見他，想必會當場尖叫，欣喜若狂。

我認眞盯著他看了好長一段時間，忍不住問：「你可以讓我拍張照片嗎？」

溫硯洋眨眨眼睛，對我的要求似乎覺得意外，但他沒問理由，很乾脆的答應：「可以啊。」

我拿出手機，開啓相機功能，將鏡頭朝向他。

手機螢幕裡的溫硯洋，肩上像披了一件被陽光照得閃爍的披風，白色上衣閃閃發亮，站在移動的車廂裡，窗外的光影不斷從他臉上掠過，那雙眸裡的微光忽明忽滅。

我默默注視著螢幕裡的那個身影，最後慢慢放下手機。

溫硯洋見狀，問：「拍了嗎？」

搖搖頭，我收起手機，低聲回答：「抱歉，當我沒說過。」

溫硯洋好奇的看著我，頭往左邊偏的同時，我看見他唇角的笑意深了一些。

眼看還有一站就到了，溫硯洋忽然小小「啊」了聲，將手探進褲子口袋，對我說：「妳可以把手伸出來一下嗎？」

聞言，我伸出右手，他將口袋裡的東西放上我的手心。

那是張用塑膠膜套包起來的長方型紫色卡片，卡片中央，掛著一條金黃色的巴黎鐵塔吊飾。

「這個送給妳，就當作是見面禮，也是生日禮物。」溫硯洋說：「祝妳生日快樂喔！」

我一愣，不禁抬頭望向他。

「我是聽秀玥婆婆說的，她說今天是妳的生日，剛好早上我表姊出國旅行回來，買了這個紀念品給我，我順手收在身上。不過，我現在覺得這個東西比較適合妳，如果妳喜歡的話，就收下吧。」

端詳這個小巧精緻的吊飾，我有些怔怔然，一時什麼話都說不出來。

要不是他提起，連我都忘記今天是自己的生日，從早上到現在，我沒有收到半個生日祝賀。

爸爸沒說，媽媽沒說，連昔日陪伴在我身邊的那些好友，也沒有捎來任何信息。

過去，他們不曾遺忘這個屬於我的日子，所以我相信他們並沒有忘記今天是我的生日，只是，今年他們不約而同選擇沉默，連最簡單的四個字都不願給。

這一次，沒有人想祝我生日快樂。

就算我沒有忘記今天是什麼日子，在我心裡，其實也不奢望他們會一如過往那樣給予我祝福，如果可以在不知不覺中過完今日，也許還比較好……

因此我很訝異，沒想到今年第一個對我送上生日祝福的人，竟會是初次見面的陌生人。

想著想著，不自覺出了神，眼前那張帶笑的面容，滿是親切溫暖。

這是我在這裡度過的第一次生日，也是在這裡度過的第一個夏天。

那年，我十五歲，溫硯洋十七歲。

外婆和我其實沒有血緣關係，她是外公的第二任妻子。

我的親外婆，在媽十六歲的時候就因病去世，她和外公一共生了三個女兒，媽是老么，外婆去世時，媽才剛國中畢業，一年後，外公就娶了現在的外婆進門。

新外婆過去也曾有過一段婚姻，與前夫的小孩只小我媽兩歲，後來那個孩子歸父親，兩人移民到國外，因此我從未見過這位「舅舅」。

記憶裡，媽很少跟我提及她娘家的事，我想極有可能是當年外公在妻子去世以後，才過一年就另娶他人，帶給她的陰影太深，高中一畢業，她就離開故鄉，跑到臺北念書、工作，然後結婚，生下我和弟弟。多年來，除了回去送外公最後一程，她沒再踏進高雄一步。

我不清楚她和現在這個外婆兩人之間的關係究竟如何，她不曾說，我也不曾問，只覺得應該在生活上早已沒什麼交集，但沒想到她和爸離婚後，竟問我願不願意回高雄與這位幾乎是素昧平生的外婆一起生活。

縱然覺得奇怪，可當時，我卻完全沒心情去深究這件事，一心只想快點離開臺北，離開那個原本屬於我的地方。

於是，睽違十年，我來到這個陌生的「家」。

那是個很安靜的住宅區，溫硯洋帶我走進一棟公寓，在電梯裡，他告訴我外婆住在四樓，而他住三樓，每逢假日，他都會去外婆家和她聊聊天。

「因爲婆婆做的點心太好吃了，所以我常會上樓去打擾，而且跟婆婆相處起來很愉快。」步出電梯，溫硯洋走至一扇深咖啡色的格子門前停下，「到了，就是這間。」

他摁下門鈴時，我的喉嚨一陣乾澀，聽到一陣腳步聲從屋內傳來，那扇格子門很快就被打開，一個穿著碎花長洋裝的人影出現在門後。

她先看到溫硯洋，視線一移向站在他身旁的我，馬上揚起喜悅的笑容。

「亮亮，妳來了。」她親暱的招呼我。

我對著眼前這張陌生的慈祥面孔點點頭，吶吶的喚：「外婆好。」

「來，快進來，外婆一直在等妳，大老遠從臺北過來，很累吧？」她馬上引領我進到屋內，看起來十分開心，「硯洋，謝謝你去幫我接亮亮，你也快點進來吧！」

「好。」溫硯洋正要脫鞋，發現外婆微微俯身，要伸手拿櫃子裡的室內拖鞋，他迅速上前制止，「婆婆，我拿就好了，妳的腰不是在痛嗎？先別彎腰，不然會更痛喔。」

「謝謝。」外婆指向櫃內一角，「那你幫我把那雙用塑膠袋包起來的拖鞋拿出來好嗎？那是我給亮亮準備的。」

溫硯洋應了聲「好」，蹲下去拿出一雙樣式特別不一樣的拖鞋。淡淡的粉紅底色，印有可愛的白色圓點，鞋面上裝飾著一個用蕾絲緞帶綁起的蝴蝶結，中央還鑲了一顆白色珍珠。

他蹲在地上，將拖鞋端正的放在我腳前，仰頭對我說：「給妳，亮亮。」

我愣愣的瞧著拖鞋，頓時像個木頭人似的。

溫硯洋自動換上另一雙樣式普通的藍色拖鞋，就像進到自己家裡般隨性自在。

客廳裡一片明亮潔淨，牆邊有一整面白色格子氣密窗，窗外的陽光肆意傾洩而進，將我們三人腳底下的白色瓷磚照得發亮。一旁的餐桌上，擺滿一道道精緻可口的茶點，顯示外婆早就已經準備好一切等著我來。

她先是幫我倒茶，又為我端來一盤點心，被這樣盛情款待，我坐在椅子上有些無所適從，不自覺將目光投向溫硯洋。

他沒有坐下，就站在餐桌旁，而且到現在都還背著我的包包。我張了張口，卻遲遲沒有出聲。

外婆注意到我的視線，和藹地對他說：「硯洋，那是亮亮的包包吧？先放在沙發上，過來和我們一起吃點心。」

「好。」這時他才將包包放下，走過來拉開我隔壁的椅子落座，他的側臉一下子在我眼前放大，我的呼吸驟然停了一下。

餐桌上的氣氛和樂融融，溫硯洋和外婆互動的模樣頗爲熟稔親密，我可以感覺到兩人之間的感情很好，就像眞正的祖孫一樣。

而我，從頭到尾都沒有主動開口，只有當外婆問我話的時候，我才簡單回覆幾句。

雖然是我自己決定來這裡的，卻沒辦法馬上就和外婆熱絡起來。我插不進他們的話題，只能默默吃餅乾、喝飲料，同時表現出專心聆聽的樣子，我不想讓外婆以爲我很冷漠，或是不高興。

「亮亮，妳已經認識硯洋了吧？他就住在樓下，常會上來外婆這裡坐坐。他比妳大兩歲，開學後就要升高二了，幸好有他在，今天才能順利接妳過來，不然外婆還不曉得該找誰幫忙呢！」外婆言笑晏晏，「等妳開始在這邊上學，如果有任何不清楚的事，都可以問問硯洋喔，你們年輕人之間比較好溝通。外婆因爲身體的關係，現在不方便走太遠，恐怕沒辦法親自帶妳熟悉新環境。」

語落，她轉而對我身旁的那人說道：「硯洋，如果亮亮有遇到什麼問題，你可以替婆婆多幫她一下嗎？」

聽到外婆如此愼重其事的託付，我有些坐立難安，外婆忽然要拜託一個我才剛認識不久的人來照顧我，讓我覺得很不自在。

「好啊。」溫硯洋竟一口答應，沒有絲毫猶豫，「當然沒問題，平常如果有時間，我還可以帶她出去晃一晃，像是夜市，或是其他好玩的地方，只要多熟悉一下環境，我想亮亮很快就能適應這裡了。」

外婆放心一笑：「那就好，謝謝你，硯洋。」

「不客氣，我一天到晚跑上來吃這麼多美味的東西，現在也該做些事情回報妳啦。」語畢，他恰巧和我對上視線，脣角微微揚起。

我以爲他會在這裡待到很晚，但他喝完一杯茶，吃完一小碟點心，就離開座位，準備告辭。

「婆婆，我先回去了，如果還有什麼事需要幫忙，儘管打給我喔。」然後他看向我，「再見，亮亮。」

「再見。」我向他道別，那一刻，不知道爲什麼，我心裡有一種感覺，總覺得他是爲了不打擾我和外婆相處，才會這麼快回去的。

溫硯洋一走，我和外婆面對面坐著，她先是溫柔的看著我，接著露出想到什麼似的表情，要我等她一下，就進到廚房，捧著一個紙盒和袋子回來。

「這個是外婆買給妳的。」她把盒子放在桌上，打開後，一份精緻漂亮的蛋糕出現在我面前。

「妳喜歡巧克力對不對？所以外婆幫妳買了黑森林蛋糕，請老闆再幫我多加一點妳也愛吃的水蜜桃。」外婆又從袋子中拿出一跟五的數字蠟燭，插在蛋糕中央，點燃蠟燭，笑吟吟的對我說：「以前妳媽媽帶妳回來的時候，妳才五歲呢，個子小小的，好可愛。想不到一下子就長這麼大了，而且和妳媽媽一樣漂亮。」

看到外婆為我精心準備的生日蛋糕，我忽然覺得彷彿有什麼東西梗在喉頭……

溫硯洋在捷運上祝我生日快樂，應該就是外婆告訴他今天是我的生日，而且外婆還知道我喜歡吃什麼，或許是媽當初聯絡外婆的時候，順便在電話裡提起這些事，只是不曉得究竟是媽主動交代的，還是外婆刻意想瞭解的。

我望著外婆的臉，她始終用溫暖喜悅的態度對待我，她很愛笑，眼睛瞇起來的時候，還有一點貓咪般的神韻；她的個子不高，體態有些豐腴，戴著一副黑框老花眼鏡，花白的頭髮捲而短；說話時的語氣輕柔緩慢，和溫硯洋一樣，讓人感到如沐春風。

媽告訴過我，外婆以前曾經是高中老師，我原本猜想外婆可能會是個嚴格又嚴肅的長者，想不到她比我想像中和藹可親許多，而且對於我的到來，似乎真的由衷感到高興。

直到這個時候，我才開始好奇外婆和外公，以及她和媽之間的故事，但我不敢問，畢竟過來這裡前，媽就已經下令我不准給外婆添麻煩，更不准隨便對她問東問西。

來日方長，今後我們再一點一滴慢慢熟悉彼此吧。

「這次只有妳一個人來，會不會覺得孤單？」外婆問。

正在吃蛋糕的我停了一下，搖搖頭。

「弟弟今年多大了呢？」

「要上六年級了。」

「跟著爸爸留在臺北？」

「嗯。」

外婆頷首，看起來若有所思，她定定的凝視著我：「亮亮，妳爲什麼願意來這裡和我一起住呢？」

我沒想到她會問得這麼直接，頓住了幾秒鐘，然後緩緩放下短叉，思考半晌，低聲答：「因爲……媽她說之後她也會回來這裡，所以我就跟著來了，而且，我認爲換一個新環境……其實也不錯。」

「是嗎？這樣也好，我一個人住在這兒這麼多年，嫌房子太大了，現在多了個妳，覺得熱鬧許多。硯洋他們平時常會上來玩，妳在這裡應該不會感到無聊。如果有什麼需要外婆幫忙的地方，儘管開口，好不好？」

我抿抿脣，點頭：「謝謝。」

外婆問我爲何願意來和她同住的時候，我感覺到她很在乎我的想法，也許她眞正想問的是我對她的感覺，想知道我是怎麼看待她的？心裡願不願意接受她？一對完全陌生的祖孫突然要一起生活，對我和外婆而言，想必都不是件容易的事。

看著外婆的眼睛，這一刻，我心裡湧起一絲愧疚，因爲從我決定來高雄，並且終於踏進這間屋子，到現在這樣與她面對面以前，我一心只想著離開臺北，並沒有留心這個問題，更別提思考今後要怎麼和她朝夕相處？怎麼與她增進感情？

我根本沒有認眞想過外婆的事。

一意識到這點，我慢慢低下了頭，假裝專注在吃東西，實際上是想逃避外婆的目光。

吃完生日蛋糕，外婆就帶我去看她爲我準備的房間。

房內的四面牆上裝飾有淡粉紅色的壁貼，連窗簾也是粉紅色的。天花板懸掛著兩盞風格典雅的水晶吊燈，全新的木製書桌、書櫃、衣櫃，加上一張乾淨的床，完全是專屬於女孩的房間，站在門口的我一時不禁看呆了。

「之前寄來的衣服和其他東西，外婆已經幫妳放進衣櫃了，妳先整理一下包包，然後休息一下，若整理完後還有什麼需要的，再跟外婆說，嗯？」

我說不出話，只能怔怔點頭，外婆關上門，留我一個人在房裡，我忍不住環顧四周一圈，明亮的陽光從窗外灑進來，不需要開燈，就能清楚看見房內的每個角落。

我走到床前，緩緩坐下，接著放鬆身體躺了下來，棉被十分鬆軟，彷彿置身在雲裡。

好香……

瀰漫在房間裡的淡淡薰衣草香味，不曉得是從哪兒來的。

枕頭旁邊放著一隻半個人大的白兔娃娃，我拿起來細看許久，將娃娃擁進懷中，慢慢閉上眼睛。

來到高雄的第一個晚上，我睡不著覺。

深夜十一點，我在床上翻來覆去，媽得知我順利抵達外婆家後，僅回傳一句「乖乖聽外婆的話」就沒了下文，也不曉得是眞的太忙，還是對我太過放心？

我無聊的一直滑手機，視線掠過一張照片時，手指倏地停住。

照片中的場景應該是下午時分的速食店，但上傳發布的時間卻是在一小時前。

掌鏡的人，是化了妝的嬿婷，露出傻氣笑容的玲萱在她背後，一旁的阿典對著鏡頭做鬼臉。

照片裡有三個人，但被標記上去的名字卻有四個，還有另外兩個人沒有被拍進去。

嬿婷只是發布這張照片，卻沒有寫下任何文字，照片裡的其他人也沒有留下隻字片語。

她選擇在今天放上這張照片，是不是故意做給我看的，我不知道。

盯著手機良久，我點進他們每個人的臉書頁面，慢慢按下一個又一個鍵，將那五個人從好友名單中全部刪除。

最後，我關閉了自己的臉書，把手機塞到枕頭下，走到窗前把窗戶完全打開。

我一邊感受高雄夏夜溫熱的晚風，一邊瞭望遠方天際的零星燈火，沒多久，樓下突然傳來一聲狗吠，低頭一看，目光立刻停在某個身影上。

提著袋子的溫硯洋，正站在對面屋子的大門前，隔著欄杆逗弄裡頭的一隻小狗。

玩了一段時間，他和狗兒揮手道別，轉身要回公寓，忽然他抬起頭，視線正好與我相交，我反應不及，下一秒他已舉起左手，朝我的方向揮了揮，臉上掛著微笑。

失眠的這一夜，我和溫硯洋在三樓往四樓的樓梯間聊著天。

我坐在樓梯上，他則站在他家鐵門前，樓梯間的電燈特別昏黃，不怎麼明亮，讓他的臉看起來有些朦朧。

「這給妳。」他從便利商店的塑膠袋裡取出一盒巧克力棒。

「謝謝。」他接著又拿出一罐汽水，我問：「你這麼晚出去，不會挨罵嗎？」

「不會，家裡只有我在，我爸媽都在外地上班，九月中才會回來，他們經常到處跑來跑去，所以我還挺自由的。」

可是你不會覺得寂寞嗎？

我的腦海馬上浮出這個問題，卻沒有說什麼，只是點點頭，表示了解。

「妳呢？這麼晚出來沒問題嗎？」他反問我。

「應該沒問題……我確定外婆房間的燈已經關了，才偷偷溜出來。」

「我想也是。」他莞爾，「聽說妳跟秀玥婆婆以前幾乎沒有聯絡過，是眞的嗎？」

「算是吧，很小的時候有見過一次面，但我完全沒印象了。」

「妳知道嗎？當婆婆告訴我，妳要過來跟她一起住的時候，她眞的很高興耶，甚至還有一點緊張不安呢！我認識婆婆這麼多年，從來不曾見過她那個樣子。妳來之前，她天天都非常用心的爲妳準備東西、幫妳布置房間，這個部份我也有參與，妳房間的吊燈，還有書桌跟櫃子，就是我和婆婆一起幫妳挑的。」

「……」

「妳跟婆婆處得還好嗎？」

我點頭。

「那就好，婆婆一個人生活這麼多年，現在有妳過來陪她，今後應該不會寂寞了。」他放心一笑，目光在我臉上逗留好一會兒，「其實我覺得……亮亮妳挺了不起的。」

我微怔：「爲什麼？」

「因爲如果是我，想到要離開原來的學校，以及熟悉的同學朋友，心裡一定會難過、捨不得，可是妳很堅強勇敢，獨自一人從待慣的地方來到陌生環境，卻沒有緊張跟不適應的樣子，我覺得這很不容易。」

聽到他的讚美，我一時不知該如何回應，只是低頭凝視著他給我的那盒巧克力棒。

「既然如此，我想妳就算到新學校，也不會有什麼問題，有什麼不懂的，或是碰上什麼問題，隨時都可以問我，不用客氣喔。」

我又點頭。

他和外婆說出了一樣的話……

「妳的手機幾號？以後如果有事的話，比較好聯絡。」

他一邊聽我念出來的數字，一邊點按著手機螢幕，下一秒，我褲子口袋裡就響起一段旋律。

「我也把號碼給妳了。」他收起手機，唇角一揚，「早點睡吧。」

「好。」

我們互道晚安，溫硯洋進到他家裡，我也爬上四樓，躡手躡腳的走回房間。

躺上床前，我把溫硯洋的電話輸入電話簿裡，卻發現有新通知，原來溫硯洋也把我加進他的Line好友名單裡。

我突然想到，今天受他不少幫助，卻始終沒有好好向他道謝。

看著他的大頭照片刻，我接受了他的邀請，傳了Line訊息給他。

「今天謝謝你。」

很快的，對方已讀，並且回傳：

「不客氣。」

看著那三個字，彷彿有些什麼流過我的胸口，暖暖的……

我再次從窗戶眺望出去，看向那一片無垠天空，頓覺心情輕鬆不少。

想起外婆對我的好，還有溫硯洋的親切相待，原先縈繞心頭的沉重與不安，終於不再那樣強烈了。

距離開學，剩不到兩星期，我不會特別期待，也沒有感到特別焦慮，既然已經離開臺北，決定捨棄原本屬於自己的一切，那麼，該認真的重新開始了。

不管等待我的會是怎樣的校園新生活，我都必須安分守己，顧好自己的事，至少不能給外婆添麻煩，不能造成她的困擾，讓她擔心。

第一夜，我慎重的這麼告訴自己。

結果開學第一天……我就食言了。

開學前幾日，我都和外婆在一起。

她為人圓融和善，在社區裡人緣相當好，光是和她出門買菜，沿途就有打不完的招呼。個性謙卑有禮的她，總是笑臉迎人，連面對年紀比她小好幾輪的年輕人，還會先微微鞠躬，再跟對方說話，並且始終不忘向別人介紹我是她的孫女。

外婆的生活充實，每逢星期一、三、五下午，她都會在社區裡的活動中心教一群爺爺奶奶唱歌，或是教別人做些手工藝。只要社區裡有活動需要幫忙，她總會義不容辭參與。

有一次，我陪外婆去上課，當時我坐在社區中心的教室後面，看著她一邊彈鋼琴，一邊教她的學生哼哼唱唱，氣氛歡樂又和諧。

外婆的歌聲十分悅耳，聲線悠揚輕盈、明亮清脆，後來我才知道，她過去當老師時，教的科目正是音樂，除了一副好歌喉，她還有一手好琴藝。

我好奇的問外婆為何不在家裡放台鋼琴，她笑笑的說怕在家彈琴會吵到鄰居，想彈的時候，她隨時可以到社區中心彈，不需要擺一台鋼琴在家裡占空間。

有時候，溫硯洋會上樓來打招呼，但都不會待太久。

外婆說，從前每逢暑假，他大概三日會上來一次，但自從我搬進這裡，我發現他一個禮拜頂多就上來兩次，從不過分打擾我與外婆的相處時間，光是這一點，就讓我不由得對溫硯洋這個人的成熟和深思熟慮感到不可思議，很難想像他才大我兩歲。

隨著開學日接近，我跟外婆的互動漸漸變得自然，沒有起初的生疏與尷尬，雖然還不到會向她撒嬌的地步，但我發現自己其實可以和她處得不錯，加上兩人的生活習慣沒有相差太多，原先對於適應不良的一絲絲擔憂，不知不覺間也完全淡去了。

時序終於正式進入九月。

星期一早晨，我穿上新學校的制服。之前的制服是水手服，現在身上這件則是白襯衫搭配深藍色百褶裙。

我站在鏡前，看著左胸口上繡的已是另一所國中的名字，思緒又停滯了一會兒。

其實我還比較喜歡這種樣式簡單的制服，只可惜，這大概是第一次穿它，也是最後一次穿它的夏天了。

整裝完畢，我背上書包步出房間，外婆已經準備好早餐等我。

她心血來潮想幫我綁頭髮，我沒有拒絕，乖乖吃著早點，一邊讓她替我梳髮。

外婆幫我編了一個造型簡單卻又不失氣質的公主頭，還別上一副精緻的新髮夾，她笑得慈祥：「亮亮眞漂亮，像個公主一樣。」

過去沒有人這樣替我梳頭、綁頭髮，把我當洋娃娃般呵護，連媽媽都不曾熱情的讚美過我。

開學第一天，外婆似乎比我還緊張，堅持帶我坐電梯，送我到公寓門口，沒想到剛好遇見溫硯洋站在大門外。

穿著高中制服的他，襯衫是白底淡藍條紋，配上一條藍領帶，腰部繫著皮帶，下半身穿著黑色長褲，這樣的穿扮，讓他的身型更顯修長筆挺。

我不自覺看呆了。

他投來目光，向我們打招呼：「早安。」

「硯洋，你還沒去學校？」

「對啊，因爲我出門時，想到亮亮也是今天開學，所以就乾脆在這裡等，打算跟她一起去搭捷運。」

外婆立刻笑了：「那好，有伴的話不會無聊。亮亮，妳和硯洋一起走吧！」

我和溫硯洋出發後，外婆還佇足在公寓外目送我們，要轉彎前我忍不住又回眸，她才終於走回公寓裡。

溫硯洋目光落在我身上：「看到妳的制服，突然覺得有點懷念，我之前也是這所國中畢業的。」

「是喔？嚇我一跳。」

「嚇妳一跳？爲什麼？」他不解。

「因爲你說看到我的制服覺得很懷念，所以我以爲你之前曾穿過這條裙子。」

溫硯洋哈哈大笑：「亮亮，妳挺幽默的！」

進到捷運站，溫硯洋指著牆上的路線圖解釋：「我要搭往另一個方向的車，所以要到對面去。妳知道妳學校在哪裡嗎？知道出了捷運站後該怎麼走嗎？」

「知道，就算不知道，跟著她們走就行了。」我指指一旁身穿同樣制服的幾個女學生，順便把媽的至理名言再複誦一遍。

溫硯洋輕笑：「那我先過去嘍。」他隨即踏上樓梯，經過天橋，走到對面的月臺。

這時，我腳前的紅燈亮起，捷運列車將要進站前，我的手機同時響了聲，溫硯洋傳了Line給我。

「會覺得緊張嗎？」

我望向對面，溫硯洋正拿著手機，抬眸對我笑了笑。

點下留言框，我回傳：

「還好。」

「那就好，我原本想，要是妳覺得緊張，就再多說些話，讓妳放鬆點。」

他這話勾起我的好奇心。

「例如？」

訊息才傳出去，駛入站內的捷運列車就阻斷我的視線。

我跟著一群同校的學生走進車廂，站在車門旁，視線再落回手機時，溫硯洋回傳的訊息已經出現在螢幕上了。

「妳今天的髮型很漂亮。」

微微一愣。

我抬頭隔著窗往另一頭的月臺看，對面也有一班列車進站，我看不見溫硯洋的身影。

捷運行駛一段路後，我才慢慢回過神來，卻發現雙頰隱隱有些熱……

在溫硯洋問我會不會緊張之前，我並沒有這樣的感覺。

起初，我帶著流浪的心，把自己一個人丟到這裡，學習適應全新的一切，打算重頭開始。

直到上一刻，我都還覺得心情平靜泰然，並沒有太大的波瀾起伏。

然而溫硯洋傳來的這句話，卻讓我開始有些莫名的緊張。

第二章　敵人

還來不及丟掉舊的思念與故事，新的思念與故事，卻已先開始。

在國三時轉學到另一所學校，對我來說或許是件好事。

因為大部分的學生都在忙著準備高中考試，休閒時間並不多，在這種狀況下，應該只會想著讀書，不會有心情理會什麼時候多了個新同學，也不會想要特地去認識結交新同學。

至少我是這麼覺得。

站在三年五班的講臺上，長相斯文的男導師向全班同學介紹我。

或許因為是很少人會選在這個時間點轉學，我在一雙雙陌生眼睛的好奇注視下，默默走到第一排後頭的空位坐下。

一坐下來，才發現我隔壁的座位也是空的。

第一堂下課，沒什麼人主動來和我說話，直到上課鐘聲響起前三分鐘，坐在我前面的短髮女生忽然轉過頭來。

「汪玟亮，妳要不要吃？」她遞了一片餅乾給我。

額前瀏海修剪得很整齊，是標準的妹妹頭，笑起來時，可以明顯看見她嘴裡的一顆虎牙，嗓音沙啞，但不會讓人聽了不舒服。

「謝謝。」我接過餅乾，忍不住問：「妳感冒了嗎？」

「不是，我的聲音天生就這樣。」她再度露出那顆虎牙，「我叫袁珍眞，珍珠的珍，眞正的眞。」

「妳好，珍眞。」爲顧及禮貌，我簡短回應，還來不及和她多聊幾句，上課鐘就響了。

這一堂是英文課，臺下同學的心情似乎還沉浸在剛開學的雀躍中，不時發出一點小聲音，不怎麼專心。

不知不覺被這種氣氛感染的我，漸漸的，也有些心不在焉，盯著課本發起呆來。

就在這時候，一道慵懶卻宏亮的聲音從前方門口傳來：「報～告～」

所有同學不約而同往門口看去。

原本正在寫黑板的女老師愣了一下，放下粉筆，一手叉腰，板起臉孔對站在門口的那人厲聲質問：「范先生，現在都幾點了，你爲什麼現在才來學校？」

「老師，我今天早上才從宜蘭趕回高雄，已經拚了老命衝來學校了，不然我原本還想過是不是要下午再來的，我這樣已經很有心了耶。」

「行了行了，快回座位上去吧。」老師完全不想跟他爭辯，連連擺手催促，然後轉身拿起粉筆繼續寫黑板。

那個男生兩手插在口袋裡，戴著耳機，背著被畫得亂七八糟的書包，就這麼一派悠閒的朝後方走過來。

到我身旁時，他停了下來，目光毫不避諱的上下掃視我，那雙高傲的眼睛看起來像是在問：這傢伙是打哪兒來的？

與他對視的短短幾秒間，我其實有點錯愕，這個人明明是男生，臉上卻化了像是女生的妝。

他戴著一副碎鑽耳環，頭髮也特別打理過，感覺像刻意模仿韓國那些花美男明星，一張臉搽得白白亮亮，嘴脣好像有抹上一層脣蜜，閃著果凍般的光澤。

發現我在看他，他瞇起那雙擦有眼影的眼睛，毫不客氣的問：「看屁啊？」

他一回話，讓我登時一驚。

他直接拉開我隔壁座的椅子，大搖大擺地坐下，從書包裡取出一面鏡子，旁若無人的檢查自己的妝容。

我啞口無言，前面的袁珍眞回頭看了我一眼，輕輕搖搖頭，用嘴形無聲的告訴我：「他這個人就是這樣。」

那一堂課，他的耳機完全沒摘下，音量開得很大，我不時聽見他耳機裡傳來的聲響。他閉起眼睛，頭還隨著音樂節奏左右搖擺，完全沉浸在自己的世界裡。

我覺得這實在太誇張了，好幾次看向臺上觀察老師的反應，奇怪的是，老師明明有看見他如此放肆的舉動，卻完全沒有制止他的打算，結果直到下課鐘響起，我才得以暫時逃離他的噪音騷擾。

他一離開座位，袁珍眞再度轉過身和我攀談：「他很吵對不對？連我都聽得見他耳機裡的音樂聲。」

「他是誰？」

「他叫范莫昇，從一年級開始就是這個樣子，很喜歡跟老師唱反調。妳有看到他臉上的妝嗎？他眞的超愛漂亮，每天都打扮得跟明星一樣，沒事就拿著鏡子猛照……他的個性也很古怪，總是一副瞧不起人的樣子，所以班上沒什麼人想跟他來往。」

「就算是這樣，他上課那麼吵，老師都不管嗎？」

「唉，其他老師早就放棄他了，只有我們導師會修理他而已，但也沒什麼用，他還是依然故我，根本沒人治得了他。」

沒想到開學第一天，就碰上這麼個麻煩人物。

到第三堂課，范莫昇沒再聽音樂，直接趴在桌上呼呼大睡。不過，只要不受到干擾，不管他做了什麼，基本上我都沒興趣，也完全可以做到無視於他。

帶著這樣的想法，我算是度過了一個平靜的上午。

吃完午餐，午休鐘聲一敲，同學們紛紛趴在桌上，準備小憩。

但我睡不著，轉頭面向左邊時，發現范莫昇還沒回教室。

時間一分一秒過去，夏風徐徐從窗外吹拂而來，我的思緒跟著隨風遠颺。

我相信妳不是故意要這麼做的，一定是有什麼理由，對不對？

如果妳願意說，回個信給我們好嗎？

思量許久，我拿出一本筆記，撕下一張空白頁，再拿出一枝筆。那些懸在筆尖上的話語，卻遲遲無法落下。

我瞪著那張紙發呆，依稀聽見左側傳來聲響，隔壁座位的那人已經回來了。

范莫昇拉開椅子，不經意的我又和他四目交接，他先是冷哼了聲，眼睛隨意往下一瞥，突然目光一頓，細眉擰起。

他猛地盯住我的臉，那是一種含有強烈壓迫感的注視。

「妳為什麼會有那個東西？」他丟了一個疑問句過來。

確定他是在跟我說話，我便順著他的視線往書包看，不解的問：「什麼東西？」

「巴黎鐵塔。」他表情冷峻，「妳是不是從我這裡拿走的？」

我這才發現他指的是我掛在書包上的吊飾。

那是來到高雄第一天，溫硯洋送給我的生日禮物，我把它掛在書包上，當作裝飾。

我感到莫名其妙，一頭霧水的望向他：「你在說什麼？這明明是我的。」

「妳怎麼可能會有那個東西？分明是從我這裡拿走的吧？」他瞇起眼，眸光十分銳利。

怪了，這是見鬼了嗎？

「你是說我偷你的東西？」

「廢話，不然咧？」

「范同學，請你不要亂說話，這明明就是我的東西，你怎麼可以隨便亂汙衊人？」我無法接受莫須有的指控，口氣也轉爲強硬。

「妳自己先幹出這種骯髒事，還敢怪別人汙衊妳？」他嗤笑，下一秒竟迅速逼近，伸手就要奪走我的吊飾。

我反射性地伸手護住書包，奮力想要阻止他，一陣激烈的你爭我奪之下，發出不小聲響，把周圍原本仍在睡夢中的同學們吵醒了。

「小偷，還不快給我還來！」范莫昇搶過我的書包，完全不顧現在是午休時間，放聲大吼。

這一吼，全班同學瞬間都醒了，大家都在座位上瞠目結舌的看著我們猛烈拉扯。

「你才是小偷吧！突然搶別人的東西，你有病嗎？」我忍不住回罵。

范莫昇停下了手，冷笑：「好，妳不還是不是？」他充滿怒火的目光掃向我桌上的那張紙，一把搶走，竟當著全班同學的面，用朗讀的音量，一字一句清晰地喊出：「『玲萱，對不起。我知道大家現在都很生我的氣，我也沒打算解釋跟辯解，對於我做出那樣的事，我無話可說，是我傷害了大家，傷害了朋友，更傷害到他們兩個——』」

我的心臟像是被狠狠一掐，焦急伸手想要搶回那張紙，他的舉動徹底激怒了我，我想也沒想就使盡全力朝他身上猛地一推！

范莫昇踉蹌的向後跌退一步，似乎沒料到我會反擊，他一臉愕然，待他回過神後，神情明顯比方才更加猙獰。

他毫不客氣的出掌把我推向座位，根本不顧慮我是女生，手下絲毫沒有留情：「臭三八！自己先做錯事，還敢動手啊？死小偷！」

「你才是吧？腦子有洞嗎？根本就是神經病！」

我和他直接在教室裡上演全武行，互相飆罵，扭打成一團。

全班同學嚇得驚慌失措，不敢靠近，還有女同學發出刺耳的尖叫聲。

「喂，打架了！打架了啦！」

「誰去找老師？趕快去叫老師！」

「范莫昇跟轉學生打起來了！」

眾人喧嘩成一片，連隔壁班的學生也好奇的跑過來看熱鬧。

一片混亂中，有人去報告老師，最後我跟范莫昇都被叫到導師室去。

導師推推鼻梁上的眼鏡，眉頭深鎖，面對頭髮凌亂不堪、臉上雙雙掛彩的我們，他的眼裡寫滿疑惑與無奈，似乎很難理解眼前這兩人明明素不相識，爲何會在開學第一天就槓上？

「范莫昇。」導師兩手放在腰際，「你能不能解釋一下，你們之間到底發生了什麼事？」

「她偷我的東西。」范莫昇身體挺直，下巴抬高。

導師一聽，立刻往我這兒看來。

我沒有馬上反駁，沉住氣，默不作聲。

「她偷了你什麼東西？」導師再問。

「巴黎鐵塔的吊飾，她趁我不在的時候拿走的，還把它掛在自己的書包上。」他涼涼的瞥了我一眼，「而且是她先動手推我，我才會推回去的。」

聽完他的說詞，導師的視線移了過來，定在我臉上。

我知道該是自己發言的時候了，於是吐出一口氣，盡可能說得簡單扼要：「那個吊飾是別人送我的，不是偷來的。范莫昇沒有證據，不分青紅皂白就指責我偷竊，還搶走我的東西，我是爲了搶回東西，才不小心推了他一把。」語畢，我聽見范莫昇不屑的哼笑。

了解原因後，導師點點頭，想了一下才開口：「范莫昇，你確定是汪玟亮偷你的東西？」

「當然，那種吊飾在臺灣很難買到耶，想也知道她是偷的。」

「你原本把吊飾放在哪裡？」

「鉛筆盒裡啊。」

導師請班上一名同學取來范莫昇的鉛筆盒，同時，他也要我把自己的吊飾拿出來。

導師打開范莫昇的鉛筆盒時，范莫昇對我揚起一抹自信滿滿、高傲不羈的笑。

我沒理他，只是面無表情的靜候結果。

「你說的是這個嗎？范莫昇？」導師從鉛筆盒裡拿出一個金色的巴黎鐵塔，再指指躺在我手上的另一個，「是不是跟汪玟亮的一樣？」

范莫昇的笑容瞬間凝結在嘴角，瞪大眼睛，一臉不敢置信。

雖然我知道自己是無辜的，但真相大白的這一刻，心裡還是有點意外，原以爲范莫昇純粹是故意找碴，想不到他居然眞的也有一樣的東西……

導師要他道歉，范莫昇卻不肯。

他的態度固執，讓原本心平氣和的導師也忍不住動怒了。

范莫昇太過倔強，就是不肯拉下臉向我道歉，於是我也不想再浪費時間，只希望儘快結束這場莫名其妙的鬧劇。

「老師，沒關係，誤會解開就好了。」我開口。

聽到我不打算追究，導師有些詫異，不過，他還是板起面孔，下了懲處：「既然這樣，念在妳剛轉學過來，老師就不將今天的事通知家長。雖然妳是冤枉的，但打架就是不對，所以還是要接受懲罰。剛好，現在班上還沒開始選幹部，妳就擔任這學期的學藝股長；而范莫昇，你是總務，要負責班上的財務，而且從這禮拜開始，每個星期六早上，你都要到學校做勞動服務兩個小時才能回家，爲期兩個月，不許遲到，不許早退，更不許有任何異議，聽清楚了沒有？」

離開導師室，回教室前，我繞進廁所裡。

站在洗手臺前方，我凝視著鏡中的自己，心裡滿是無奈。

外婆特地爲我綁的髮型已經完全不成樣子，只好拆下髮圈重新整理，卻在用手指梳理髮絲時感到一陣刺痛。撥開瀏海，有一道細細的泛紅傷痕印在我的右額上，應該是在跟范莫昇打鬥的時候，被他的指甲刮傷的……下巴處也有些紅腫。

看著這樣的自己，我覺得有些不可思議，甚至有一股難以言喻的新鮮感。

過去別說是打架，很少跟別人起爭執的我，竟會在轉學到新班級的第一天就和同學互毆，要是被媽還有玲萱她們知道，鐵定會比我還更驚訝、更不敢置信吧？

想到玲萱，我又想起剛剛寫給她的那封未完的信。

明明下定決心要拋開過去，從今以後只往前看，我卻忍不住寫出那樣的東西……難道事到如今，我還想爲自己辯解？只是因爲玲萱比較善良，比較好說話，所以才企圖藉由寫信給她，讓自己減少一分罪惡感嗎？

不知爲何，總覺得與范莫昇打完這一架，又再次把我打醒了。

拿出剛剛搶回來的信，我重看一遍，然後將它撕得粉碎，扔進馬桶沖掉。

雖然慶幸自己因爲打架而沒寫完這封信，但我並不想再和范莫昇有所牽扯，打定主意今後能離他多遠就閃多遠。

下巴的傷太顯眼，極力遮掩也沒用，外婆看到我下巴紅腫，非常緊張，我隨口編了一個理由，說是在學校下樓梯時，不小心跌倒摔傷的。

所幸我「演」得還算自然，外婆沒有半點懷疑，也沒發現我髮型變了，趕緊從櫃子裡取出幾瓶藥，想再幫我上點藥。

今天碰上的衰事，應該就該到此爲止了。

吃過晚餐，幫忙洗完碗後，我在客廳吃水果看電視。

沒多久，外婆走來：「亮亮，妳可以幫我去送個東西嗎？」

「嗯，好啊。」我放下叉子，馬上起身，「要送什麼東西？」

「今天有朋友送喜餅給外婆，有蛋糕跟餅乾，我已經留了一些在冰箱給妳當點心，剩下的妳幫我拿下去給硯洋好嗎？」

「好。」聽到溫硯洋的名字，我的心臟微微一跳。

接過外婆交給我的紙袋，我立刻離開屋子，往三樓走去。

站在他家的鐵門外時，不知爲何，我先深吸了一口氣，才伸手摁下門鈴。

不見有人來開門，只聽見一道男聲隔著門傳出：「誰啊？」

我不禁一愣，因爲那不是溫硯洋的聲音，更弔詭的是，我竟覺得這個人的聲音……有點耳熟？

我訝異又納悶，遲疑一陣才開口：「請問溫硯洋在嗎？」

聽到我回應，裡頭的人也跟著安靜了。

過了幾秒，鐵門裡的內門霍地被打開，一與那人四目交接，我和他都當場叫了一聲，雙雙驚愕的僵立在原地！

「臭三八！」臉頰跟脖子都貼上OK繃的范莫昇，惡狠狠的瞪大眼睛，劈頭就問：「爲什麼妳會出現在這裡啊？」

由於太過震驚，我張著嘴巴，卻遲遲發不出聲音，一度以爲自己現在還置身於學校。怎麼回事？這裡明明是溫硯洋的家，爲什麼出來的人會是范莫昇？

「臭三八，妳啞巴啊？不會說話了嗎？」他氣燄高漲，像一部機關槍劈里啪啦不斷開火狂罵，試圖把陷入呆滯的我給轟醒。

「阿昇，怎麼了？你在叫什麼？」一道溫潤的嗓音適時插進我們之間，下一秒，溫硯洋就出現在門後。

「亮亮？」他看到我時立刻露齒一笑，打開鐵門，「妳怎麼來了？有事嗎？」

「那個……外婆要我送這個來給你。」我勉力平復震驚的情緒，「是別人送的餅乾跟蛋糕。」

「喔？還麻煩妳特地拿下來，謝謝。」他揚起笑容，收下紙袋，接著不解的輪流打量我跟范莫昇兩人，「不過剛剛是怎麼了？你們在吵架嗎？」

「你怎麼會認識這個女人？她怎麼會來找你？你們是什麼關係啊？」范莫昇直指我的鼻

子，態度依舊惡劣。

「喂，什麼這個女人？她就是婆婆的孫女啊，我等等就是要帶你上去跟她打聲招呼啊。」發現我們的表情不對勁，溫硯洋更加不解，「你們是怎麼啦？」

我和范莫昇彼此互覷了一眼，這次，我跟他都選擇沉默以對。

我沉著一張臉回到四樓。

在外婆發現異狀前，我迅速衝進房間，趴在床上一動也不動。

怎麼會在溫硯洋的家裡見到范莫昇？我一時無法接受這個事實，感覺渾身沉重，彷彿一顆心也跌進無底深淵裡。

無奈躲不了多久，十分鐘後，門鈴聲響了。

我聽見外婆充滿喜悅的招呼來客，接著響起溫硯洋的話語聲，可是那陣腳步聲明顯不只溫硯洋一人。

果然，外婆敲了敲我的房門，語帶笑意：「亮亮，硯洋來嘍！妳出來一下，外婆介紹一個人給妳認識。」

撐起疲憊的身軀，我慢吞吞的步出房間，外婆和溫硯洋都在客廳，還有……范莫昇。

或許是外婆在場的關係，他的表情不像剛才那麼臭，但還是好看不到哪裡去。

他別過頭，似乎不打算正視我。

「婆婆，妳知道嗎？亮亮和阿昇是同班同學，他們剛好編在同一班喔。」溫硯洋率先開口。

外婆很驚喜：「眞的？同一班嗎？哎呀，眞的太好了，怎麼會這麼湊巧？」

是啊，怎麼可以這麼巧？我在心裡哀嘆。

見范莫昇依舊默不作聲，我暗暗希望他可以機伶點，最好就這麼保持安靜，別在外婆面前抖出今天發生的事。

「剛剛亮亮下來，我就發現他們好像認識對方的樣子，不過應該還不熟，兩人沒說什麼話。」溫硯洋微笑看著我，「阿昇暑假有事，跟家人去了宜蘭，今天早上才回來，所以之前才沒有馬上介紹你們認識，我跟婆婆都想等他回來後，再找他來跟妳見面。」

外婆點點頭：「硯洋和莫昇常會一起過來，幫了我很多忙，沒想到妳和莫昇竟剛好同班，這樣你們可以互相有個照應，外婆很放心。」

別互相殘殺就好了，我在心裡暗自嘀咕。

這句話當然不能說出口，我只能頻頻點頭，表示明白。

也許因爲我和范莫昇都太過安靜了，溫硯洋用手肘推推范莫昇：「喂，阿昇，怎麼不說話？一直瞪著窗戶幹麼？」

他稍微動動肩膀，仍繃著臉，不吭聲。

外婆驚呼：「莫昇，你的臉和脖子怎麼了？受傷了嗎？」

我和范莫昇都僵了一下，他猛地扭過頭，眼睛迅速掃過我。

「嗯。」他低低的應道。

「怎麼會這樣？」外婆很擔心，「亮亮今天回來，下巴也受了傷呢。」

聞言，溫硯洋忽然定睛看向我：「亮亮也受傷了？」

「呃……只是輕微擦傷，今天在學校下樓梯的時候，不小心跌倒，現在沒事了。」我試圖維持自然的態度，但溫硯洋專注的眼神卻讓我十分心虛。

他可能察覺到了什麼，因爲他隨即又仔細端詳面色緊繃的范莫昇。

剛才在樓下，他有看見范莫昇對我大呼小叫，現在又得知我們兩人都受了傷……他不發一語，似乎正在思索些什麼。

果不其然，他盯住范莫昇，劈頭就問：「你跟亮亮是不是發生了什麼事？」

我的心猛然一跳，溫硯洋問得這麼直接，幾乎把我嚇出一身冷汗。

原本，我還希望范莫昇能夠隨機應變，但他臉上已經藏不住情緒。他遲遲不說話，咬住下脣的倔強模樣，讓外婆也跟著感到疑惑。

她看著我，語調慎重：「亮亮，妳和莫昇怎麼了嗎？」

「說話。」這次出聲的是溫硯洋，但他是對范莫昇說，不是對我。他的眼睛始終聚焦在范莫昇身上，不曾移開一瞬。

范莫昇焦躁又不耐煩的擺擺手，嚷道：「只是打架而已，又沒什麼大不了的！」

聽到「打架」二字，外婆跟溫硯洋大吃一驚。

外婆嚇壞了：「你和亮亮？是眞的嗎？亮亮，妳今天和莫昇打架了？」

我完全被范莫昇打敗，眞想抱著頭躲起來，不用再面對這一切。

我忍不住朝范莫昇投去一道憤怒的視線，暗示他「你是白痴嗎？」，他居然還不甘示弱回我一個「妳瞪屁？」的眼神。

「你爲什麼會跟亮亮打架？」溫硯洋繼續追問。

范莫昇大概自知理虧，這次他不再回應，堅持保持沉默。

結果在外婆的強烈要求下，我只好一五一十將事情經過全盤托出。

畢竟問題本來就不出在我身上，先不說范莫昇害我必須擔任學藝股長，這點早已讓我滿腹怨氣，此刻態度還那麼差，既然他不懂得裝傻瞞過去，我又何必繼續爲他顧慮那麼多？帶著爲自己出氣的報復心情，我一字不漏，將整起事件說明得鉅細靡遺。

外婆聽完，滿臉訝然的看著范莫昇，倒是溫硯洋的神情明顯變了，原先在他眼裡的笑意已經消失，表情變得有些陰沉。

「阿昇，道歉。」他沉聲命令，「你沒有把事情弄清楚，就誣陷亮亮偷東西，是你不對，快道歉。」

「可是是她先動手推我的耶！」

「那也是因爲你搶走亮亮的信，還當眾念出來，是你活該。」他完全不理會范莫昇爲自己開脫的說詞，「不管怎樣，你今天做的事已經傷害到亮亮跟婆婆，明明就是你的錯，你還堅決不肯道歉，你這樣對得起婆婆嗎？」

溫硯洋的語氣不慍不火，臉上也沒有明顯的怒意，但我卻發現這樣的他反而還更顯威嚴，連坐在對面的我都能感受到一股壓迫感。

范莫昇臉色變得更難看了，即使他再嘴硬，在溫硯洋的堅持下，最終也不得不屈服：「好啦，婆婆，對不起啦！」

「還有亮亮。」溫硯洋提醒。

但這似乎已是范莫昇退讓的底限，他死死的抿住雙唇，就是不肯再張口，彷彿再讓他開口多說一個字，就會害他短命一年似的。

良久，我還是沒聽見他道歉。

他倏地站起來，匆匆拋下一句：「我要回去了！」便掉頭快步離去，奔出屋子。

范莫昇離開後，現場鴉雀無聲。

溫硯洋面露歉然：「亮亮、婆婆，抱歉，我沒想到阿昇會做出這樣的事，我會好好罵罵他的！」

「沒關係，硯洋，你也別對他太凶，我相信莫昇不是故意的。」外婆沒生氣，態度慈祥，口氣還是帶著一絲憂心：「你要好好跟他說，不要吵架，知道嗎？」

「嗯，我知道。」他望向我，眼神誠懇，「亮亮，對不起，我一定會讓阿昇親自過來向妳道歉的。」

溫硯洋隨後也離開了，家裡只剩我和外婆兩人。

我愧疚的說：「外婆，對不起，我對妳說謊了。」

「沒關係，妳也是怕我會擔心，對吧？」她的聲音很溫柔，「不過，聽到外婆幫莫昇說話，妳會不會生氣？會不會覺得外婆不站在妳這邊？」

我搖搖頭，雖然不至於產生這種想法，但外婆剛才的反應，確實讓我覺得她對范莫昇似乎頗為關心；而溫硯洋的態度雖然比較嚴厲，但感覺也是關心他的，並不像是真的在生范莫昇的氣。

對於他們兩人和外婆之間的情誼，我心裡其實是好奇的，好奇到根本沒去想自己是否會因為外婆的態度而覺得心理不平衡。

「范莫昇他……平時也會跑來找外婆嗎？」我忍不住問。

「嗯，他經常來找硯洋，只要硯洋在，他們就會一起過來看外婆，陪外婆聊天。莫昇和硯洋呀，兩個人從這麼小的時候，外婆就看著他們長大嘍。」她掌心朝下，與地面平行，比出約莫一個小學生的高度，「他們兩個住得近，感情很好，天天玩在一起。硯洋從小就很懂事乖巧，不過莫昇的個性比較衝，很容易跟別人一言不合打起來。」

說到這裡，她緩緩嘆了口氣：「外婆確實對莫昇比較關心，因為平時沒什麼人陪在他身邊照顧他。莫昇的媽媽在他很小的時候就去世了，爸爸遠在宜蘭工作，現在他是和阿公一起住，不過他阿公常都會出去打麻將，很少在家，他爸爸又因爲工作也不常回來……不過，每年寒暑假，莫昇的阿公就會帶他去宜蘭找爸爸。」

我聽得專注。

「莫昇的心裡其實很寂寞，就算他不說，我跟硯洋都知道。他的防備心很重，所以一直沒什麼朋友，就只跟硯洋好，不過他對外婆也很好，我身體不舒服的時候，他還會主動要帶我去看醫生；我行動不方便，他會替我跑腿，幫我做家事，是個心思細膩、很體貼的孩子。有時候看我太忙太累，他還會念我兩句呢。」

語落，外婆注視著我的眼睛，語帶歉然：「亮亮，妳和莫昇第一次見面就發生這樣的事，我相信他心裡其實很愧疚，會反省的，硯洋也一定會好好教訓他。莫昇的個性就是這樣，只有在我和硯洋面前，才願意拉下臉。他自尊心高，寧可吃虧，也絕不在不信任的人面前示弱。希望妳不要生他的氣，是外婆不好，應該一開始就告訴妳莫昇的事，對不起。」

聽完這些話，要是我還表現出不服氣的態度，只會讓外婆更難過吧。

當初就是怕她會擔心，我才隱瞞這件事。我不想爲難外婆，讓她煩心，既然一口氣已經出了，就沒必要再追究下去。

「我知道了，我不會生氣了。」我說。

外婆露出欣慰的笑顏，輕輕拍著我放在桌上的手：「我希望亮亮妳可以成爲莫昇的好朋友，就像他和硯洋那樣。既然你們有緣當了同班同學，那就試著好好相處，互相照顧，有妳在莫昇身邊的話，外婆會很放心。」

我有些遲疑：「可是……我沒把握能夠做到那樣。」范莫昇那種牛脾氣，要是在學校還得幫忙照看他，未免太辛苦了。

外婆莞爾：「妳不需要替他負責，也不用替他承擔什麼，外婆只希望，莫昇在學校一個人的時候，妳可以偶爾陪他一下，讓他不那麼寂寞。」

聞言，我陷入沉默，獨自沉澱一段時間，消化外婆所說的話。

洗完澡回到房間準備休息時，書桌上的手機螢幕一閃，是溫硯洋傳了一封訊息給我。

待客廳熄燈，外婆回房入睡，我悄悄離開屋子，往樓下走去。

已經等在三樓樓梯間的溫硯洋，對我揚起微笑，招了招手：「抱歉，這麼晚叫妳出來。」

「沒關係，怎麼了嗎？」

「我想爲阿昇的事跟妳道歉。」他的聲音很眞誠，「這次阿昇之所以會誤會妳，起因是我送了妳那條巴黎鐵塔吊飾。表姊當初給了我兩份，我把一份給妳，另一份給了他，不過當時他人還在宜蘭，我就放在他家信箱，再傳訊息通知他，可是他不曉得妳也有一份同樣的吊飾，所以才會一看到妳的吊飾，就誤以爲一定是妳偷走他的東西。」

我靜靜的聽他娓娓述說。

「這件事情說到底也算是我引起的，所以我也有一定的責任，但我沒料到阿昇的反應會這麼激烈，居然會動手打妳，還把妳打傷……對妳還有秀玥婆婆，我真的感到很抱歉，我一定會好好教訓他，替妳討回公道。」

「沒……沒關係啦，誤會解開就好，我也沒打算追究，算了。」我擺擺雙手。

他仔細注視我的下巴片刻，低聲問：「還會痛嗎？」

「不會，洗完澡後，就已經差不多消腫了，只剩一點點紅紅的而已。」

溫硯洋的目光始終沒有從我的臉上移開。

忽然他整個人朝我靠近，伸手探向我的額頭，還沒弄清楚溫硯洋要做什麼，他就已經輕輕撥開我右額上的瀏海……

我猛然想起，除了下巴，右額頭也有傷口。

我下意識想要退後，溫硯洋卻輕聲阻止：「別動。」

他的姆指指緣輕貼在那道傷口旁。我們靠得很近，近到我不自覺屏住呼吸，那一刻，我甚至可以感覺到他輕輕噴灑在我臉上的溫熱氣息。

我無法動彈，過於貼近的距離、他輕柔的觸碰，讓我渾身僵硬，甚至根本不敢抬頭對上他的眼睛。

什麼也無法做的我，覺得喉嚨越來越乾澀，心臟跳動的頻率也越來越快，越來越亂……

「對不起。」他說。

「不……不用道歉啦，真的沒關係，這又不是你的錯。」我匆忙回道，並趁機緩緩往後退了一步，與他拉開距離，盡量表現出無所謂的模樣，「如果我沒有動手推范莫昇，他也不至於會和我打架。我覺得，他應該只是想保護你給他的東西，而不是故意要找我碴，外婆後來也有跟我提過他的事，所以我沒打算再繼續生他的氣了。」

「謝謝。」溫硯洋眉心一鬆，「不管怎麼樣，我真的不希望妳和阿昇撕破臉，阿昇很喜歡來這裡找婆婆，他的個性封閉，對不熟的人懷有戒心，也容易跟別人起衝突。要是他無法跟妳好好相處，那我和婆婆就傷腦筋了。謝謝妳願意體諒他，眞的謝謝。」

見溫硯洋一臉感激的樣子，忽然間，我覺得他和外婆簡直就像是范莫昇的家長，爲了犯錯的自家孩子而頻頻向我道歉。

我忍不住猜測，該不會每次范莫昇闖禍，他們都這樣替他擦屁股，四處跟別人求情吧？

「雖然妳已經原諒他，但我還是會讓他跟妳道歉，這是他欠妳的，一定要還。他很怕我生氣，只要稍微冷落他一下，他應該就撐不了多久。」

聞言，我略略一驚：「你會生氣？」

「什麼？」

「我是說……你看起來沒什麼脾氣，不像是會對別人大吼大叫的人。」雖然才見過他一臉嚴肅地指責范莫昇，但我認爲那和憤怒並不一樣。

溫硯洋先是一頓，接著才說：「可能是我這個人生氣的方式比較不一樣吧……」他好奇的偏著頭，「我在妳眼中是這樣的人嗎？」

我誠實的點點頭：「感覺不管怎麼惹惱你，你還是可以一直和顏悅色的保持笑容。」

他放聲笑開：「怎麼聽起來有點恐怖？」待笑聲停歇，他看著我，若有所思，「不過，有可能喔，我可能確實不會生氣，不管發生什麼事，我應該都不會眞的對亮亮妳發脾氣。」

我微愣：「爲什麼？」

他思索片刻，脣瓣勾起一道上彎的弧度：「不知道，但就是有這種感覺，不管亮亮妳做了什麼再壞、再不好的事，我都沒辦法生妳的氣，我想像不出那樣的畫面。」

「……」我低下頭，感覺胸口微熱。

「那就先這樣，妳早點上去睡覺吧，不好意思，這麼晚把妳偷偷叫出來。」他莞爾一笑，「明天再一起坐捷運上學吧。」

我點點頭。

儘管時間不早了，回到房間，我沒有立刻就寢，而是把溫硯洋送我的吊飾放在書桌上，靜靜的盯著它出神。

雖然心中早就已經不存在絲毫怒意了，可是當我知道，原來溫硯洋並不只把吊飾送給我一個人的時候，內心竟會覺得有點失落，但他剛剛說的那些話……

一股前所未有的異樣感受湧上心頭，我的目光遲遲無法從眼前的鐵塔吊飾上移開。

「不管亮亮妳做了什麼再壞、再不好的事，我都沒辦法生妳的氣。」

那天晚上，我一直想著他這句話，躺在床上動也不動。

直到不知不覺間睡意襲來，他的聲音才終於飄遠，最後消失在逐漸模糊的意識之中。

「早安。」

隔日早上，溫硯洋站在公寓一樓門口向我打招呼。

我忽然有點無法直視他的笑容，一時不曉得該看哪裡，只好隨便點個頭，簡單應了聲，然後快步走到他身邊。

這天外婆又下來目送我們離開，並且還特意向溫硯洋問起范莫昇的事，看得出外婆真的很關心他。

前往學校的途中，我陪溫硯洋去買早餐，他問：「妳不買嗎？」

「我吃過了，外婆有幫我準備。」

「喔？那很好，婆婆她平常就注重養身，準備的早餐一定很健康。」他脣角一揚，「妳之前在臺北的時候，也都是在家裡吃早餐嗎？」

我搖頭：「多半是在外面吃，我爸媽平時都忙著上班，白天很早出門，晚上很晚才回家，沒時間弄飯給我們吃，所以我跟我弟弟大部分都是吃外食，偶爾才會在家裡隨便煮點東西。」

「和我一樣呢！我爸媽時常需要到國外出差，到處飛來飛去，平常沒辦法照顧我，不過也因爲這樣才讓我練出一點手藝，會煮一些簡單的料理。其實有時候，我也想自己隨便弄點東西吃吃就好，但每次一回到家就發懶了，所以最後往往還是會選擇外食……」他微微蹙起眉頭。

我噗嗤一笑：「通常都是這樣。」

走出早餐店，我們繼續往捷運站的方向前進。

轉彎時，我的眼角餘光正好瞄見後方的一道身影……我愣了一下。

「怎麼了？」溫硯洋問。

我不自覺壓低音量：「范莫昇在後面。」

聞言，溫硯洋沒有回頭，反而勾起脣角：「不必理他。」

他的反應令我有些意外，結果他眞的繼續往前走，完全沒打算回頭叫住范莫昇。

要過馬路時，眼看綠燈只剩最後十秒鐘，溫硯洋忽然伸手攬住我的肩，帶著我快步奔向對街。他突如其來的舉動使我的呼吸猛然一緊，也不知爲什麼，我微微偏過頭，瞥見范莫昇仍跟在後方不遠處。

溫硯洋剛才的舉動……是不是故意做給范莫昇看的？

范莫昇應該知道我們已經發現他跟在後面，他卻沒有衝上來叫住溫硯洋……正常來說，以他們倆那麼多年的交情，他應該會出聲喊住他的。

我很快聯想到，溫硯洋昨晚說的「稍微冷落他一下」，莫非這就是他要給范莫昇的懲罰？

進到捷運站，溫硯洋又和我聊了一會兒，才走到對面的月臺。

在這段過程裡，溫硯洋仍然沒有跟范莫昇說話，連瞧他一眼都沒有，全然當他不存在。我不知道范莫昇心裡會怎麼想？臉上掛的又是什麼表情？

溫硯洋和我站在同個月臺上，但候車的位置不同；而對面月臺上剛好站在他相對位置的溫硯洋，始終低著頭在看手機。

他繼續無視范莫昇，直到我要搭的捷運快進站了，溫硯洋才抬頭望過來，然後揮揮手……但只朝著我的方向。

捷運列車停下，我和范莫昇各自進了不同車廂。

剛搬到這裡時，原本下定決心，不要給外婆添任何麻煩，結果才開學第一天就破功，累得外婆今天還得打電話到學校，親自爲我跟范莫昇的事向導師道歉。

我覺得很歉疚，不免又對范莫昇升起一絲埋怨，但是剛才那種情況，彷彿我和溫硯洋一起聯手排擠他，讓我不曉得接下來該怎麼與他相處才好。

外婆滿心期盼我能跟范莫昇互相照應，現在我卻害他和溫硯洋陷入冷戰，要是外婆知道了，豈不是會更加憂心？

抵達學校，我跟范莫昇一前一後踏進教室，直到放下書包時，兩人的視線才首度對上。他的眼睛簡直要噴出火來，其中的憤怒，像是要將我燒成灰燼。

我被范莫昇的眼神震懾住，儘管當下裝作若無其事，但我終於明白，原來溫硯洋的刻意忽略，對他來說居然會是這麼具殺傷力的事。

那一整天，范莫昇都沒有來找我麻煩。他的心情相當惡劣，從一早臭臉到放學，而且完全沒跟任何人說話。他渾身上下散發出那種「別來惹我」的氣場，讓其他同學紛紛敬而遠之，不敢靠近。

這場僵局從學校延續到放學回家，想不到才一走出捷運站，居然碰巧遇上溫硯洋。溫硯洋一見到我，立刻笑容滿面的向我打招呼，然後朝我徐步走來，這時范莫昇正好也步出捷運站，溫硯洋面不改色，直接轉身與我並肩前行，繼續對他視若無睹。

明明陷入糾紛的是我跟范莫昇，現在卻是我替他和溫硯洋捏把冷汗，性急的范莫昇還能不能再一次承受溫硯洋的冷落？今早他那種充滿怨恨的恐怖目光，我不想再面對第二次了……

原以爲溫硯洋對范莫昇的冷落不至於持續太久，沒想到直到隔天早上，他還是沒有理會范莫昇，晚上他到外婆家裡坐坐時，身旁也沒有范莫昇的蹤影。

第一天、第二天、第三天，溫硯洋始終用這樣冷淡的態度對待范莫昇，連續幾天以來，范莫昇都是獨自走在我們兩人身後。

外婆很擔心范莫昇，但她似乎也知道溫硯洋是為了給他一個教訓，才會這樣「冷處理」；我也感覺到，外婆應該是因為顧及我的心情和感受，不再過問范莫昇在學校的事，更沒有探問我跟他和好了沒？不過看到現在這種情況，外婆應該也心知肚明。

想到這幾天她數度對我和溫硯洋欲言又止的模樣，我不禁開始糾結。要是溫硯洋堅持不理會范莫昇，事情是不是會演變得更加麻煩？繼續讓外婆這樣掛念憂慮下去，我心裡也過意不去。

我是不是不該再保持沉默？是不是應該主動打破這場僵局呢？

到了第四天的下午打掃時間，我站在講臺上擦黑板，腦子裡仍在想著這個問題。

這時，背後忽然傳來一聲叫喚：「喂，臭三八！」

我一愣，回過頭，只見范莫昇站在後方，咬住下唇，一副心不甘情不願的模樣，張口嚷道：「對不起啦！」

一丟下這句話，范莫昇就快步溜出教室，整段過程不到十秒鐘。

我拿著板擦傻站在原地，還來不及反應，只能愣然的望著他離去的方向。

那天晚上，外婆煮了一大鍋義大利麵，邀請溫硯洋一起過來吃。

當他看見范莫昇出現在餐桌上，先是沉默，隨後才問我：「他自己過來的？」

我搖頭：「外婆打給他，要他過來一起吃晚餐，剛剛才到。」

他點點頭。

這時，外婆從廚房出來，看見溫硯洋便笑：「硯洋，你來啦？婆婆今天特別煮了你們最喜歡吃的義大利麵，快點一起來吃！」

「好。」他走向餐桌，直接在范莫昇的對面坐下，對已經在吃麵的他淡淡地問：「跟亮亮道歉了嗎？」

范莫昇低頭把麵吸進嘴裡，悶悶的說：「道歉了啦！」

「眞的？」

「眞的啦，今天在學校我就跟她道過歉了，不信的話你可以問她啊！」他又吞下一口麵條。

溫硯洋看向我：「眞的嗎？亮亮？」

「……嗯。」雖然他道歉時還不忘罵我臭三八，態度依舊相當差，根本沒半點誠意，但是看到外婆放心的笑臉，我就不想再多計較了。

溫硯洋輕輕一嘆，不帶笑意地對他說：「要是下次再這樣，我可就不會這麼輕易原諒你了，聽懂了沒？」

范莫昇手裡的叉子來回戳著麵條，語氣煩悶：「知道了啦！」

這頓晚餐的氣氛算是和諧，雖然我跟范莫昇始終沒有交談，但還是讓我鬆了一口氣。

用完餐後，外婆和范莫昇在客廳聊天，我和溫硯洋則在廚房洗碗盤。

「如果阿昇下次又對妳做什麼事，妳不要隱忍。」他叮囑我，「他的個性很硬，想要治他的話，也必須用強硬的方式才行。」

我笑了笑：「可是，那也必須是你才有用吧？」

「嗯？」

「范莫昇他只肯聽你的話，像這次就是因爲你逼著他，他才肯道歉的。」要不是害怕繼續被溫硯洋冷落，他應該寧可咬舌自盡，也絕不會向我道歉。

「他很愛面子，從以前就不輕易在別人面前拉下臉。而且，他這次會這麼拗，也是因爲他和亮亮妳還不熟，妳別看他好像很愛發脾氣，其實他的心思非常單純。雖然他對人抱有戒心，可是一旦妳被他接受，成爲他認可的人，要他爲妳赴湯蹈火都沒問題，而且不管發生什麼事，他都不會離棄妳的。」

我覺得有點怪怪的：「怎麼聽起來有點像……」

「狗，對吧？」他呵呵笑，「沒錯，阿昇的性情其實就跟狗狗很像。除了家人，他只對我和婆婆敞開心房，自然也會特別重視我們之間的情誼，所以我就利用了這一點逼他向妳道歉，雖然我知道他不是心甘情願的，但我還是希望他可以慢慢長大，試著接受其他人，而不是只把我和婆婆當作他的全世界。」

他淡淡一笑：「畢竟我跟婆婆也沒辦法陪在他身邊一輩子，不是嗎？」

不知道爲什麼，聽溫硯洋說完這些話，我竟湧起一點點的落寞感傷。

雖然只浮現在心底的小小一隅，但還是讓我不自覺陷入沉默。

「對了，亮亮，你們現在課業壓力應該很大，天天都在考試吧？」溫硯洋突然問。

我趕緊定了定神：「喔，對呀。」

「那妳晚上會出去玩嗎？」

「很少，都在忙著看書。」

「是喔……那妳想不想放鬆一下？明天禮拜六，要不要到我家看DVD？我剛好租了一部新片，看完以後，如果妳有興趣，晚上再去逛夜市，怎麼樣？」他微笑著提出邀請「妳剛來的第一天，我就答應過要帶妳出去走走，偏偏一直沒機會成行。雖然妳現在是考生，課業很辛苦，可是適時放鬆也是很重要的喔，如果明天沒事，我們就去外面逛逛，好不好？」

他突如其來的邀約讓我一愣，然後才點了點頭。

「你們剛剛在裡頭說了些什麼？」范莫昇坐在沙發上，眼神寫滿質疑，似乎因爲我和溫硯洋兩人單獨待在廚房聊這麼久而感到不滿。

溫硯洋沒理他，而是坐下來對外婆說：「婆婆，我剛剛邀亮亮明天到我家看電影，可以嗎？」

「看電影？好哇，當然好！亮亮平常晚上幾乎都窩在房間讀書，我還擔心她會把身體弄壞呢！」外婆馬上欣然同意，「剛好明天我也要去活動中心幫忙。亮亮，妳就去硯洋家裡坐坐吧。」

「外婆，明天晚上我——」

我才剛開口，范莫昇的聲音就驟然插了進來：「我也要去！我也要去你家看片子！」他急急朝溫硯洋喊，「不過要等下午，不能早上喔，早上不可以，一定要等下午才能看喔！」

「爲什麼？」溫硯洋不解。

「我明天……明天早上有事啦！反正一定要等我到了才能看，你們絕對不可以先看喔，知道嗎？」

看著范莫昇焦慮的模樣，我想起因爲他打架又不肯道歉，結果被導師罰每個禮拜六早上都得到學校做勞動服務，難怪他會這麼堅持一定要下午看。

「好吧，那就下午看。硯洋，你就等阿昇回來再看吧。」外婆安撫道。

我的話還沒說完，才想要重新對外婆開口，這時溫硯洋卻悄悄向我使眼色，搖了搖頭，將食指貼在脣上，要我別出聲。

然後，他才向范莫昇說：「好啦，那你就一點半過來，要是遲到，我們可不會等你喔。」

「好啦，知道！」范莫昇這才放心，還不忘奉送我一記意味不明的眼神。

當晚在房間，我默默背著國文註釋，思緒卻不時飄走，心不在焉。

溫硯洋送的巴黎鐵塔，在檯燈下不時閃著微光。自從上次與范莫昇爲此起了爭執，我怕節外生枝，便把它從書包上取下，收在房間裡。

我一邊轉著筆，一邊望著鐵塔發呆，直到桌上的手機響起了訊息提示音。

溫硯洋傳了訊息過來：

「我們明晚去逛夜市的事，別讓阿昇知道喔。」

我放下筆，拿起手機回傳訊息：

「爲什麼？」

「阿昇知道了，一定會跟來，要是他一直吵鬧，妳就不能好好逛街了。我明天會再打電話給婆婆，跟她說一聲，順便請她向阿昇保密。」

我這才明白，原來是因爲這樣，剛才在餐桌上他才會要我別開口，就是怕范莫昇知道我們去夜市，會跟過來搗亂。

「這一次就先我們兩個去，等妳和阿昇和好了，再三個人一起去吧。」

溫硯洋的體貼，讓我的心頭裹著暖意。

我發現自己有了期待，躺在床上，也盡想著明天，難以入睡，第一次如此希望時間能夠過得快一些。

下午一點二十分，我摁下三樓的門鈴。

溫硯洋來應門，范莫昇已經坐在裡頭，大搖大擺的躺在沙發上玩手機。

他一看到我，眼神透出不屑，冷哼道：「眞會摸，故意讓人家等。」

我微微擰眉，回頭問溫硯洋：「我遲到了嗎？」

「沒有，妳很準時。」他拍拍我的肩，「別理他。」

溫硯洋租了一部犯罪劇情片，改編自眞實故事，是我常看的類型，光是這位男主角主演的電影，我就看過好幾部了。

電影開始播放，我們三人吃著外婆準備的點心，當湯姆漢克一出場，我忍不住說：「我好久沒看他演的電影了。」

溫硯洋馬上附議：「我也是，自從去電影院看完《達文西密碼》後，已經有好長一段時間沒看他的電影了，妳看過他最新的電影是哪一部？」

我想了想：「《心靈鑰匙》。」

「喔，那部我有看，妳最喜歡他的哪一部？」

「《搶救雷恩大兵》！」戰爭片一向是我的最愛。

「哈哈，那部我也很愛，但我忘不了的還是最經典的那一部。」

「《浩劫重生》嗎？」

「不是，是《阿甘正傳》，當然《浩劫重生》也很棒，但《阿甘正傳》是唯一讓我願意花錢買光碟收藏的電影。」

「嗯，那真的很好看，之前電影台重播的時候，我還又看了一次。」

「是吧？我很喜歡女主角一直叫他『跑！跑！跑！』的那一幕，不知道為什麼印象特別深刻。不過說到《浩劫重生》，我就想到，那顆排球叫什麼名字？我每次都會忘記。」

「好像是……威爾森？」我有些不確定。

「對對對，威爾森！最後威爾森落海，湯姆漢克哭喊著它的名字時，那真是相當經典的橋段。」

「不是聽說他拍這部戲的時候有出什麼意外？差點喪命？」

「好像有耶，我看過新聞，但詳細情形是怎樣我有點忘記——」

「喂！」范莫昇突然喊了聲，口氣不爽至極，「安靜點啦，看個電影一直在旁邊嘰嘰喳喳，懂不懂禮貌啊？」

我跟溫硯洋互瞄對方一眼，登時噤聲，不再交談。

兩個多小時過去，電影結束後，范莫昇跑去上廁所，溫硯洋則帶我去他父親的書房。

他說他們全家人都喜歡閱讀，尤其父親更是個書痴，不僅擁有一間書房，裡頭的藏書量也相當驚人。溫硯洋待在家裡最常做的休閒活動就是看電影，或是到書房窩一個下午，自小便是如此。

走進書房，看到環繞四周的書牆，我忽然間有些明白，溫硯洋身上所蘊含的那股特殊氣質，大概是如何培養出來的。

「范莫昇平常也會來這裡看書嗎？」我好奇。

「他都是來我家找我打電動，很少會進書房，他說看到一堆密密麻麻的文字，腦部會缺氧。」他走近其中一排書架，「我爸是位考古學者，讀的書通常比較艱澀，這裡大部分的書，其實我也消化不了。我比較喜歡科幻小說，或是一些科學研究及報導文學那類型的書籍。如果這裡有妳感興趣的書，可以借回去看，不用客氣。」

「謝謝。」我開始在花花綠綠的書架上尋找有興趣的書。

就在這時候，范莫昇不滿的聲音又在房門口響起：「喂，你們在幹麼？一直窩在裡頭不悶啊？」

溫硯洋輕輕一嘆，對我小聲笑說：「還是先出去吧，下次妳再下來借，要是不出去，阿昇會一直碎念個沒完。」他一步出書房，范莫昇就朝我狠戾一瞪，跟著掉頭就走。

范莫昇始終對我和溫硯洋採取緊迫盯人陣仗，他不喜歡看到我們相談甚歡，更不許我們單獨共處一室。

這樣小心翼翼地看他臉色做事，我心裡不是很高興，只是范莫昇的種種言談舉止，都隱隱讓我察覺到他並不是單純的排斥我，而是只要是跟溫硯洋過於親近的人，他都討厭。

當他發現我和溫硯洋待在書房裡有說有笑時，我在他眼裡清楚看見比之前更強烈的憤怒，甚至可以說，他毫不掩飾地向我表達他對我的嫉妒，那樣灼熱赤裸的眼神，令我渾身不自在，甚至感到震懾。

就算是占有欲強烈，但像范莫昇這個樣子，未免也太奇怪了。

「阿洋，我們繼續玩上次買的遊戲吧，我還差一點就破關了。」我們回到客廳繼續享用茶點，范莫昇語氣急促地對溫硯洋提議。

「今天先暫停，看完電影後就覺得好睏，我想去睡個午覺。」溫硯洋打呵欠。

「那我也跟你睡！」

我含在口中的茶差點噴出來。

「不行，你也知道我習慣一個人睡，沒辦法跟別人睡同張床。」溫硯洋平靜無波的回答，「吃完點心後，今天的聚會就到此爲止啦。阿昇，你也別光顧著玩，要記得念書，你現在應該已經沒時間鬼混了吧？」

范莫昇又是一臉不滿，目光朝我掃來：「那她呢？」

溫硯洋也往我這兒看：「亮亮也要回去啦，她說還有很多書沒念，看完電影就要回家繼續苦讀了。」

我想不起自己何時說過這樣的話，但當我一觸及到溫硯洋的眼睛，我就瞬間會意了什麼，於是緘默不語。

范莫昇又斜睨我一眼，繼續問溫硯洋：「那你晚上要幹麼？」

「可能會出去騎腳踏車，好久沒運動了。」搶在范莫昇開口前，溫硯洋又淡淡的說：「阿昇，別這麼緊迫盯人，我也需要有自己的時間和空間，你這麼黏著我，我會喘不過氣。」

突然之間，氣氛變得有些尷尬。我不自覺屏息，小心翼翼地看著他們。

范莫昇神情僵硬，沒有說話，眼神裡夾雜著些許愕然，甚至還有一抹像是受傷的情緒；溫硯洋雖然始終和顏悅色，但他這句話卻有著不容退讓的認真。

還在想范莫昇接下來會有什麼反應，他就朝我一指：「確定她不會跟著去吧？」

我心頭一顫，勉力裝作若無其事。

溫硯洋面不改色：「不是跟你說亮亮晚上要念書嗎？」

「哼，誰知道？」他撇過頭小聲咕噥。

溫硯洋嘆一口氣，無奈道：「你也該好好跟亮亮相處了，既然之前的事已經落幕，你不該再跟亮亮作對了。你還是會想去婆婆家吧？難道今後在婆婆面前，你還是要用這種態度對亮亮嗎？」

范莫昇沒有回答。

這時溫硯洋忽然走過來，一手握住我，另一手握住范莫昇，接著，他將我們兩人的手交疊在一起。

「好了。」他笑吟吟，「從今以後，你們就好好相處吧！」

我跟范莫昇先是一愣，四目相接後，他火速抽回自己的手，拔腿跑掉，還失聲尖叫：「嗚哇啊啊啊啊啊，我的手要爛掉了，啊啊啊啊啊！」

他簡直把我當作世紀病毒看待，還跑去廁所瘋狂洗手，我頓時啞口無言。

雖然沒打算再跟他計較，但他這種惡劣的反應，還是重新激起我的怒火，讓我感到很不悅，非常非常不悅，暗自決定不再繼續給范莫昇好臉色看，短期之內也不想再理會他。

站在溫硯洋家的大門口準備離開，范莫昇前腳才跨出門檻，溫硯洋就從身後拍拍我的肩，在我耳邊低語：「我再傳訊息給妳。」

他的驟然貼近，讓前一刻還因爲范莫昇而不快的我，身體驀地僵直，原本堆積在胸口的悶氣也瞬間煙消雲散。

大概是他太過貼近了，我突然覺得耳根子發燙，不曉得該擺出什麼表情。

范莫昇一回頭，我馬上盡量保持自然，免得被眼尖的他察覺到不對勁。

回到四樓，外婆已經出門。我整個人橫躺在客廳沙發上，呆呆望著天花板，心神不寧。

溫硯洋方才的氣息，彷彿還在耳畔縈繞，讓我紊亂的心跳到現在仍未平息。

我閉上眼睛，頻頻深呼吸吐氣，讓臉頰上的溫熱慢慢退去……

六點二十五分，我關上家門，搭電梯到一樓。

溫硯洋四點時傳訊息來，和我約定六點半在大門口見。

我一踏出公寓大樓，他已經站在那裡。

「妳肚子應該很餓了吧？我們先去吃飯，然後再去逛夜市，好嗎？妳有沒有特別想吃的東西？」

「沒有，都可以。」

「那我帶妳去吃一家小火鍋店，湯頭非常棒，配料也很好吃。」

「好啊。」我點頭，「不過……這樣沒問題嗎？」

「什麼？」

「我是說范莫昇，這樣瞞著他不會有問題嗎？要是不小心被他發現了怎麼辦？」我環顧四周，彷彿范莫昇隨時可能會出現。

「放心，我今天都對他那樣說了，他應該不至於又突然衝過來才對。」他毫不在意的笑，「我們走吧。」

來到高雄生活之後，我幾乎都只在固定區域內活動，從沒想過要去遠一些的地方玩。平時放學回到家，我很少再出門，更別說特地去逛夜市了。

兩個月前，我的生活完全截然不同，昔日與死黨一塊瘋狂玩樂的那些日子，轉眼間就成了回憶，耳邊也不曾再聽見那些開懷的笑聲，連空氣都清冷許多。

「妳有想過要讀哪一所高中嗎？」

與溫硯洋吃完火鍋，兩人在人山人海的夜市裡喝飲料閒逛時，他問了我這個問題。

我含著吸管，思考半晌，「……其實也沒特別想要讀哪一所，但可能會以離家近的學校爲首選吧。」

「嗯，畢竟不是考大學，確實還不至於需要這麼嚴肅看待。」他點點頭，也表示認同。

我忍不住抬眸看他，靜靜地看。

他察覺到我的視線：「怎麼了？」

「喔……沒有，沒什麼。」我馬上把眼睛別開。

「因爲妳現在是考生，玩樂的時間可能不多，不過偶爾出來散散心應該還不成問題。總覺得亮亮是個非常認眞的人，妳連假日都窩在家念書，我還眞有點擔心妳身體會吃不消，適時放鬆也是很重要的。如果課業上碰到什麼麻煩，可以來找我，我會盡力幫忙。」

「嗯，謝謝。」他的關心讓我覺得暖暖的，「可是你今天對范莫昇可不是這麼說耶。」

「他跟妳不一樣，這小子平時眞的太混了，段考前一天都還在玩。我對妳和他的擔心方向完全不一樣，對妳是屬於『放心』的擔心，對他就是眞的擔心了。」他笑了笑，「如果阿昇有妳一半懂事就好了。」

聽到他這番「讚美」，我的臉又微微發燙。

不知道爲什麼，他簡單的一句話，都能讓我的內心不平靜，思緒也亂糟糟的，甚至無法直視他的眼睛超過三秒。

我們在夜市裡逛了將近三個小時，溫硯洋推薦我許多著名的美食，甚至還自掏腰包買給我吃。人潮過於擁擠的時候，他會摟住我的肩，小心保護我不和別人擦撞。

他很會照顧人，他的關心總是無微不至，彷彿無論發生什麼事，他都會在身後幫忙擋著。

有這樣的人在身邊，也難怪范莫昇會對他如此依賴了……

「臭三八，出來！」

週一早自習結束，范莫昇站到我旁邊不客氣的說。

我停下正在謄寫教學日誌的手，納悶的問：「幹麼？」

「囉嗦，叫妳出來就出來！」他態度霸道，不許我多問，掉頭走出教室。

我猶疑了片刻，最後起身跟著出去。

他站在往樓上的樓梯口旁，雙手抱胸，氣勢洶洶，不曉得又是什麼事情惹到他了。

「什麼事？」我不敢離他太近，怕他又像上次那樣張牙舞爪的突然撲過來。

他面色冷峻地盯著我，眼光宛如利箭直直射在我臉上，他問：「妳禮拜六晚上是不是和阿洋出去了？」

我全身一僵，心臟差點從胸口跳出來，我勉力維持鎮定，故意裝作不解：「你在說什麼？我禮拜六晚上明明……」

「妳還裝傻？真當我是笨蛋？」他瞇起眼睛，「禮拜六晚上我七點打電話給婆婆，她說妳去附近去買東西，兩個小時後我再打，妳還沒到家。如果真的只是去附近買東西而已，為什麼需要花兩個小時？後來我去找阿洋，他不在家，手機也打不通，我跟婆婆要妳的手機號碼，結果也打不進去。最好是有這麼巧，你們兩個剛好同時間都不在家，也同時聯絡不上。」

我完全不知道該怎麼回話。

他朝我走近一步，目光如炬，像要把我吞噬：「我告訴妳，不要以為有婆婆跟阿洋在背後當靠山，我就不敢對妳怎麼樣。妳要是敢在背地裡搞什麼小動作，故意耍心機接近阿洋，我不會讓妳好過，絕對讓妳吃不完兜著走！」

我一頭霧水：「什麼背地裡搞小動作、耍心機接近他？我聽不懂你在說什麼？」

他不屑冷笑：「妳不是也喜歡阿洋嗎？」

我呼吸一窒，心臟猛然一縮。

范莫昇繼續說：「妳別仗著自己是婆婆的孫女，就故意利用阿洋對妳的好意而藉機接近他。像妳這種花痴不是第一個，表面上裝得好像很冷淡，實際上卻是拚命想吸引他的注意。從以前開始，他的身邊就圍著一堆女生想向他示好，各式各樣的手段我都見識過，所以妳的花招我也一眼就看出來了。妳不要妄想阿洋會喜歡上妳，他絕不會對妳這個醜八怪有興趣，想故意在我面前對他耍心機，門都沒有！」

儘管范莫昇不斷冷嘲熱諷，句句尖酸刻薄，我仍然只是呆呆杵在原地不動，我的全部心思始終停留在他說的第一句話。

半晌，我終於忍不住開口：「你剛剛說……我不是『也』喜歡溫硯洋？」我吞了一口口水，「難道你……」

他眉頭一挑，再度發出一聲訕笑，眼神輕蔑：「我喜歡阿洋，不行嗎？」

我不禁張大了嘴巴。

「所以，妳不用妄想我會跟妳好好相處，那是不可能的事！而且我告訴妳，我很討厭妳，非常討厭，我跟妳就只能是敵人，絕不可能成為朋友，我根本就不需要什麼朋友，我只要有阿洋就夠了。」他朝我貼近，鼻尖幾乎就要碰上我，「我會一直盯著妳，走著瞧吧！」

撂完狠話後，他俐落轉身，大步離開樓梯口。

我怔怔的望著范莫昇的背影，先前的疑惑，終於在此刻得到解答。

無論是最初看到我出現在溫硯洋家時的激烈反應，或者是看到我和溫硯洋相處融洽，甚至興趣相投時的突然暴怒，還是發現我和溫硯洋單獨在書房聊天時，眼神所充滿的憤怒與妒意……這些並不僅只是出自於占有欲，而是因為范莫昇對溫硯洋懷有友誼之外的特殊感情。

在范莫昇眼裡，我是他的敵人。

一個同樣不自覺被溫硯洋牽繫住心神的——情敵。

第三章 孤鳥

最深的寂寞，是無法對任何人言說的，寂寞。

英文參考書攤開在眼前已經好一段時間，我的腦袋瓜卻完全塞不進半個單字。思緒混亂，難以專心，最後只能先暫時闔上書本，將臉貼在書桌上。溫硯洋送的巴黎鐵塔驀然進入我的視線範圍。

「我喜歡阿洋，不行嗎？」

白天范莫昇毫不掩飾的告白，宛如一顆小小炸彈在我腦中引爆，過大的衝擊，使我連反應都變得遲緩，外婆跟我說話時，還連喚我三次，我才聽見。

雖然我早就知道范莫昇對溫硯洋十分在乎，卻沒想到會是這樣的情形，儘管同性戀在現今社會並不是什麼稀奇的事，但實際遇到這樣的人，還是頭一遭。

這樣一想，范莫昇先前會有那些激烈反應，也就不奇怪了。

我托腮陷入自我的思緒中，一陣鈴聲將我遊走的神思拉回現實。

溫硯洋傳訊息來，問我現在有沒有空？要不要到他家借書看？

看著手機，我猶疑了一下，然後起身步出房間。

溫硯洋來應門時，見我面色有異，他眨眨眼睛：「怎麼了？」

我小心翼翼的往他身後瞧，壓低聲音：「范莫昇他……有來這裡嗎？」

「沒有，他沒來，所以妳可以放心的慢慢挑。」他脣角勾起一彎上揚的弧度，側身讓我進屋，「進來吧。」

「妳不是也喜歡阿洋嗎？」

溫硯洋滿臉笑意看著我時，我微微一愣，下意識別開眼睛。

范莫昇的話始終在腦中縈繞不去，讓我意識到先前未眞正注意過的問題，此刻光是與溫硯洋正眼對望，我的心臟就會不小心漏跳一拍。

「妳剛剛在念書？」

「嗯。」

「啊，抱歉，打擾到妳了。」

「不會啦，我正好也想休息一下。」我連忙擺手。

「那就好。」他打開書房的門和燈。

我站在對方身後，心裡忽然好奇起來。

范莫昇的這份感情，溫硯洋他知道嗎？

「妳慢慢挑，我先出去。」他說，把這個滿溢書香的空間留給我。

「好。」

書房內只剩我一人，我便暫時不去想這件事，開始瀏覽櫃上的書籍。

所有書都經過分類，每一區的風格皆不相同，我由上至下掃視一遍，其中一本書的名字吸引住我的目光。

我將那本書取下來翻閱，然後帶著它走出書房。

「這麼快？」溫硯洋正在客廳看電視，他站起來，從桌上端了杯東西到我面前，是他幫我準備的果汁。

「謝謝。」我接過杯子。

他瞧瞧我手上的書：「一本就夠了？」

「嗯，我怕借太多，書就沒辦法念了。」

「妳除了很用功，也是個很有紀律的女生啊。」他眼裡流露出讚賞，「這本是一個阿姨送我的，不過我還沒看，等妳讀完了，再告訴我好不好看吧。」

「從以前開始，他的身邊就有一堆女生想向他示好。」

看著神采奕奕的溫硯洋，我又想起了范莫昇的話。

對於許多女孩欣賞他這一點，其實我並不感到意外。

在過去的歲月裡，我不曾見過像溫硯洋這樣的男孩子，他的一言一行，一舉一動，都在不知不覺間牽引著我的目光，心緒總是不由自主飄向他。我對他的一切，比對任何人都還要敏感一些。

也許在察覺到內心的變化之前，我的行爲就已不小心露了餡，才會讓范莫昇篤定我對溫硯洋也懷有這種感情。

更不妙的是，因爲他說的話，我發現自己對溫硯洋的在乎，似乎眞的越來越深。

我確實開始期待見到他。

想要每天都能看見他的臉。

這樣的心情，隨著他對我微笑的次數越多，就越是強烈……

晨考結束，我將全班的考卷回收，送交到導師室去。

導師告訴我，雖然國三這一年較忙碌，但由於學校近日將舉辦教室布置比賽，所以還是需要稍微替教室妝點一下。

不過導師又貼心的表示不需弄得太複雜，簡約即可，到時再找一些同學幫忙，比較不會太累，也能早點完成，畢竟這不是現階段的我們該花太多時間做的事。

回到教室，我稍微觀察周圍需要布置的地方，大致就是黑板兩側，還有左右牆壁凸出的柱子，以及後方那一大片布告欄。

雖說風格可簡約一點，但太簡單隨便也不好，於是我花了點時間，在記事簿上規畫了布置的方向，再一筆筆列出需要用到的東西。

寫到一半，坐在前座的袁珍眞，與另一位女同學的談笑聲傳進我耳裡。

想起導師說可以找一些同學幫忙，我不自覺抬眸，默默看著袁珍眞的背影，思考片刻後，終究還是沒開口，再度垂下頭繼續書寫要買的材料。

採買前，我還得先向班上的總務請款……

想到這兒，我的心情驟然盪到了谷底，因爲這學期的總務股長，好死不死就是隔壁的范莫昇！

他坐在位子上，正對著鏡子檢查自己的眼妝。

他今天戴了一副藍色隱形眼鏡，瞳孔比以往看起來更清澈明亮，而他似乎也很滿意自己這雙眼睛，從下課一直看到現在。

發現我在瞧他，他沒有覺得不好意思，反而毫不客氣的回瞪：「看屁？臭三八！」

我決定先把其他準備工作處理好，再去解決請款的事，免得又因爲他而影響到心情。

放學鐘聲一響，我收好書包，起身準備回家，這時袁珍眞和幾個同學走到我身邊來。

「汪玟亮，我們現在要去麥當勞吃東西，妳要不要一起來？」

他們一共兩個女生，三個男生，臉上都掛著歡迎和善的笑容。

我怔怔然的望向他們五人，遲疑了幾秒，歉然道：「謝謝妳，可是我等一下還有事……所以可能不方便，對不起。」

「是喔？那沒關係，妳去忙吧。明天見嘍，拜拜！」袁珍眞朝我揮手，其他人便跟著她離開。

我呆站在原地半晌，教室裡的同學已差不多散去，而范莫昇還在座位上聽耳機，神情愜意的滑手機。

我背好書包後，步出教室，沒跟他搭上話。

隔天，我將教室布置的工具清單全部列出來，數量跟採買金額也都統計完畢。

袁珍眞轉過頭來，好奇的眨眨眼，看向我桌上的單子：「妳在做什麼呀？」

「喔，我在統計教室布置需要用的東西……」

「教室布置？那妳打算要做什麼？」她眼睛一亮。

「初步構想是做幾隻小動物，但不會太複雜，導師也說簡單一點就行了，所以我想說，這樣做或許可以讓教室看起來清爽一點。」

「聽起來不錯耶，不過只有妳一個人做？這樣忙得過來嗎？我可以多找幾個人來幫忙，如果妳需要人手的話，就告訴我喔！」

我看著她，唇角微揚：「好，謝謝。」

放學前，我站到范莫昇的桌前。

「我要請款。」我告訴他。

他閉著眼睛，又在聽音樂，完全把我當隱形人。

我將清單影本用力拍在他桌上，一聲巨響震得他幾乎從座位上跳起來，陶醉的神情瞬間從臉上褪去。

「我要請款。」我面無表情指著清單，「一千。」

范莫昇摘下耳機，猛瞪我，看到桌上的單子時，發出一聲嗤笑，從書包裡拿出一只布袋，再從中抽出一張藍色紙鈔，直接扔到我身上。

「報帳時老實點，要是少一塊，我就告發妳偷竊！」說完，他重新戴上耳機，回到自己的音樂世界裡。

星期四晚上，外婆再度邀請溫硯洋和范莫昇來家裡吃飯。

她問起我們週末有沒有什麼活動，我便告訴她，週末兩天我都要到校做教室布置，明天晚上就會先去買材料。

溫硯洋一聽，眨眨眼：「亮亮是學藝啊？這樣會不會忙不過來？平日要念書，週末還要布置教室，很辛苦吧？」

外婆也說：「是啊，亮亮平時很少出門，都在房間裡看書，現在連假日也要去學校做事，忙到都沒時間和同學出去玩，我很擔心她會累壞呢。」她笑笑的將切好的一盤水果交給我，讓我端到餐桌上。

「汪玟亮才不是忙到沒時間咧。」這時，吃飽擦完嘴巴的范莫昇，懶懶的開口，「人家每次來約她，她都拒絕，同學要邀她去玩，她就一直推託，從來沒有一次答應過！」

我端著盤子的手瞬間僵住。

外婆臉上露出訝然的神色：「沒有一次答應？」

「對啊，有同學放學找汪玟亮去吃麥當勞，她就說晚點還有事，然後就拒絕了，結果我看她也沒有什麼事啊，還不就跟平常一樣，直接坐捷運回家了？」他的視線飄向我時，眼裡流露出得意，「而且，她平常在學校都是一個人行動，放學也是一個人坐車回家，從沒看她和誰特別親近，像這次教室布置，也沒聽說她找誰幫忙一起做。不信你們問她，這週末會有幾個人跟她一起去做教室布置？」

「你有資格說別人嗎？」溫硯洋睨他一眼，「你就是這種個性，才會跟誰都處不來。」

「又沒關係，反正我沒差，至少我很乾脆，不要就是不要，才不會拐彎抹角、扭扭捏捏的。」他理直氣壯的抬高下巴。

「還嘴硬。」溫硯洋伸手推他後腦一下。

范莫昇馬上唉了一聲：「幹麼推我？」

「你禮拜六早上不是還有勞動服務？」

「那個上禮拜就結束了啊，總算可以擺脫那些老頭了，超煩、超囉嗦！」

那天晚上，他們沒有待很久，不到兩個小時就回去了。

他們離開以前，我幾乎沒再開口說什麼話。

翌日上完體育課，操場上的同學紛紛往教室的方向移動。

我站在穿堂一隅，聽著紛沓零亂的腳步聲，沒多久，就看見目標出現。

范莫昇穿著白色短袖上衣，將藍色運動長褲捲成七分褲，神態悠然的手插口袋，一邊吹口哨一邊前進。

待他經過的瞬間，在轉角埋伏已久的我立刻逮住他，把他拖到人煙稀少的樓梯間，狠狠將他推到牆邊。

突然被人從暗處一拐，范莫昇起先嚇了跳，一發現是我，立刻瞪大眼睛飆罵：「靠，死三八，妳幹麼啊？」他揉揉撞到牆的後肩，氣得吼叫：「妳是野蠻人還是變態？突然把我抓到這裡來幹麼？搞什麼埋伏？有病！」

「范莫昇。」我漠然的死盯著他，語氣極度冰冷，「你愛耍中二，讓自己看起來既愚蠢又幼稚，這些我管不了，但我不吭聲，不表示我會一直容忍你。以後，你要是敢繼續在外婆面前隨便亂說話，我不會原諒你。」

「怎麼？因爲我在婆婆還有阿洋面前把妳的祕密說出來，妳惱羞成怒了？」他不屑的撇撇嘴，「我有亂說嗎？妳本來就故意在班上耍孤僻、搞自閉啊，我只是說實話，不可以嗎？」

「你明知道我外婆聽了會擔心，爲什麼還要故意說出來？」

「那就是妳自己的問題啦，既然做了，就不要怕別人說，而且從一開始，就是妳先騙婆婆的耶，故意裝得好像很忙，才沒辦法跟班上同學出去，讓婆婆誤會。我是不忍心看婆婆一直被妳騙，才把眞相說出來的！」

語落，他雙手抱胸，像想到什麼似的嘖嘖嗤笑：「喔！我知道了，可能是妳這個人本來就有什麼交友障礙吧？我想起來了，開學那天妳寫的信。妳一定有做過什麼對不起別人的事對不對？要不然爲什麼開頭第一句就是道歉？還寫什麼傷害到大家，傷害到朋友之類的……我看哪，根本就是妳本身有問題，做了不好的事，被以前在臺北的朋友拋棄，才躲到高雄來！」

我啞口無言。

看到范莫昇得意洋洋的表情，我慢慢握緊了拳頭。

強忍滿腔的怒火，我牙一咬：「范莫昇，既然你不懂得尊重別人的隱私，那麼也別怪我不尊重你了。」

他聳肩，兩手一攤：「反正我沒什麼把柄，更沒做什麼虧心事，妳想怎樣就怎樣，來呀！誰怕妳？」

「你說把柄嗎？溫硯洋算不算？」這次換我冷然一笑，「你什麼都不怕，就怕溫硯洋討厭你不是嗎？如果他知道你喜歡他，還會像現在這樣，一天到晚讓你黏著不放嗎？假如我再把你私底下威脅過我的事，通通告訴他和外婆，你覺得溫硯洋會不會生氣？我外婆還會不會讓你來家裡？我很想知道呢。」

反擊奏效，范莫昇的臉色果然變了。

「妳敢？」他瞇起眼，面色一暗，「妳真以爲阿洋會因爲妳跟我絕交嗎？妳會不會想太多？妳以爲妳是誰？」

「溫硯洋會有什麼反應，等我告訴他這件事，自然就會知道了，而且你剛才不是說，既然做了，就不要怕別人會說出去，我只是用同樣的方式回敬你而已！之前是因爲外婆替你說情，我才不跟你計較，可是既然你做到這種地步，那我也不會傻到繼續被你陷害！等我把事情全部說出來，你就等著看到底是誰的下場比較慘吧！」

「妳眞的以爲自己多了不起啊？」他咬牙切齒，口氣凶狠：「妳跟婆婆又沒有血緣關係，妳根本就不是她眞的外孫女，憑什麼這麼囂張？而且，妳口口聲聲在這裡喊外婆外婆，但妳真的有把她當外婆嗎？我問妳，婆婆一個人住在這裡這～麼久，妳有沒有從臺北來看過她一次？有沒有打電話關心過她？妳搬來這裡才幾個月，我跟阿洋在婆婆身邊卻已經好幾年了！

「婆婆以前痛風，腳痛到沒辦法走路的時候，是阿洋背婆婆去搭車看醫生；感冒生病的時候，是我買東西給婆婆吃，替她去醫院拿藥，請問妳這個『外孫女』爲她做了什麼？至少這幾年，我完全沒聽說有哪個家人從臺北來看她。想跟我比婆婆對誰好，先看看妳自己有沒有資格說這些話吧？臭三八！」他激烈的言詞朝我步步近逼。

這次我沒有馬上回嘴，而是閉上眼睛深吸一口氣，然後緊抿雙脣，重新直視他的眼。

「范莫昇，不管你再怎麼辯，我就是我外婆的外孫女；就算沒有血緣關係，我還是她的外孫女，這是事實，不是你說不是就不是。」對於他的挑釁，我表現出不爲所動，「假如你眞的想對我外婆好，那就請你以後不要再惹事生非，一天到晚做出像是小學生的幼稚行爲。你自己在外頭闖了禍，沒膽子負責，就讓我外婆幫你擦屁股，替你向別人道歉，你都不覺得丟臉？

「你最好弄清楚一件事，不管是我外婆還是溫硯洋，都沒義務替你家的人照顧你。眞正不該仗著他們兩個的好，就爲所欲爲的人，應該是你才對！沒有人應該無條件忍受你的爛脾氣跟任性，所以你最好懂事一點。要是你再惹出什麼麻煩，害我外婆又得出來道歉，我不會再坐視不管，更不會放過你！」

狠狠的對他說完這一串警告，我頭也不回的迅速離開現場。

深夜，這城市裡的人都入睡了，天空悄悄的降下了雨。

清晨醒來時，我望向窗外，看見公寓門口有許多未乾的水窪，才發現昨夜的雨似乎下得不小。

九點不到，我就帶著布置教室用的工具與紙材出門，並告訴外婆不用等我吃中飯，因爲我會在學校待一整天。

雨停了，但天空被灰黑的烏雲籠罩，氣溫驟降幾度，一直溼悶炎熱的高雄，這天難得有了一絲涼意。

走進教室，我打開電燈，裡頭沒有半個人。

最終，我還是沒有找其他同學幫忙，決定自己布置教室。

我把幾張課桌併在一起，將剪刀膠布全拿出來，再攤開壁報紙，準備就緒後，就開始工作。

四周很安靜，沒有平時的喧鬧，只有鳥鳴聲從樹梢上傳來。

空氣裡還有一點下過雨的潮溼味道，風一吹來，桌上的紙就宛如七彩波浪，飄起浮動，又像羽毛般無聲的落回桌面。

我先將預備貼在黑板兩側、教室兩端柱子上的小圖案做好，再用鉛筆在壁報紙上畫出幾隻Q版乳牛、小豬、斑馬……接著是房子、花朵，還有葉子。

打完草稿，再拿麥克筆描線。

上好顏色後，我沿著乳牛的線條外框剪裁。

「我有亂說嗎？妳本來就故意在班上耍孤僻、搞自閉啊。」

我小心翼翼，動作緩慢仔細，就怕一不留神就失手剪壞。

剪好以後，我稍微拿高，上下檢查一番，然後將其放置一邊，開始剪小豬。

「可能是妳這個人本來就有什麼交友障礙吧？」

小豬也順利完成，我繼續剪斑馬的部分。

「妳一定有做過什麼對不起別人的事對不對？」

「根本就是妳本身有問題，做了不好的事，被以前在臺北的朋友拋棄，才會躲到高雄來！」

快剪到斑馬的頭部時，我視線順勢往上，正好看見它臉上的笑容。

「妳根本就不是她眞的外孫女，憑什麼這麼囂張？」

「妳有沒有從臺北來看過她一次？有沒有打電話關心過她？妳搬來這裡才幾個月，我跟阿洋在婆婆身邊卻已經好幾年了！」

「請問妳這個『外孫女』爲她做了什麼？」

「想跟我比婆婆對誰好，先看看妳自己有沒有資格說這些話吧？臭三八！」

一滴眼淚不小心落在斑馬的笑臉上。

輕輕吐口氣，我用手背擦去臉上的溫熱，我沒有激動啜泣，只是默默掉眼淚。

那件事情過後，來到高雄之後，我都不曾因爲難過而掉下一滴眼淚。

或許是因爲范莫昇的話太過眞實，沒有任何委婉，不經任何包裝，才會如此尖銳，每一句都深深刺進我的心。

與其說是痛，不如說是對自己徹底感到灰心喪志，才會連找藉口讓自己好過一點的力氣都沒有。

當時，我義憤填膺的對范莫昇提出警告，還說他幼稚不成熟，回頭想想自己，突然覺得可悲又可笑。

這樣的我，又好到哪裡去？

我有什麼資格說范莫昇呢？

視線因淚水變得模糊，我伸手抹了一下眼睛，吸吸鼻子，繼續剪紙。

把一部分的小動物剪好，貼上雙面膠後，桌上的手機響了一聲。

是溫硯洋傳來了訊息。

「亮亮，妳是幾班？」

我沒有多想，順手回覆：

「五班。」

過了幾秒，我收到了他的回訊：

「好，我知道了。」

我不曉得他爲何忽然問這個問題，對螢幕發了一會兒呆，才又繼續動手做事。

約莫十分鐘，教室前門傳來一陣敲門聲，同時伴隨一道清亮呼喚：「亮亮！」

我一愣，回眸，看見臉上掛著和煦笑容的溫硯洋出現在門邊時，不自覺睜大眼睛，訝異萬分。

「辛苦了。」他提了杯飲料走到我眼前，「來，珍珠奶茶，給妳喝。」

我接過珍奶不動，怔怔然：「你爲什麼會……」

「婆婆說妳今天很早就出門了，要在學校布置一整天。我今天沒什麼事，就想來看看妳。剛好，這附近有一家店的咖哩飯很好吃，我以前在這裡念書的時候常去吃，中午想再回味一下，等等一起去？順便休息一下，好嗎？」

啞然片刻，我點點頭。

他拉開我隔壁的一張座位坐下，然後瞧瞧我剛剪好的幾隻動物，驚豔的眨眨眼道：「這是妳做的？好可愛，亮亮妳很會畫耶！」

他沒有問我「怎麼只有妳一個人」、「一個人做累不累」，或是對只有我獨自在教室裡做布置而表現出半點困惑之情，也許是前天范莫昇在家裡說了那些話的關係。

我又回想起來，那天後來也是因爲溫硯洋自然的將話題帶過，焦點才沒有繼續落在我身上……

「妳以前常做這些東西嗎？」

我搖頭：「不算常……我只是比較喜歡畫一些小插圖而已。這些畫好後，剪下來再貼上去就行了，不會很難。在之前的學校，和朋友一起做教室布置時，我就是幫忙畫這些。」

無論他當時是不是刻意轉移話題，我都很感謝他。

更令我感動的，是他依舊用一如往昔的態度對待我。

想起范莫昇質問我的那些話，再看見溫硯洋的臉時，我心裡忍不住浮現出某個念頭——他會不會和范莫昇一樣，對於我這麼多年來，都沒關心外婆，對外婆不聞不問，而有一些些怨懟和不滿？

會不會……其實他對我也是很不諒解的？只是因爲他很溫柔，所以才什麼都不說，不曾開口問過我什麼？

想著想著，我心中不安與膽怯的感覺不斷加深。

假如溫硯洋眞的用責怪的眼光看待我……

「亮亮？」見我陷入呆滯，他伸出一手在我眼前晃了晃，關心道：「怎麼了？妳的臉色不太好看。」

「喔，沒有啊。」我連忙拿起剪刀，想掩飾方才那一剎那的失神。

這時，溫硯洋站了起來，一隻手掌覆蓋在我的額頭上。

我渾身一僵，自他手心傳遞來的溫暖，令我恍惚了幾秒。

「我還在想妳是不是感冒了，幸好沒有。」他似乎鬆了一口氣，「婆婆告訴我，妳這兩天看起來沒什麼精神，飯也吃得不多，擔心妳是不是有什麼心事。」

聞言，我頓時有些明白了。

或許溫硯洋今天會來找我，並不是純粹因爲沒事，而是外婆拜託他來關心我也說不定。意識到這點，我耳根一熱，不是害羞或難爲情，而是因爲更加慚愧，甚至對自己又多了一分惱怒。

我無法直視溫硯洋的眼睛，非常不想以這樣丟臉的表情面對他。

「我沒什麼心事呀，大概是因爲天氣的關係吧……只要碰上這種陰陰涼涼的天氣，我就會全身懶懶的，特別想睡覺，才會看起來沒什麼精神吧。」我指指窗外的烏雲，盡量用自然的口吻回應，「對不起，讓你跟外婆擔心了。」

溫硯洋沒再開口，站在我身旁，拿起一朵我剛剪好放在桌上的紙花，仔細端詳，然後用低沉平穩的嗓音說：「妳不必在意阿昇那天說的話。」

我心頭一顫，好不容易平靜下來的心湖，像被丟入一顆石子，又泛起漣漪。

果然，他早就看出來了。

「嗯，我沒有放在心上。」我點頭，「只是覺得……對外婆很抱歉，原本希望來這裡後，可以不爲她添任何麻煩，可是現在回想起來，好像還是經常讓她擔心……」深呼吸，我低啞的說：「因爲我過去從沒有爲她做什麼，所以我希望這次來到高雄，可以幫上她一點忙，和她一起好好生活。可是不知道爲什麼，卻一直發生讓她擔心的事，所以覺得有點沮喪而已。」

原本不想在溫硯洋面前表現出軟弱的樣子，但在他專注的視線下，想隱藏起來的心情無所遁形，心裡話就這麼不知不覺流洩出來。

明明沒勇氣探知他對我的眞正想法，卻還是忍不住向他傾吐。

「那不是妳的錯啊，是阿昇自己惹出一堆事，妳才會不小心被拖下水，所以不需要爲這些事自責的。而且，我相信婆婆也不會認爲妳給她添麻煩，相反的，我覺得亮亮妳來到這邊之後，婆婆變得更開心了。」

我不禁抬頭，對上他清澈的眼睛。

「雖然我跟阿昇陪伴在婆婆身邊比較多年，她也把我們視如己出，可是那跟亮亮妳還是不一樣的，因爲妳才是她眞正的家人啊。老實說，我很高興妳來到這裡跟婆婆一起生活，因爲妳來了，婆婆才不再一個人住在那棟房子裡。自從知道妳要來高雄跟她住，她一直非常期待，爲妳準備新傢俱、新房間時都非常投入，忙得不亦樂乎喔。我相信，即使只是爲妳準備一頓飯，她都覺得很幸福，所以妳不用擔心自己給婆婆添麻煩，因爲對婆婆來說，那絕不是麻煩，我可以保證。」

他看我的眼神裡，蘊含淺淺笑意：「妳不用太在意阿昇的態度，那小子八成是吃醋，才會對妳這麼不友善，可能是覺得妳一出現，婆婆對他的關愛就被瓜分掉了，況且他本來就不容易接受陌生人。基本上，他的心態就是處於小學生的階段，所以妳別跟他計較，更不要因爲他的話而覺得受傷，好嗎？」

他的語氣始終那樣誠懇溫柔，原本卡在我胸口的低落與悲傷，就這麼神奇的無聲消散，慢慢不見了。

彷彿得到了寬恕與包容，緊繃的神經一放鬆，視線竟又模糊起來，情緒來得太快，我措手不及，連忙拭去不小心又掉下來的眼淚，但我知道溫硯洋看見了。

他什麼話都沒說，緩緩向我靠近，將手搭在我的肩上，輕輕拍著。

教室裡的氛圍原本像窗外的陰天般沉鬱，而此刻，溫硯洋左胸口貼在我背後的溫度，卻讓我覺得彷彿置身在陽光下，一掃陰霾，明亮又溫暖。

淚水再度淌下的瞬間，我便明白，自己的心無法不爲這個人悸動。

之前與他一起去逛夜市，他問我想讀哪所高中？那個時候，我忍不住將目光落向他身上，因爲我直覺想到的，是他讀的那所高中，但當時我沒有告訴他。

每天早晨和他一起坐捷運上學，看到他站在另一個月臺的身影，曾幾何時，我心裡開始想的是，若不需這樣面對面，而是可以直接站在他的身邊，與他前往同一個方向……那該有多好？

感覺到溫硯洋摟著我的瞬間，我抿緊了脣，盈滿眼眶的溼熱，不斷滑下臉龐……

原來，我是真的喜歡上了這個人。

「你快給我過來！」

「不要啦！」

隔天上午九點，我再次來到教室繼續布置，忽然聽到走廊上傳來一陣爭執聲，一回頭，就看見溫硯洋將范莫昇拖進來。

「亮亮，我幫妳多找了一個人手，有什麼事，儘管指使他做。」溫硯洋笑容可掬，一隻手牢牢鎖住范莫昇的脖子。

「幫個屁啦，誰說我要幫的？我爲什麼要幫？我才不幹這種鳥事，放開我啦！」

范莫昇頑強抵抗，好不容易掙脫要逃出去，卻馬上被抓回來。

「你不也是這個班的嗎？爲自己的班級盡點心力也是應該的吧。」

「干我屁事？汪玟亮想做給她做就好了啊，她不是很行？寧可不找人硬要自己來不是嗎？這麼想邀功就讓她做啊，我才不幹這種麻煩事咧！」

「你既然不肯念書，乾脆來勞動一下吧，看你整天四處遊蕩……」

「我說不要就是不要！」

「眞是的。」溫硯洋無奈一嘆，「好吧，那你回去，我留下就行了。」

「什麼？你留下幹麼？」范莫昇瞠目，怪叫道。
「幫亮亮啊，你不肯做，我只好留下幫她嘍。」
「哪有這樣的！你爲什麼要幫她啊？而且你明明就答應過我，今天要在你家玩電動的耶！」他一副遭到背叛的表情。
「我改變心意了。」溫硯洋說得雲淡風輕，移步到我身邊，拿起一張大壁報紙，問我：「這個是要貼後面的嗎？我幫妳，兩個人一起比較好貼。」說完，他沒再理氣呼呼的范莫昇。
我瞄瞄那個快氣炸的人，但他沒有當場甩頭就走，依舊站在原地睜著大眼睛猛瞪我們。整整三分鐘過去，他沒離開，反而默默走了過來。
溫硯洋一見他走近，便指示他拿壁報紙的另一邊：「你拿左邊，我拿右邊，位置對好後，再請亮亮分膠布給我們。」
范莫昇悶不吭聲，神情十分不悅。
他們分別搬了椅子到布告欄兩邊，一起把新的壁報紙貼上去。
貼好後，范莫昇兩手叉腰，站在布告欄前打量片刻，擰眉冷哼：「眼光眞夠爛的，哪有人會選這種顏色？一點審美觀也沒有！」碎念完，他又回到課桌前，拿起我之前剪好的花朵與青草，咚咚咚的用拳頭將它們黏牢在布告欄上。
我偷覷身旁的溫硯洋，他回我一個意味深長的微笑，讓人不免懷疑，這是他一開始就算討好的。

溫硯洋似乎也很清楚，范莫昇是不可能會放我們兩人共處一室的。

因爲有他們的幫忙，進度一下子增快許多。

忙到一半，溫硯洋的手機響了起來，他走到一旁接聽。

「喂？」他開口，接著又說：「沒有，我不在家，我現在在我們以前的學校。對啊，就是以前的國中，你也很久沒有回來看看了吧？我今天是因爲有事情才回來的，會待一整天。說來話長啦，下禮拜在學校碰面，我再說給你聽。」

溫硯洋語氣輕快，我黏貼紙花的動作頓時放緩了些，不自覺專注聆聽他和對方說的話。

就在這時候，眼角餘光瞄見站在布告欄另一端，手拿白色棉花的范莫昇沒有動作，同樣心不在焉，目光還稍稍朝身後飄，也在仔細聽他說話……

當我與范莫昇不經意四目相接，像瞬間都察覺到彼此的心思，馬上別開了眼睛。

中午，我們三人直接買便當在教室吃，下午再繼續開工。

吃飽歇息之際，我和溫硯洋一邊喝飲料一邊閒聊，范莫昇卻坐在另一處，面無表情的專心剪紙。

溫硯洋通完電話回來之後，他就變得異常沉默，吃完便當，便拿起剪刀跟一張黑色A4紙，開始低頭東剪西剪，不吵鬧也不插話，完全沉浸在自己的世界裡。

范莫昇的異樣反應，我總覺得與方才那通電話有關，在布告欄前跟他視線對上的那刻，我幾乎從他眼中讀到了答案。

「感覺大部分弄得差不多了，下個週末應該就可以完成了吧？」溫硯洋問。

「嗯，謝謝你這兩天都來幫我。」我由衷感激。

「不客氣，我也做得很開心，感覺好像回到國中時期一樣，很懷念。」他環顧教室一圈。

聞言，我忍不住好奇：「你以前也是這一班的嗎？」

「不是，我是七班的。多虧妳，我才有機會舊地重遊一下。」他微笑，「我剛才正好和一位學姊通電話，她跟我一樣，也是從這裡畢業的。」

聽到這兒，我才知道和他通電話的那個人，是一個「女生」。

溫硯洋與對方說話時的口氣和態度，像是認識多年的好友，感情似乎很好，而他後來又跟對方說「下禮拜在學校碰面」，那就表示他和那位學姊，至今還是同一所學校……

「所以你和那位學姊是在這裡認識的嘍？」我又問。

「是啊，不過，我是先認識她的男朋友，後來才跟她熟的。她的男朋友是我國中社團的學長，他們兩人是很有名的班對，從國二交往到現在高三，同校同班，一直甜甜蜜蜜的，很不簡單吧？」

「嗯。」我表情自然的點點頭，心裡卻在得知那位學姊有交往多年的男友之後，稍稍鬆了口氣。

我再度往范莫昇的方向望去，他仍自顧自的安靜剪紙。明明比誰都要在乎，現在看起來卻像對溫硯洋的過去毫無半點興趣，真是反常……不過，也有可能是他早前就聽溫硯洋說過了吧？

休息過後，我和溫硯洋繼續未完的進度，范莫昇卻依舊不停的剪他的東西，連溫硯洋要他幫忙，他也無動於衷，彷彿不將手上的東西剪完絕不罷休。

到了五點，整間教室的布置完成度已到百分之八十，僅剩下一點小細節。

溫硯洋原本要我一起回去，但我想再多做一點，因此趕他們先走，不必留下等我。

他們離開後，我又剪了幾朵其他顏色的小紙花，替布告欄做最後的綴飾。

大功告成後，我站在布告欄前綜觀全貌，滿意的吐了一口氣，對今日的成果微微一笑，然後轉身收拾東西，準備收工回家。

我拿著掃把和畚箕清理滿地的紙屑，最後走到范莫昇今天坐了一整個下午的座位，收起桌上的幾張紙和小剪刀，收到一半，卻發現紙張底下似乎放著什麼東西，我掀開一看——

那是一隻手工精緻的黑色紙蝴蝶。

我訝然片刻，小心翼翼的將剪紙拿起來看。

那只蝴蝶剪紙約莫兩個手掌大，翅膀左右對稱，剪裁完美，絲毫不馬虎，更讓我驚豔的是蝴蝶的翅膀裡，居然有星星、葉子，以及幾種像是幾何圖形的花紋，其中最細微的線條，簡直就和眞的線沒兩樣，彷彿一觸碰就會斷裂。

圖案的細緻度、複雜度，都讓人難以相信，這眞的是用一把普通小剪刀剪出來的。

腦海浮現范莫昇今日坐在這裡剪東剪西的身影，我怔怔然。

這麼完美的紙蝴蝶竟出自於他的雙手，眞令人不敢置信，沒想到他有這項驚人的才藝！這種技術，早已經不是一般的剪紙，根本就是藝術品！

我看到入迷，一陣風吹進教室，將手中的蝴蝶吹走，我趕緊將蝴蝶追回來，像捧著易碎品般謹愼呵護，深怕不小心讓牠受到一點損傷。

凝睇著掌中的紙蝴蝶，我不自覺再次想起范莫昇沉默不語的模樣。

週四晚上八點多，外婆敲我的房門，告訴我，她要去范莫昇的家一趟。

這禮拜，不知爲何，范莫昇在學校始終悶悶不樂，沒聽說他惹出什麼事，但以往他平均三天會和溫硯洋來我家一次，這禮拜卻還沒來過，今天，他連學校都沒去。

「我剛打給他，他說他感冒了，家裡只有他在，我很擔心沒人照顧他。硯洋的爸爸媽媽這禮拜回來，外婆不好意思麻煩他去看看，打擾到他跟父母團聚。」外婆微笑嘆息：「亮亮，那就麻煩妳好好看家，外婆去送點稀飯給他，很快就回來了。」

「外婆！」我叫住正要轉身的她，抿抿脣，開口：「我幫妳拿去給他吧。」

聞言，外婆臉上流露一絲詫異，似乎對我願意去找范莫昇這件事覺得意外。

十分鐘後，我帶著外婆煮的稀飯，站在范莫昇家門口。

來到高雄幾個月了，我沒有到他家過，明知他見到我不會有好臉色，但爲了不讓外婆辛苦跑這一趟，我還是決定親自出馬。

按下門鈴，約莫三十秒，范莫昇才慢吞吞的來開門，發現是我，也愣了一下。

「幹麼？臭三八！」他的氣色不好，見到我之後感覺臉色更差了。

「我幫外婆送稀飯給你。」聽到他聲音沙啞，又頻頻咳嗽，我微微擰眉：「你有沒有去看醫生？」

「干妳屁事？東西給我。」他伸手要拿。

我後退一步，將保溫盒藏到身後：「我幫你弄，外婆要我看著你全部吃掉。」我又道：「而且我有話想跟你說。」

范莫昇不悅的瞪我，正想開口轟人，卻猛然咳了一陣。

我趁機直接從他身旁溜進屋裡去。

他家不大，但祖孫倆住綽綽有餘。屋內有些凌亂，范莫昇甚至把書包丟在客廳椅子上就不管。

在他面前，我不敢表現出在觀察他家的樣子，一看到餐桌，就走上前把保溫盒打開，將地瓜稀飯，以及麵筋、脆瓜、豆腐等清淡食物一一端上桌。

范莫昇先是在一旁默默的看，等我將菜一放好，他就立馬坐下，狼吞虎嚥的吃了起來。

看他的樣子可能連晚餐都還沒吃，我不解的問：「你爺爺去哪兒了？」

他沒理我。

「喂，范莫昇。」

「吵死了，他去打麻將了啦！」他不耐煩的怒道。

於是，他吃完前，我先離開了餐桌，等待的同時，順道環顧他家客廳一圈。

我移動到掛在牆壁上的月曆前，發現這個月份，有兩個日期被人用紅色筆畫起來。

其中一天，正好就是明天，然而這兩個日期的空格裡，卻又另外被打上一個大叉叉。

我不曉得那是什麼意思，不禁好奇的將月曆往回翻，之前的月份，同樣也有兩個日子被畫起來，幾乎都落在月初及月底的週五或週六。

我回頭望向餐桌，竟看見范莫昇趴在桌上動也不動，我馬上走過去，發現他已經將保溫盒裡的東西全部吃光了。

「范莫昇，你很不舒服嗎？」

「妳還有什麼事？」他的聲音裡似乎已沒了怒氣，只剩下沉悶，「有話快說，有屁快放。」

我瞧瞧他，從肩包裡拿出一張透明資料夾，放在桌上：「這個是你剪的，對不對？」

他抬眸，看見那隻黑色紙蝴蝶，蹙眉：「留著幹麼？不會丟掉喔？」

「爲什麼要丟掉？這不是你花了很多個小時剪出來的嗎？」其實禮拜一時，我就想給他，但一見到他那張臭臉，怕他又突然亂發脾氣，才拖到現在。

「吵死了，叫妳丟掉就丟掉！」他雙頰漲紅的嘶吼，見我無動於衷，他直接抓起資料夾，狠狠扔到另一邊，「給我滾回去！」

我沉默不語。

他再度趴回桌上，繼續咳個不停，看起來相當疲怠，似乎已經沒有體力。

我撿起他丟在地上的紙蝴蝶。

一分鐘後，我回到他身邊，「咚」的一聲把一杯東西放在桌上。他顫了一下，發現眼前出現一杯熱飲時，眸光有些恍然。

「杯子是你家廚房裡的，水是你家飲水機的，枇杷膏是我帶來的，我直接泡在開水裡。」我平靜的說，「都咳成這樣了，還大吼大叫，我又不是聾子，有必要這樣虐待你的喉嚨嗎？」

他一臉憔悴默不作聲。

「如果你不想要這隻蝴蝶的話，那就給我吧。雖然你不希罕，但老實說，我很喜歡，不想看見這麼漂亮的剪紙變成垃圾。」停頓數秒，我緩緩道：「還有……雖然你不是自願的，但我還是要跟你說一聲謝謝，多虧你和溫硯洋的幫忙，我才來得及在期限內把教室布置好。」

范莫昇沒有回應，沉著臉盯著桌面不動。

我將他吃完的盒子一一收起，準備打道回府：「喝完這杯就早點休息吧，保重，再見。」

「臭三八。」

他一喚，使我瞬間停下腳步。我回過頭，等著他的下文。

范莫昇沒有看我，依然垂首面對桌子，神情呆板的低問：「妳聽到阿洋和那個女生通電話的時候，什麼感覺都沒有嗎？」

我愣了半晌，才意會到他說的應該是溫硯洋提過的那位「學姊」。

「什麼感覺？」我疑惑，「不就是和他交情不錯……一個普通的學姊而已嗎？」

他哼笑一聲，臉上浮現出嘲諷。

「妳還眞是少根筋耶。」他揮手趕人，「算了，那隻蝴蝶妳想拿走就拿走，隨便妳，快滾蛋！」

走出范莫昇的家後，我仍在深思他的話。

他爲何會突然問我這個問題？

莫非他認爲，那位學姊與溫硯洋之間有什麼？

應該不可能吧？那位學姊不是已經有一位交往多年的男朋友？對方還是溫硯洋的國中學

長，而且他也說他們的感情一直都很穩定甜蜜，不是嗎？

帶著滿腹的疑問回到了家，當外婆一問起范莫昇的狀況，我便沒再去細想這件事。

「那孩子果然餓著了。」看到空蕩蕩的飯盒，外婆發出心疼的喟嘆，「如果他來這裡，外婆還可以照顧他。他爸爸不在身邊，爺爺也常不在家，眞是可憐了這孩子。」

「范莫昇的爸爸都沒有回來嗎？」

「他爸爸的工作比較忙，一個月裡大概只能回高雄兩天，雖然莫昇每年寒暑假都會去宜蘭找他，可是平常日，父子倆就沒什麼機會見面了，尤其碰上旺季，他爸爸一個月就只能回來一次，有時甚至整個月都沒辦法回來……」

「一個月……只能回來兩次？」我意外。

「是啊，每次他爸爸一回高雄，莫昇就會很開心，到外婆這兒都笑嘻嘻的，還會跟我分享很多他爸爸的事，像是去了哪裡玩，買了什麼東西……」

「他爸爸都是禮拜五或禮拜六回來嗎？」

外婆眨眨眼：「是呀，亮亮妳怎麼知道？」

我想起掛在范莫昇家的那副月曆。

每個月份，都有兩天被畫上記號，而這個月的兩天，都被打了大叉叉。

如果那是范莫昇的父親原本預定回來的日期……那那兩個叉叉，會不會就是代表對方這兩天都沒回來？等於這個月，范莫昇都見不到他的父親？

若眞是這樣，范莫昇這週的心情會這麼惡劣，可能就是這個原因。他這麼喜歡黏著外婆和溫硯洋，或許也是因爲平常在家裡得不到什麼溫暖，即便想念家人，也無法說見就見……

「不管是我外婆還是溫硯洋，都沒義務替你家的人照顧你。眞正不該仗著他們兩個的好，就爲所欲爲的人，應該是你才對！」

回憶起之前曾對范莫昇說的話，又聯想到方才他獨自一人在家，趴在餐桌上不動的身影，我的心微微一揪……

外婆曾對我說，范莫昇其實很寂寞。

平時他不會表現出來，總是一副吊兒郎當的樣子，直到今天去探病，他那張漲紅發怒的臉，竟令我覺得有股酸酸的苦澀卡在喉間。

那不像是同情，也不像是難過，而是像對方說不出口的心情，在我心裡產生了共鳴。

不想讓任何人破壞，甚至奪走自己原有的世界……這種心情，我曾經非常明白。

就是因爲明白，所以當初我才會來到這個地方，不是嗎？

這一晚，我把范莫昇不要的紙蝴蝶包在透明套模裡，掛上書桌旁的牆壁，當作裝飾品。

紙蝴蝶的線條有多細緻，也許就代表范莫昇的心思有多細膩。

雖然和他一直都合不來，但我總覺得，自己不會「更加」討厭他了……

這次生病，讓范莫昇在家中躺了兩天，才順利回來上學。

只是平靜的日子維持不到幾天，他又惹出一件麻煩事。

身為總務股長的他，平常都把班費塞在一個小布袋裡，再放進書包，上下學皆隨身攜帶，沒想到某天，他專放班費的小布袋突然不翼而飛，裡頭的金額高達五千多元。

看著范莫昇臉色發白的不斷翻書包，班上同學沒有一個人上前關心。

這件事班導還不知情，同學之間卻早已發出不少閒言碎語。

「不會是被他拿去亂玩花掉了吧？」

「為什麼要把錢給他管啦！現在怎麼辦？」

「當然是叫范莫昇賠錢啊！」

「搞不好是他自己把錢私吞了，再假裝不見。」

猜忌懷疑的指控一天比一天多，范莫昇也一天比一天焦慮，但他始終沒有主動向任何人求助。

同學看他的眼神充滿輕蔑鄙夷，罵他的話也越來越尖酸刻薄。

事發第三天，下午的自習課，同學們全擠在走廊外，爭相看一樓某棵樹下的花圃。范莫昇蹲在一座還沒種花，只鋪了土壤的花圃旁，不斷東挖挖、西挖挖。大家完全不曉得他在做什麼，不禁熱烈的討論起來，困惑的問句及嘲諷的笑語，此起彼落。

當我也和其他人一樣一頭霧水的觀察范莫昇的舉動，沒多久就聽見身旁有人小小聲的說：「欸，你們看，范莫昇眞的去挖了耶。」

「你眞的把東西藏在那兒嗎？」另一人問。

「對呀，昨天放學時藏的，不過位置在哪兒我忘了，好像是左邊，又好像是右邊。」

「你很壞耶！」兩個女生同時發出咯咯笑聲。

我望過去，發現是兩個男生、兩個女生在說話。旁聽一會兒，我叫住了其中一個男生。在教室裡，我直接問對方是怎麼回事。

他們四人先是一陣扭捏的面面相覷，最後才老實招供，他們前幾天把范莫昇的布袋偷拿走，然後埋在樓下的花圃裡。上一堂下課，他們丟紙條到范莫昇的抽屜，向他透露布袋的下落。

我愕然的詢問四人動機：「你們爲什麼要這樣？」

「誰叫范莫昇老是一副瞧不起人，以爲自己多了不起的樣子，看了就不爽，所以我們才想要稍微整他一下。」把布袋藏起來的男同學說。

「對呀，反正班費在哪裡的線索都告訴他了，我們只是想給他一個教訓，希望他以後別再那麼囂張！」

「汪玟亮，開學那一天，妳不是被范莫昇誣陷是小偷嗎？他甚至還動手打妳耶，難道妳都不會生氣？不覺得他眞的很可惡嗎？」

他們個個忿忿不平，而我卻怎麼也說不出認同的話。

回到走廊，我看到范莫昇還在原處拿鏟子挖土，此時頭頂上的天空漸漸被層層烏雲籠罩，感覺再過不久就會下起雨來。

「外婆只希望，莫昇在學校一個人的時候，妳可以讓他不那麼寂寞。」

我默默凝視他的背影，那道身影，讓我想起上次在溫硯洋家借的一本書。書名叫做《孤鳥》。

那是個講述校園霸凌的故事，當時一看到「在班上受到大家的排擠、孤立和欺負的人，就是所謂的『孤鳥』。」這段文字，我就決定將它借回去，那天晚上一口氣就讀完。

此刻，在我眼前的范莫昇，就是那隻孤鳥。

只是，是他自己想成爲那隻孤鳥，他不需要別人進入他的生命，只要珍視的人都在身邊，他就不會想再擁有更多，也不希罕擁有。

這樣的他，和選擇逃避的我，並不一樣……

兩分鐘後，我來到一樓，踏著堅定的步伐往花圃走去。

范莫昇看見我和他一樣拿著鏟子，蹲在另一邊開始埋頭剷土時，冷冷的問：「妳想幹麼？」

「你不是在找班費？我已經知道是班上有人惡作劇藏起來的，多一個人來幫忙挖，會比較快找到吧？」

「不需要妳，以爲這麼做我就會對妳感激涕零嗎？」

「誰要你的感激了？我只是不希望之後又要再繳一次班費，那裡頭也有我的錢耶！如果你現在付得出那五千塊，那我沒話說，你也用不著浪費力氣繼續在這兒挖洞了。」

他沒再回嘴。

挖了一會兒，沒看見東西，我將土填回去，再挖另一個洞。

突然，一滴冰冷雨珠落在我的手背上。

范莫昇又開口說：「之後換妳被整，沒人理妳，那就是妳自己活該，不干我的事！」

停頓一秒，我應聲：「沒差，反正我在大家眼裡，老早就是個怪胎了，就算沒人理，頂多再撐幾個月，明年畢業就沒事了。而且要是我眞的被整，你沒有來湊一腳，我就謝天謝地了。」

范莫昇聞言，輕輕冷哼一聲，不再說話。

是因爲想排解胸口那股沒由來的苦悶？還是因爲外婆的請求，才讓我無法繼續對他現在的背影視而不見？我不確定。

或許我和他都是孤鳥，做的也盡是一些既孤單又愚蠢的事，但只有這個時候，我不希望看見他一個人，就算我並不是他渴望能陪在他身旁的人。

聽著規律不間斷的剷土聲，我不禁想知道，此時在范莫昇的心裡，是否沒那麼寂寞了？會不會有那麼一點點，覺得自己其實並沒有那麼孤獨？

我忽然很希望，那個答案是肯定的。

第四章　約定

「總有一天」，何時會是今天？

十五歲的夏天，我還是個正要進入繁忙考期的國三生。鎮日與課本為伍的日子，讓時間飛快流逝；身邊新的人事物，則使規律到有些單調乏味的生活不失熱鬧。

時序逐漸由秋轉冬，由冬轉春，不知不覺，我即將在這裡度過第二個夏天。當初媽媽跟我說，等臺北的工作處理好，她就會來高雄，結果一直到我的畢業典禮在即，她還是沒有來。

在這一年裡，我只有透過手機視訊，才能看見她的臉。事實上，早在今年過年，媽在電話裡對我說，可以回臺北找她的時候，我就已心知肚明，媽其實並不打算來高雄了。

而我，也許是習慣了在高雄的日子，所以當下並沒有對媽媽的失約發脾氣，或是覺得失落，反正她和爸爸還沒離婚的時候，就算同住一個屋簷下，我能夠和他們面對面相處的時間，跟現在其實沒有差多少。

可悲的是，對於媽媽的爽約，我發現自己並不會覺得失望，這就表示從一開始，我對她就沒抱太大的期望。

當她的女兒這麼多年，自然明白她的個性，過去她也經常因爲工作而「晃點」我，多年來疏於照顧我和弟弟，爸爸因此與她爭執不斷。

如果她是甘於爲家庭放棄事業的女人，那麼今天大概就不是這個樣子，所以就算她無法來高雄參加我的畢業典禮，也不是什麼意外的事。

國中畢業典禮當天，是由外婆和溫硯洋出席參加。

那天外婆看起來很開心，不斷請溫硯洋幫我和范莫昇兩人拍照，但范莫昇堅決不想跟我合照，所以我便和外婆一起拍，後來范莫昇幫我和溫硯洋拍照的時候，故意偷偷把鏡頭調歪，結果照片一洗出來，只看得見我跟溫硯洋的頭頂。

班費失蹤事件過後，我跟范莫昇的關係沒有因此改變多少，他依然排斥我，依然動不動就罵我臭三八，但經過這一年，至少不再像最初那樣仇視我了。

此外，我順利申請到我想念的高中，就是溫硯洋正在就讀的那所。

而范莫昇，不曉得是早就看出我的企圖，不想讓我得逞，還是因爲自己也想跟溫硯洋在一塊，後來竟突然吃錯藥似的沒日沒夜發憤念書，一改先前的打混摸魚。

結果「很不幸」的，他也考上同所高中，還拍下榜單連傳十張到我手機裡，炫耀意味十足，只差沒裱框起來再快遞送給我。幼稚的程度，讓我當下只能臉上三條線，無言的瞪著手機螢幕。

今年暑假，溫硯洋和家人出國玩，范莫昇也和往年一樣要去宜蘭找他爸爸，因此溫硯洋決定，等到開學的那個週末，他再帶我們去慶祝一番。

開學那天早上，站在一樓的溫硯洋，看到我穿著嶄新的制服走出來，臉上漾起燦爛笑容。

「早啊，學妹！」

我忽然間覺得有點不好意思，雙頰微微發熱起來。

佇立在月臺上，我和他一起等待捷運進站。

溫硯洋看看手錶，再瞧瞧周圍：「沒看到阿昇呢，這小子該不會開學第一天就睡過頭吧？」

我也跟著環顧身邊一圈，視線不自覺落向對面月臺的幾個國中女學生。

她們身上的制服和書包勾起我的回憶，我不禁悄悄偷覷溫硯洋的側臉……

兩個月前，我穿著和她們一樣的制服，站在和她們同樣的位置，凝望著月臺對面的溫硯洋。

那時我心想，希望有一天不再只能遠遠觀望著他，而是可以站到他身旁，和他注視相同的方向，和他去一樣的地方。

如今，我真的和他並肩站在一起，搭乘同一班捷運，去同一所學校……意識到這些，我感到胸口有股熱流不斷流竄，這種激動的感覺，大概就是名爲「喜悅」的感動。

雖然要再度適應新環境，心情卻比一年前輕鬆許多，尤其得知范莫昇被編在另一班，更讓我覺得未來一片光明。這代表我不用天天看他對著鏡子搔首弄姿，也不用再看他和老師耍嘴皮子了。

不過，一直到昨天，我都沒見到范莫昇，也沒聽說他去找溫硯洋。

連到了學校，全校學生都在操場集合參加朝會時，也完全沒見他人影，我不禁懷疑，他是不是又和去年一樣，等到開學當天才回來？

九月的烈日下，學生們一邊流汗，一邊痛苦的聽校長在司令臺上發表長篇大論。

突然，我的肩膀被輕輕拍了一下，回頭，就看見袁珍眞笑瞇瞇的對我揮手。

我到高雄念書的第一天，第一個向我搭話的袁珍眞也考上這所高中，甚至湊巧的再次和我成爲同班同學。

之前范莫昇被同學們排擠，大家看到我去幫他找班費後，漸漸冷落我，袁珍眞與我互動的頻率也降低了，沒想到她還會主動向我打招呼。

先前和她比較好的幾個同學，如今都被打散，不在這兒，新的班級裡，只有我跟她是認識的。

由於心境已經與初來高雄時不太一樣，我重新敞開心房，不再刻意與別人保持距離，與袁珍眞的相處也變得比之前更加自在融洽。

下課時間，我和她站在走廊上聊天，聊得正投入，後腦冷不防被人敲了一記，痛得我發出「唉唷」一聲。

「臭三八，叫妳兩聲了，耳聾是不是？」那人站在背後涼涼的問。

我微張著嘴，驚訝的瞪著他好幾秒。

他居然換了一個新髮型！

范莫昇之前的髮色偏黃，頭髮的長度都足以綁起來了，但現在，他頂著一頭乾淨俐落的短髮，染成較暗的酒紅色，看起來不只變得很有精神，原先蓋在瀏海下的一雙眼睛也更顯炯炯明亮。

兩個月不見，他似乎長高了。

我回過神，蹙眉撫著剛才被敲的位置：「幹麼？」

「原子筆一枝，空白紙三張，沒有原子筆的話，鉛筆也行，借我。」

「你自己的筆呢？」

「早上太趕，來不及把鉛筆盒放進書包就來了。」

「你今天早上才回高雄？」

「昨天啦，我電動打太晚，不行喔？」他伸直了手，不耐煩的催促，「快點給我，我還要去大便啦！」

我無言，但還是回教室拿了枝藍色原子筆跟幾張紙給他。

他一拿到東西甩頭就走，連句道謝都沒有。

一旁的袁珍眞瞠大了眼，用不可思議的口吻說：「范莫昇講話還是一樣很不客氣耶！」

晚上，范莫昇跑來找外婆，一進門就迅速脫鞋再換拖鞋，就像回到自己家，然後一屁股坐在沙發上，還大咧咧的把腳蹺在客廳桌上，悠閒的邊吃外婆做的麻糬，邊拿遙控器按電視。

坐在旁邊吃水果的我，不悅的問：「范莫昇，你沒看到桌上有放水果嗎？」

他沒理我，自顧自的盯著電視螢幕，我不客氣的往他小腿狠狠拍下去，他痛得縮回腳，吼道：「幹什麼啊？臭三八！」

「叫你把腳放下來，明知道桌上有放水果還故意蹺腳，懂不懂衛生啊？」

「妳自己不會把水果放遠一點喔？暴力女！」

「你眞把這裡當作你家呀？來別人家裡作客，就要懂得規矩，不要給你方便，你當隨便！」

要說這一年來，我和范莫昇的互動方式沒有改變……仔細深思，好像也不是眞的完全沒變。

我們的感情仍舊不好，依然對話不到三句就想各自走人。猶記初時，爲了不讓外婆爲難，面對他的挑釁和無理取鬧，我總是睜一隻眼閉一隻眼，冷漠以對，不與他正面衝突。但到了一年後的今天，不曉得是不是耐心被磨光，我變得會當著外婆的面跟范莫昇吵架，心裡對他有任何不滿，都會直接跟他說，因此經常弄得一屋子火藥味。

外婆本來還很擔心，但日子一久，也逐漸習慣我和他的相處模式，只要沒看到我們打起來，她很少會出面勸阻，也沒有再勞煩溫硯洋當和事佬，反而笑吟吟的繼續做她的事。

今年，我跟范莫昇才正要展開高中生活，卻換溫硯洋的日子不輕鬆了。

他升上高三，正值水深火熱的時刻，為了明年的大考，我感覺得出，他很積極認眞的在做準備，甚至減少范莫昇去他家玩電動的次數。

范莫昇不敢爲此抱怨，他也曉得這一年對溫硯洋來說很重要，但他不開心的情緒還是很明顯，開學第一週，他就因爲進不了溫硯洋家的大門，天天上樓來跟我搶沙發，悶悶不樂的看電視。

儘管溫硯洋變得忙碌，仍守約的在開學那個週末，帶我和范莫昇出去踏青。

我們一起到了一個適合闔家烤肉玩耍的溪邊，小孩、小狗衝進溪中戲水，笑聲、狗吠不絕於耳。

這附近被一片翠綠樹蔭環繞，是炎炎夏日裡，極佳的消暑勝地。

我們光著腳丫子，在冰涼溪水裡四處走來走去，范莫昇自然不會放過耍弄我的機會，故意在我走近的時候狂潑我一身水，到最後，竟演變成三人潑水大戰。

中午，我們拿出外婆準備的便當就地野餐。

吃完一份三明治的溫硯洋，用力伸了一個懶腰，笑得滿足，卻又有點無奈的嘆：「不知道下次像這樣出來玩會是什麼時候？」

「因為接下來有很多書要念吧？」我問。

「嗯，還有一堆試要考，光是這一個禮拜的考卷，大概就有這麼厚了。」他故意用食指和拇指比出一個誇張的距離，「這一年只能努力一點，等考上大學，就輕鬆多了。」

我凝視他的臉，緩緩開口：「雖然幫不上什麼忙……但希望你可以順利考上理想中的大學。」我由衷鼓勵，「加油。」

他直視我的眼，脣角的笑意變深：「謝謝，聽到亮亮妳的這番話，我突然覺得很有信心。」

「欸，飲料還有沒有？我口好渴。」范莫昇不知何時移動到我們身邊。

「喝光了嗎？」溫硯洋低頭看向腳邊空空的三個塑膠瓶，站起身，「我記得往橋的那邊有人在賣飲料，我去買，你們等我一下，我很快就回來。」

他一離開，范莫昇就一屁股坐在他剛才的位置上，我還以為他會跟溫硯洋去的。

「臭三八，我問妳。」他面無表情的對我說，「妳知不知道阿洋打算考哪所大學？」

我怔了怔，搖頭：「不知道。」

「妳都沒想過要問他？」他擰眉。

「因為我覺得晚點再問也不遲……那你有問嗎？」

「廢話，早就問了！」范莫昇雙手抱膝，音量放低：「可是他不告訴我。」

「爲什麼？」

「誰知道？問他的時候，他都笑嘻嘻的跟我說還沒決定好。」接著，他用他那雙大眼睛狐疑的瞪著我，質問：「喂，妳到底是不是眞的喜歡阿洋啊？難道妳都不怕他有可能會離開高雄，跑去別的地方念大學？妳都不在乎以後可能會見不到他嗎？」

我被他問得一愣一愣，不知道如何回應，只能靜靜的呆坐不動，陷入沉思。

不到十分鐘，溫硯洋就拎著三瓶飲料回來了。

當晚回家以後，我窩在房間裡，依然在思考白天范莫昇丟給我的問題。

也許是因爲我完全習慣有溫硯洋在身邊的日子，之前才會一點都沒有意識到這些。

滿滿的懊惱瞬間充滿心房……我怎麼會遲鈍到這種地步？

可是不曉得爲什麼，在我內心深處，就是有一種篤定，覺得溫硯洋會一直留在這裡，一直住在這棟公寓。

我從沒想過他有可能會去別的地方，更沒想過有一天會看不見他……

「謝謝，聽到亮亮妳的這番話，我突然覺得很有信心。」

心底逐漸升起一絲不安。

那一夜，我躺在床上翻來覆去，久久無法入睡，只能任由溫硯洋的笑顏在腦海中不斷徘徊……

翌日，第三堂下課，我和袁珍眞一起去福利社。

福利社裡頭人山人海，十分嘈雜，我卻呆站在櫃檯前，雙眼茫然的盯著架上的一堆零食放空起來。

昨晚沒睡好，早上起床後就昏昏沉沉的到現在，前幾堂課都心不在焉，即便現在身邊這麼吵，我的意識仍舊很恍惚，直到袁珍眞問我選好了沒，我才隨便挑了一包魷魚絲，準備結帳。

這時，肩膀被輕輕點了一下。

「嗨。」溫硯洋在身後對我和煦一笑，「買了什麼？」

瞌睡蟲瞬間跑光，我的心臟猛然一跳。

他瞧見我手上的魷魚絲，忽然請老闆再拿一罐可樂給他，然後把一張百元鈔，以及一罐運動飲料放在櫃檯上，等全部結完帳，他就將魷魚絲和可樂放到我手上：「請妳。」

發現他連魷魚絲的錢都幫我付了，我嚇一跳，連忙掏出錢包：「不行啦，這個我自己付——」

「沒關係，難得在學校碰到妳，就讓我請一次吧。」他揚起一抹爽朗笑容，揮揮手裡的運動飲料，「走嘍，拜拜！」

說完，溫硯洋就和他的同學離開了福利社。

當我還傻站在原地，袁珍眞用雀躍訝異的口吻問我：「玟亮，妳認識溫硯洋？」

聞言，我面露意外，回問：「妳知道他？」

「當然知道，他是我們的學長呀，和我們是同所國中畢業的。」她突然有些不好意思的掩嘴輕笑：「偷偷跟妳說，我以前曾經暗戀過他呢，而且那時候我有一個很要好的朋友，她跟我一樣都很欣賞、很喜歡溫硯洋。溫硯洋畢業那天，她還跑去跟他告白呢！雖然被拒絕了，我卻很佩服她的勇氣，因爲我根本沒膽子跟溫硯洋說話，連跟他對望三秒鐘都沒辦法。現在回想起來，我還有一點點後悔哩！」

「那妳現在還喜歡他嗎？」

兩朵紅暈飛上她的臉頰，她囁嚅道：「我……沒想到還會再見到他，畢竟都過兩年了，對現在的我來說，他就是一段美好的回憶，所以我沒想過要再做什麼……不過，我還是很高興啦！因爲等他明年畢業，可能就眞的再也見不到他了。雖然國中高中都剛好同校，但到大學還同校的機率很低，不可能這麼巧。溫硯洋的頭腦很好，能考上的大學一定也是頂尖的，我鐵定考不上……」

袁珍眞笑著說完這些話，我聽在心裡，卻覺得莫名苦澀，前一晚低落的情緒，似乎又再次籠罩我的心。

其實我也是個膽小鬼，想得越多，就越不敢去向溫硯洋證實。

他從未主動向我們提及大學志願的事，范莫昇之前問他時，他說他還沒有明確的想法，但以溫硯洋的個性，這麼重要的事，我認爲他應該很早就已經有打算了才對。

與他相處的這一年多，我知道他不是會將事情拖到最後一刻的人，更不是事先不做任何規畫及準備，就貿然行動的人。

要是我的直覺正確……說不定，溫硯洋是刻意瞞著范莫昇的。如果他選擇留在高雄念大學，那就沒必要對范莫昇隱瞞，不是嗎？

無論怎麼推理分析，結果總是偏向讓我不安的方向，爲此，我整天頭腦發脹，心神不寧。

某日傍晚，溫硯洋上樓來作客。

後來，我要出門幫外婆跑腿買東西，他也從椅子上起來，說要陪我一起去。

步行在寧靜的巷子裡，路燈將我們的影子拉得細長，我默默的走，視線追逐著地面上的那兩道黑影。

「這次段考考得還好嗎？」

「還可以，我盡力了。你呢？」

「也是盡力了，但再過不久又有模擬考，已經考到有點麻木了。」他無奈的聳聳肩，微微笑著。

回到公寓前，對面人家養的狗忽然對我們汪汪叫，溫硯洋走過去，站在柵欄外逗弄那隻狗，似乎玩得很開心，我不時聽見他歡欣的笑聲。

這一幕，讓我想起當初來高雄的第一晚，我站在房間的窗前，看到他和這隻狗玩，後來他發現我，兩人還在樓梯口聊了一會兒……

那些畫面歷歷在目，彷彿昨天才發生，但我不曉得以後還能不能繼續看到這樣的身影？

我不自覺握緊手中的袋子，積累在胸口已久的話語，這一刻全部蜂擁而上，再也藏不住。

深呼吸，鼓起勇氣，我開口：「溫硯洋，我可以問你一件事嗎？」

「嗯，可以呀。」

嚥嚥口水，我努力保持自然的說：「關於大學……你心中的第一志願是哪一所？」

溫硯洋聞言回頭，接觸到他平靜無波的視線時，我緊張的輕咬住下脣。

他凝望我片刻，勾了勾脣，低應道：「等時機成熟，我會第一個告訴妳。」

他的回答令我怔怔然。

雖然沒有正面回應，但這跟他當初給范莫昇的答案……並不一樣。

他的承諾，雖然無法完全消除我心裡頭的疑惑和不安，但我還是決定等待他親口告訴我的那一天。

在那天來臨前，我想選擇相信他。

相信溫硯洋最終不會離我們而去……

「玟亮。」午休結束，袁珍眞走到我身旁，笑瞇瞇的遞給我一樣東西：「這個給妳！」

她手上的紅色信封瞬間吸引住我的目光，黏在左上角的聖誕樹貼紙讓我很快會意過來，這是一張聖誕卡片。

「謝謝。」我感到驚喜，卻也有些不好意思，「抱歉，我還沒有準備卡片……」

「哈哈，沒關係啦，是我先提早給妳的，聖誕節是這個星期日，我原本打算等禮拜五再拿給妳，可是，我剛好有一件事想拜託妳……所以……」

「拜託我？什麼事？」

她抿抿脣，突然扭捏了起來，慢吞吞的伸出原先放在背後的另一隻手，我這才發現還有另一份藍色信封。

「妳能不能……幫我把這張卡片拿給溫硯洋？」雖然教室裡一片吵雜，她仍刻意壓低音量，「我、我沒有別的意思，只是單純的想祝他聖誕快樂，雖然我沒什麼機會和他說上話，但還是想在這一年有所表示，不讓自己留下遺憾。當然，我也沒有期待他回應啦，只希望這張卡片能夠送到他手上，這樣我就很滿足了。只不過……我怕拖得越久，就越沒勇氣送出去，所以決定提早拿出來……」

袁珍貞雙頰泛紅，靦腆羞澀的又問：「妳可以幫我這個忙嗎？」

我遲疑了一瞬，才緩緩接過那個藍色信封，看著上面的名字，我有些僵硬的點點頭：「好，沒問題，那我今天晚上就幫妳拿給他？」

「不不不！不用那麼快，就……聖誕夜或聖誕節那天再給他就行了！我只是想先請妳幫我收著，因為我怕到時候後悔，突然退縮……」她用力搖頭，眸裡盡是羞怯與喜悅，「謝謝妳，玟亮，眞的感激不盡！」

袁珍眞離開後，我坐在座位上，低頭凝視那份藍色信封，思緒不自覺飄到了遠處……

「亮亮，妳可以幫我把這封信交給州樵嗎？」

前額冷不防被用力推了一下。

「出來，我有話問妳。」范莫昇拋下話，完全沒有顧及我的意願，甩頭就走。

我揉著額頭，朝他的背射出一記冷颼颼的眼刀，但還是起身跟出去。

在走廊上，他劈頭就問：「阿洋到現在都還沒有跟妳透漏什麼嗎？」

溫硯洋對大學志願保密到家，讓范莫昇的不耐煩日益增長，中間甚至還把腦筋動到外婆身上，想拜託她去問問溫硯洋，結果還是無用。

「沒有。」我無奈的嘆口氣。

「眞的？」他冷冷睨我，「妳最好別騙我喔。」

雖然溫硯洋眞的沒說，但他允諾過會第一個告訴我，所以我的情緒才能維持平靜到現在，卻讓范莫昇因此覺得有鬼。

溫硯洋當時承諾我的那句話……我並沒有讓范莫昇知道。

「阿洋那傢伙，該不會打算等到放榜的時候才肯說吧？」范莫昇不悅的碎碎念，半晌後，他忽然話鋒一轉：「妳桌上放的是什麼東西？」

「什麼？」

「妳桌上不是有一個藍色信封？我看到上頭有阿洋的名字，那是什麼？」

「喔……那是要給他的聖誕卡片。」我隨即又補充解釋：「不過，不是我給的，是有人託我拿給他的。」

「最好是，明明就是自己要給，還不承認。」他哼笑。

「我沒騙你，眞的是有人拜託我拿給他的。」

聞言，他微微瞇起眼睛，挑了挑眉：「妳打算怎麼做？」

「什麼怎麼做？」

「卡片啊，妳不會眞的要拿去交給阿洋吧？」

「這是給他的，本來就要交給他啊。」

「哇靠！」他擺出像在跟白痴說話的表情，「如果裡頭寫了對阿洋告白的話，妳也要給嗎？」

我啞口片刻，然後垂下眼簾：「就算是那樣也沒辦法，畢竟這是……」

「怎麼會沒辦法？就把卡片藏起來，假裝已經給阿洋，不就好了？」

「這怎麼可以啦？」

「爲什麼不可以？」他咧嘴一笑，「如果是我，就會這麼做，就算竄改卡片裡的內容，我也不會猶豫。明明喜歡阿洋，卻還假惺惺的幫其他喜歡阿洋的人送信，這種智障的事，我死也不會幹！」

我愕然不動好一陣子，才慢慢啓脣，聲音乾啞的回：「可是，如果是朋友……」

「呵，我才不需要這種朋友，我只在乎我自己的事。不管是喜歡的人，還是想要的東西，就算要用搶的，我也會搶過來，而且不擇手段。我爭取我自己的幸福都來不及了，爲什麼還要去考慮別人的幸福啊？我才不想當最後躲起來哭的那種人，也不覺得犧牲成全有多了不起。表面上笑嘻嘻的把東西拱手讓人，事後再來哭哭啼啼，這種人我最瞧不起！想要什麼東西，就只能靠自己去爭，所以我沒時間去替別人想。不爭氣、不努力，只會傻傻期待別人給予的傢伙，注定什麼都得不到啦！」

他的話令我心口一震。

上課鐘響起，他離開時，不忘再次對我正色叮嚀：「記住，如果阿洋有跟妳透漏任何消息，一定要馬上告訴我，聽到沒？」

「那如果溫硯洋告訴你，你也會馬上跟我說嗎？」

他奉送我一枚白眼：「當然不會，我幹麼告訴妳？我瘋啦？」然後就拍拍屁股，回自己的教室去了。

今年聖誕節，我沒什麼玩樂的興致，所以選擇白天悠閒的待在家裡，下午陪外婆參加社區舉辦的聖誕活動。

外婆買了聖誕禮物要送我、溫硯洋，還有范莫昇三人，原本還想親手做聖誕大餐給我們吃，但週末兩天，溫硯洋碰巧都和朋友有約，范莫昇的父親這禮拜也回高雄來陪他過節。

少了范莫昇的聒噪，我度過了一個清靜愜意的聖誕夜。

雖然溫硯洋星期六不在，我還是順利約到他這天回來後的十分鐘。

他難得晚回家，十一點半我才接到他的通知訊息。

離開房間前，我拿起書桌上的藍色信封，目光停駐在上頭良久……

「如果是我，就會這麼做，就算要我竄改卡片裡的內容，我也不會猶豫。」

范莫昇一副理直氣壯，用理所當然的口吻說出他的看法時，我覺得自己受到一股不小的衝擊。

「我沒有別的意思，只是單純的想祝他聖誕快樂，雖然我沒什麼機會和他說上話，但還是想在這一年有所表示，不讓自己留下遺憾。」

我盯著信封整整一分鐘，最終，什麼也沒做，直接帶著信下去三樓。

溫硯洋已經站在家門口等我了。

「亮亮，不好意思，拖到這麼晚，晚上和同學去唱歌，我已經盡量提早走，結果還是搞到剛剛才回到家。」他一臉歉然的撓撓頭。

我愣了愣，也有些不好意思：「抱歉，是我害你得提早回來的嗎？」

「不是，跟妳無關，我本來就想早一點回來的，妳反而是我趁機落跑的好藉口呢！明天一早，我還得去親戚家一趟，我堂姊八點多就會來接我，早點回來睡覺，比較不會那麼累。」他莞爾一笑，「對了，妳找我有什麼事？」

「喔，我有東西要給你，因爲你這兩天白天都不在，所以才選晚上的時候拿給你……」我從袋子裡拿出兩份包裝精美的禮物，以及一張米白色信封，「金色的這一盒，是我外婆要送你的，然後這個銀色的，還有卡片，是我送的。祝你聖誕快樂。」

溫硯洋眨眨眼，接過禮物時，眼神流露出驚喜：「謝謝。」他笑得燦爛，看起來很高興，「幫我跟婆婆道謝，下禮拜一晚上我會上去看她。也謝謝妳的卡片跟禮物。」

他隨即拿起我的禮物端詳一陣，然後詢問：「可以拆開嗎？我挺想知道亮亮妳送我什麼的。」

我點點頭。

他將包裝紙拆開，從禮物盒中拿出一頂深藍色毛帽，我看見他眼中再次閃過喜悅的光芒。

他二話不說，當場將毛帽戴上，然後指著自己：「怎麼樣？好看嗎？」

他開心的模樣，不知爲何，竟讓我的鼻頭有一點發酸，我點點頭，由衷的稱讚：「很好看，很適合你。」

「那就好，我剛好也想買一頂這樣的帽子呢，謝謝妳，亮亮，抱歉讓妳破費了。」

「不會啦。」我立刻搖頭，「還有……」

「嗯？」

我拿出那份藍色信封。

「這張卡片，是我班上有個女同學託我轉交給你的，她和我們念同一所國中，所以也知道你的事。」

語落，我用聽起來輕鬆自然的口吻告訴他：「上次在福利社，她就站在我旁邊喔，知道高中也和你同校的時候，她很高興，說從國中時就很欣賞你了……」

以為溫硯洋會像方才那樣笑，然而他從卻卡片上移開目光，抬起眸，定定的看著我不動。

他忽然的沉默與凝視，讓我感到有點困窘。

是不是我不小心說錯了什麼話？

我觀察了他一下，並沒有在他眼中發現半絲憤怒，他的眼底只有深深的專注，彷彿要將我看透。

「我知道了。」他終於點了點頭，「幫我謝謝那位學妹，順便告訴她，我收到她的卡片了。」

「好。」我抿抿脣，怕氣氛會越來越尷尬，於是連忙道：「那麼……我上樓了，你早點休息吧，下禮拜見，晚安！」

「亮亮。」

他的叫喚令我一凜，我收回欲跨出的腳步，回頭。

「妳不是曾問我，我心中第一志願的學校是在哪裡嗎？」他望著我，「我現在可以跟妳說，但請妳先別告訴阿昇。」

我完全沒料到他會在這時候提這件事，思緒還有點轉不過來。

面對他沉穩冷靜的面容，我忽然有點想逃走，心底油然升起一股不安。

明明等待這一刻已經很久了，此時卻又不敢聽他的回答。

我的雙腳動不了，喉嚨也發不出聲，只能像個木頭人般僵站不動。

「我打算考的那所學校……」溫硯洋啓口，嘴角牽起一抹笑意的同時，慢慢吐出三個字——

「在臺北。」

翌日上午九點，范莫昇跑來按門鈴。

看到他的臉出現在門外，我疑惑：「你怎麼會來？不是跟你爸爸在一起嗎？」

「他工廠還有事，一大早就回宜蘭了啦！」他大大咧咧的跨進門來，環顧屋內一圈，

「婆婆咧？」

「出去了，到社區中心去做志工。」我重重倒回沙發上，渾身慵懶，「餐桌上有一樣東西，是外婆給你的聖誕禮物，回去時記得拿走。」

「Yes—！」他歡呼一聲，隨即往餐桌方向走，扛著禮物走回來前，還不忘去冰箱端出一盤麻糬。

原以爲他拿了東西就會走，結果他卻直接坐下來，邊吃點心邊拆禮物，發現外婆送的是全新耳罩式耳機時，喜悅之情全寫在臉上。

「看什麼看？沒見過帥哥喔？」

我默默翻了翻白眼，視線從他身上轉回電視機螢幕，擁著抱枕不動。

「是發現體重增加了？還是便祕了？整張臉看起來像被車輾過一樣，是嫌妳的臉還不夠醜嗎？」

「隨便你怎麼說，我現在沒有心情跟你吵。」我面無表情的應道。

「想吵贏我，妳還嫩得很咧！先滾去修練個十年再來吧。」范莫昇吹了聲口哨。

我的無精打采，似乎更加助長他的好心情。

「我打算考的那所學校……在臺北。」

到。

整整一夜，我無法入眠。

縱使早有了心理準備，但親耳聽見他的答覆，我心中最後一絲希望也幻滅了。

離學測剩沒幾天，結果雖然還沒出來，但我相信，既然他說出口了，就表示他一定會做到。

我不是沒有想過，他其實打算離開高雄，之前不說，是因爲怕范莫昇抓狂才會隱瞞，只是我沒預料到，他的第一選擇會在臺北。

是臺灣的另一邊，是過去的我再熟悉不過的城市。

發了半晌呆，我慢慢把目光投向旁邊的人：「喂，范莫昇。」

「幹麼？」

「如果……我是說如果。」我緩緩的說，十分小心措詞，「如果溫硯洋他決定離開高雄，去別的地方念書，你會怎麼樣？」

這話題太過敏感，范莫昇馬上收起愉悅的情緒，面色轉爲嚴肅，雙目淩厲的看向我：「他跟妳說了？」

「沒有啦，他沒有跟我說，我只是有點好奇，如果他最後決定到遠一點的地方念大學，你會怎麼做？」我佯裝自然，心裡卻隱隱在冒冷汗。

「遠一點是多遠？」

「比如說……我是說比如……」我嚥嚥口水，「臺北。」

「不可以。」他的神情更加冷峻，「他不能去臺北，就算用威脅的，也絕不能讓他去，要是威脅沒用，高中畢業後我就上臺北找他。就算阿洋不留在高雄也沒關係，就只有臺北絕不能讓他去！」

他的話令我一陣愕然：「爲什麼只有臺北不行？」

「因爲臺北那裡有一個很危險的女人。」他用老鷹般的銳利眼神瞅著我，「如果妳不希望阿洋被搶走，就最好別讓他去。如果他眞的去了臺北，妳就等著留在這裡哭，別說我沒事先警告妳！」

范莫昇撂下這段話，就拎著禮物起身回家。

我繼續杵在沙發上，無法立刻消化他剛剛說的話。

他說的那個……「很危險的女人」，是誰？

如果不希望溫硯洋被搶走……這句話的意思，莫非是溫硯洋和那個女人有什麼「特別」的關係？

而他們之間的關係，連范莫昇都倍感威脅，所以才特地告誡我？

忽然得知一件完全沒聽過的事，我驚訝之餘，卻也不禁懊惱，剛剛居然沒有向范莫昇問清楚就讓他回去。

可是，就算問清楚了，有可能影響溫硯洋的決定嗎？

這是溫硯洋想要走的路，也是他一直努力的目標，更是他對未來、對自己的人生所做的選擇，不管他和我們有多親，我跟范莫昇有權力干涉嗎？我們又有什麼資格改變他的決定呢？

我深陷兩難，一方面不希望失去溫硯洋，一方面也不希望因爲這份自私，讓他爲難困擾。

想起昨晚他笑著對我說出他的決定，我覺得連呼吸都變得沉重。

要是溫硯洋最後眞的去了臺北，到時候，我能夠做什麼呢？

沒有他在身邊的日子，又會是什麼樣子呢……

聖誕節一過，緊接著就是跨年。

寒假來臨時，溫硯洋也正式上考場。

他看起來並不緊張，考完試的那天，還精神奕奕的約我和范莫昇出去吃火鍋。

一個月後，學測結果出來，他的成績果然非常好，足以申請上國立大學，但他後來決定再戰七月指考，放棄提早從大考煉獄中解脫的機會。

時光荏苒，進入第二學期，時序來到五月。

一日午後，我站在走廊上，托腮俯視搭建在一樓操場的舞臺。

下個月就是高三生的畢業典禮，終於還是到了溫硯洋要離開學校的日子。心頭的悵然難以排解，隨著他畢業的日子逼近，我的心情越來越落寞苦澀。

「欸，臭三八。」范莫昇陡然冒了出來，「妳今天有上歷史吧？課本借我，我下午要上。」

我瞥他一眼：「你這人怎麼老是忘東忘西的？」回教室拿課本給他後，我繼續對著樓下發呆，後腦卻被狠拍了一下，范莫昇直接用課本敲我的頭。

「妳除了擺那張死人臉外，還會幹麼？沒用的女人！」

我揉揉後腦，火氣噌噌噌的升上來：「你才是咧！不是說要阻止溫硯洋離開嗎？再過幾天他就要畢業了，連他想考哪邊的學校，到現在都還問不出來，憑什麼說我？」

他斜眼看我：「不是在臺北嗎？」

我一驚，脫口而出：「你怎麼知道——」接著又馬上摀住嘴！

糟了，不妙……

「妳還真當我是白痴啊？」他冷冷的瞪我，「去年聖誕節，妳問我假如阿洋去臺北，我會怎麼做的時候，我就已經猜出來了。阿洋果然老早就跟妳說了吧？」

我無法直視他的眼，囁嚅：「那你怎麼還這麼冷靜？」

「不然怎麼辦？難道要一哭二鬧三上吊？畢業典禮那天再拆了樓下的舞臺嗎？」范莫昇冷笑，「我跟阿洋相處的時間比妳還久，怎麼可能比妳還不了解他？就算我威脅他，他也不可能放棄他的決定。而且早在他放棄申請入學，決定考指考的那一天，他就已經跟我說了，妳還以為到現在只有妳知道這件事啊？」

原來，溫硯洋已經告訴他了。

「所以……你決定接受？」

「不接受又能怎樣？既然阿洋有他的想法，那我也有我自己的打算。」

「你畢業後也要到臺北去？」我想起他之前說過的話。

他甩甩手：「這妳就管不著了。」然後拿著課本走掉。

畢業典禮那一天是星期六，還是個大晴天。

去年，溫硯洋來參加我和范莫昇的畢業典禮，今年，換我們兩個參加他的畢業典禮。

典禮中，他接過捧花，走到我和袁珍眞面前時，袁珍眞鼓起勇氣，緊張的開口說：「溫、溫學長，恭喜你畢業了！」

溫硯洋看向她，臉上笑得和煦溫暖：「謝謝妳，珍眞學妹。」接著又對我們說：「晚上會有演唱會喔，而且還有很多東西可以吃，別忘了待久一點。」

溫硯洋走掉後，我身旁的袁珍眞突然眼眶泛紅，激動的掉下眼淚。

我趕緊拿面紙給她，笑問：「妳怎麼了啦？還好吧？」

「不知道，眼淚突然自己跑出來了……」她滿臉通紅，頻頻擦拭雙眼泌出的淚滴，聲音還有些哽咽，「我只是……覺得好驚喜，沒想到他居然知道我的名字，妳有跟他提過我嗎？」

我想一會兒，搖搖頭：「我沒印象有跟他特別提過……」我若有所思，「不過，去年妳送他聖誕卡片的時候，應該有寫妳的名字吧？」

「有是有，可是，他就這樣記起來了嗎？還一直記到現在？」她滿臉不可思議，雙手撫頰，連耳朵都紅了，「怎麼辦？怎麼辦？我現在好感動喔！」

袁珍眞喜極而泣的樣子，讓我不知不覺被她激動的情緒感染。

其實我並不意外，因爲溫硯洋本來就是這樣溫柔的一個人，才讓我如此喜歡他，喜歡到一想起他胸口都會發疼的地步。

當晚的畢業晚會，學校砸了重金，請來幾位小有名氣的偶像歌手到校開戶外演唱會，讓畢業生和在校生同樂。

范莫昇沒有參加晚會，畢業典禮一結束，他就先回家跟爸爸見面。

我、袁珍眞及其他女同學留下來，站在離舞臺稍遠的地方觀賞演唱會。

即便天色已暗，燈光無法照到舞臺下，但我還是可以馬上在人群中發現溫硯洋的身影。

他和同學們站在一起，似乎正在玩什麼遊戲，十幾個男生不時低下頭猜拳，沒多久，他們忽然瘋狂的拍手，一陣歡呼聲傳了過來，接著，其中五人，包括溫硯洋，從人群中走出。

溫硯洋四處張望一會兒，一發現我後，就邁開大步，筆直的朝這兒走來。

他站定在我面前：「亮亮，可以幫我一個忙嗎？跟妳借點時間。」

我還沒反應過來，他就已經牽起我的手，把我拉往舞臺旁邊。

他的同學們見狀，立刻興奮的朝我們吹起口哨。

我滿頭問號，有些忐忑的問：「怎、怎麼了？你們在做什麼？」

「我和我同學玩大冒險，結果我猜拳猜輸了，輸了的人，要各自去找一個女生，而且還得比賽誰先找到人，最後一個找到的要脫光上衣，到舞臺上幫歌手伴舞。」

「你們眞瘋狂！」我忍不住笑了出來。

「哈哈，一畢業，大家就玩很開。」

「不過，你怎麼不去找你班上的女生？旁邊不就是你們班的同學？這樣不是更快？」

他輕鬆的聳聳肩：「我也不知道，剛剛一猜輸，我第一個想到的人就是妳，就沒考慮其他人了。」

溫硯洋的一席話，讓我心跳的節奏瞬間加快，雙頰泛熱，我喉嚨乾澀的又問：「是喔……那找到人之後呢？」

「喔，他們說要跳舞。」

「跳舞？跳什麼舞？你會跳嗎？」我愕然的看向他。

「不會。」他大笑，「沒關係，反正就拉個手，隨興動一動，做個樣子給他們看就行了，只要最後不是我上臺脫衣服就好。」說完，溫硯洋執起我另一隻手，整個人向我貼來。

我的呼吸驟然一頓，心臟差點跳出胸口。我感覺自己的四肢僵硬，雙手完全不曉得該放哪裡。

這時，溫硯洋對我附耳低語：「亮亮，妳就先勾著我的脖子吧，一分鐘後就結束了。」

聞言，我啞口，只能默默照做，但我不敢將手直接繞到他頸後，只敢暫放在他的肩上，沒多久，我感覺到他的手輕輕繞到我背後。

臺上的歌手剛唱完快歌，現在獻唱的是一首旋律柔美的抒情歌曲，氣氛頓時變得曖昧無比。

我和溫硯洋之間的超近距離，令我完全沒勇氣抬頭看他的臉，只能聽著音樂，隨他帶領，生硬的左右移動腳步。

這一刻，我想起了許多事……

想起這段日子和他相處的點點滴滴，回憶如此清晰鮮明，彷彿剛發生不久。

有他在身邊的這段時光太過美好，我還來不及再爲它增添什麼，他卻要離開我身邊了。

「溫硯洋，恭喜你畢業了。」我緩緩啓口，輕聲說，「你一定可以考上你的第一志願的。」

在我平視的視線範圍中，我看見他的脣角勾起：「謝謝妳。」

「然後……其實還有一件事，我想要跟你說。」我深深吸飽一口氣，出聲：「我……」

我想要跟他表白。

想要親口對他說——我喜歡你。

在他去臺北前，我想要讓他知道這件事……

只是話還未出口，淚卻先奪眶而出。

我壓低頭顱，不想讓溫硯洋發現我哭了，偏偏激動的情緒一股腦蜂擁而上，如海嘯般將我淹沒，我招架不住，抵擋不了。這一哭，也讓我深深意識到，原來自己比想像中更捨不得他走。

明知這並不是永別，就算他去了臺北，仍可以經常回來，可是我卻早已習慣能每天見到他的生活，無法一天不見他，無法一天不聽他的聲音，光是想像之後沒有他的日子，我就覺得萬分難受，心像被啃蝕一樣疼痛難耐。

在溫硯洋面前哭花臉，我覺得很難為情，但就是控制不了這份強烈的心情，我只能咬住下唇，努力不發出啜泣聲，默默將這些淚往肚裡吞。

溫硯洋沉默許久，然後微微俯身，將我完全擁進他溫暖的懷裡：「亮亮。」

我倉促抹掉臉上的溼熱，吸吸鼻子，試圖平復情緒，尷尬的說：「抱歉，突然這樣……我沒事啦，大概是有點感動……」

「沒關係，我明白。」他的聲音比方才更貼近，「亮亮，要不要和我作個約定？」

我抬頭，發現他正專注的凝視我，我甚至可以在他的瞳孔中看見自己的倒影。

「約定？」

「嗯。」他點頭，「等兩年後……妳畢業了，如果妳願意，也想來找我的話，到那時候，我們就在那裡碰面。」

我愕然，在眼角尚未乾固的眼淚又滑下之際，他將脣緩緩湊到我耳邊，低語：「我在臺北等妳。」

最後那六個字，讓我腦中的思路登時停止運轉。

溫硯洋將我從他的懷裡釋放，用雙手擦去我臉上的殘淚，溫柔一笑，轉身回到他同學那兒。

最慢找到女伴的同學，果眞願賭服輸，直接將上半身脫個精光，跑到舞臺上，高舉制服狂轉圈圈，嚇得女歌手瞪大眼睛，教官趕緊衝去把他抓下來，此舉讓臺下的群眾樂翻了，演唱會的氣氛頓時沸騰到最高點。

結束了歡樂熱鬧的畢業典禮，幾週之後，暑假來臨，溫硯洋再度赴考場應試。

他覺得這次的狀況似乎比上回更好，成績一公布，他的分數優異到讓我們詫異不已。

憑著這樣好的成績，溫硯洋順利考取第一志願，是位於臺北木柵的國立大學。

在溫硯洋背著背包，拖著行李箱，準備出發去臺北的那天早上，他上樓來跟我和外婆道別。

而范莫昇為了送他，甚至專程從宜蘭跑回來三天，前一晚還窩在他家通宵打電玩。

我們三人送溫硯洋到一樓時，他堂姊的車已經停在門口，準備接送溫硯洋到高鐵站。

他上了車，放下車窗對我們微笑揮揮手。

最後車子發動駛離，漸漸消失在巷口。

外婆不捨的嘆：「希望硯洋到臺北後，好好照顧身體。」

「安啦，婆婆，全世界最不需要別人操心的，就是阿洋了！」范莫昇說這句話時，我不自覺默默睨他一眼。

外婆笑了：「是啊，我相信硯洋這孩子在任何地方都不會有問題的。莫昇，那你什麼時候去坐車呢？要不要等吃完午飯再走？」

「好哇，我想吃咖哩飯！」

范莫昇和外婆上樓後，我仍朝著溫硯洋離開的方向看一會兒，然後才轉身回公寓。

前年夏天，我搭車南下，來到這裡遇見了溫硯洋；兩年後的夏天，卻換他去了臺北，我留在這裡。

對於他的遠去，范莫昇與至今仍感到失落的我比起來，反而顯得更豁達，這頗令我意外。

過去那些日子，最依賴溫硯洋的人明明是他，最反對他去臺北的人也是他，如今看起來，他卻比我還放得下。

我不曉得范莫昇的心裡是不是有什麼打算？是不是眞的打算畢業後也去臺北找溫硯洋？但不管他的想法是什麼，只要不會一直沉浸在分離的悲傷裡，我想那都是好的。

過了這個暑假，我也十七歲了，是當初和溫硯洋相遇時他的年紀。

溫硯洋北上後，我首先面對到的最大失落，就是開學的第一天早上，已經沒辦法看見他在公寓門口等我的身影。

站在捷運月臺上，身邊不再有人陪我一起等車；無法再和他相約在三樓樓梯口聊天……這些轉變，我難以適應，哪怕是過去自以爲獨立堅強的我，也開始害怕起這樣的寂寞。

如果想見的時候就能見到他，那該有多好……

「喂，地理課本借我！」范莫昇站在教室窗外朝我伸手。

我沉聲一嘆，從抽屜拿出課本給他，沒好氣的說：「拜託你前一晚檢查一下書包好不好？」

他冷哼：「帶那麼多書來幹麼？重死了，背久了肩膀會歪，妳不知道嗎？」他說完就轉身閃人，仍舊是那副吊兒郎當的樣子。

高二的生活，和高一沒差多少，一樣白天上課、考試，無聊沒事就和同學聊天，日復一日。

只是這段乍看之下平淡無奇的日子，還是有發生一些讓我意想不到的事。

第二次段考結束的隔天，我被人告白了。

那天，我們和別班同學一起上體育課，兩班比賽打排球。下課後，我和幾個同學幫忙把排球收進器材室，正要回教室，對方班上的體育股長忽然叫住我。

我跟著他走到校園一處僻靜角落，他便開口向我表白了。

由於我們兩班經常一起上體育課，我因此認識他們班上的幾個女生，經過幾次接觸後變得比較熟，才透過她們認識了他。

我偶爾會和他說上話，但通常都只是不著邊際的閒聊，因此我完全沒料到他會喜歡上我。這件事傳了出去，結果搞得兩班同學眾所皆知。

最後，連范莫昇也聽聞了這個消息。

某次，他又來跟我借課本，我在走廊把課本交給他，那個人正好和朋友朝這裡走來。

對方一看見我，神情立刻變得害羞靦腆，但仍不忘擺擺手，向我打招呼，他的同學猛推他的手肘，笑得一臉曖昧。

我很尷尬，但基於禮貌，還是回他一個淡淡微笑，結果范莫昇突然朝他走過去，雙手環抱胸口，腰桿挺直的站在對方面前。

「我問你。」范莫昇偏頭，朝我一指，「你喜歡她哪裡？」

那人僵住，滿臉愕然。

「這女人要身材沒身材，要臉蛋沒臉蛋，完全沒有半點可取之處，你到底是看上她什麼地方？要不要去檢查一下視力？」

我馬上衝上前抓住范莫昇，氣急敗壞的說：「喂，你在亂講什麼？」

「我在建議他眼睛睜大一點，最好去掛個眼科。」他幽幽的繼續叮嚀：「你最好想清楚，如果你眞的決定跟這女人在一起，將來鐵定後悔莫及。多想兩分鐘，你其實可以不必陷入不幸。」

「范莫昇！你夠了，不要再胡說八道了好不好？」我簡直快昏倒。

看到我們拉拉扯扯的吵鬧，那人呆了好一陣子，最後尷尬的對我說了聲「不好意思」，就速速低頭走掉。

後來他再也沒來找我，就算見到面，也不敢再和我交談。

范莫昇故意搗亂的行爲，在溫硯洋離開後，變本加厲，三不五時就會突然冒出來破壞我的人際關係一番，只要有他在，日子就不可能完全平靜。

對於自己竟會被告白，已讓我覺得意外，但更令我百思不得其解，覺得世上眞是無奇不有的，就是那個毫無禮貌、狂傲不羈，唯恐天下不亂的范莫昇，居然也會有人欣賞。

升上高二後，幾個先前不認識范莫昇的學妹，不知爲何突然對范莫昇產生興趣，我甚至聽說，他曾在一個月內打槍兩個學妹，而且兩個都是氣到哭著跑走，原因就在於，范莫昇除了會毫不留情拒絕來告白的人，還會把對方從頭到腳狠狠數落一番，可憐的學妹們不只要承受告白失敗的打擊，還得遭受他的羞辱，如此誇張惡劣的行徑，即便是相當了解他個性的我也無法接受。

後來我又得知一個讓我震驚的八卦，就是居然有人誤以為我跟范莫昇在一起，而且相信這傳聞的人不少，其中甚至包括袁珍眞！

「為什麼？這個謠言到底是什麼時候傳出來的？」我不敢置信。

「去年就已經開始了吧？他不是常常會過來跟妳借東西？而且別班的體育股長跟妳告白的時候，范莫昇還馬上向對方『宣示主權』，不是嗎？」

「他那哪叫宣示主權？明明就是在羞辱我吧？」

「可是，妳確實是跟范莫昇走得最近的女生，從以前到現在，我們都沒看過他和哪個女生特別親近……妳還記得國三時，范莫昇踩在學校花圃上，挖土找班費的事嗎？那個時候，其實就已經有人在說了，因為當時只有妳一個人肯下去幫忙挖，和他一起找。」語落，袁珍眞睜大眼睛，似乎也相當驚訝，「原來妳跟范莫昇眞的沒什麼呀？我一直以為你們在交往耶！」

聽完，我差點沒暈倒，這個誤會超級糟糕！

也許范莫昇和我一樣，一顆心自始至終都繫在某個人身上，因此高中這三年，他不曾接受過任何人的心意，除了把自己的各種「桃花」斬斷，還會順便連我的也一起斬（雖然也只有那一次）。

不過這段期間，他會開始受到某些人關注，原因並不是那麼難猜。

國三時，他還跟我差不多高，升上高一，半年不到的時間，他的身高馬上遠遠超過我。對於自我打扮，也比以前更有想法，他不再把所有流行的東西一窩蜂往身上塞，變得會先判斷哪些東西適合自己？又是什麼可以將他本身具備的條件和優點凸顯出來？

因此，當身邊的一些同齡男生還在盲目跟風，把頭髮染燙得搶眼醒目，卻毫無美感，范莫昇已然走出自己的風格，不花俏、不浮誇，臉上僅僅搽了簡單的粉底，眼睛部位再稍作加強，看起來乾淨秀氣，卻又不會過於女性化，很有他的味道。

到了高三，他甚至比當年的溫硯洋還要高。

范莫昇這三年來的轉變，也讓同是國中同學的袁珍眞，感到不可思議。

而溫硯洋，他的大學生活過得十分多采多姿，我經常可以在臉書上看到他和同學在一起拍的合照。

這兩年來，我每天都會留意他的動態，也會和他互傳訊息，因此知道他在臺北的日子相當充實，永遠都有參加不完的活動、跑不完的行程。

大一時，他寒暑假都有回來，但時間總是很快就過去，每次看著他回臺北的身影，想要快點到他身邊的那份心情就越來越強烈。

成爲高三生的那一年，也是我專心致志、火力全開，朝訂下已久的目標前進的一年。

我認真苦讀，每天晚上把自己關在房間裡挑燈夜戰，不敢有半點鬆懈和馬虎。

「我在臺北等妳。」

溫硯洋的這句話，是這兩年來支撐我努力向前的主要力量。

時刻牢記與他的約定，沒有一天忘記。

爲了能再次和他站在相同的地方，和他望著相同的方向，我不斷想像，想像明年九月，自己已經和溫硯洋重逢，跟他一起走在同一個校園裡，甚至連晚上作夢都夢過好幾次。

我一步一步往溫硯洋的方向走，就是爲了能不再和他分隔兩地，只是，在追逐這個目標的過程，唯一一個讓我始終掛念、陷入兩難的，就是外婆。

假如我真的回去臺北，那就表示外婆將再次一個人居住。

而且，要是范莫昇也決定去臺北，就等於我們三人都會離開她的身邊。一想到以後沒有人陪著她，我就覺得很不捨，不曉得怎麼做才好。

我考慮良久，最後在高三開學的第一個禮拜，決定和外婆面對面，親口向她坦白想回臺北念大學的事。

原以爲外婆會表現出落寞或是很悲傷的樣子，但她始終露出一貫的微笑，溫柔的說：「沒有關係，如果亮亮妳想回去臺北，那就去吧，外婆會尊重妳的決定。外婆知道，妳想考的學校就是硯洋的那一所。」她和藹的看我，「亮亮，妳喜歡硯洋，對不對？」

我愕然，雙頰驟然熱了起來。

外婆是什麼時候發現的？

「雖然妳沒有說，可是外婆還是感覺得出來，硯洋去臺北，妳心裡其實很捨不得，所以很早以前，外婆就猜到會有這一天了。」

「……」我看著她慈祥的笑顏，抿著脣，無法言語。

「莫昇，之前也已經跟我說過，畢業後會去臺北。雖然你們不在，家裡會變得很安靜，可是外婆沒有問題，妳就盡情去做妳想做的事吧，外婆一個人在這裡不會無聊，而且這裡的鄰居都和外婆非常熟，有什麼需要幫助的地方，他們都會幫外婆的。」她繼續說：「這四年來，有妳在身邊陪我，外婆已經很滿足了。妳願意來和我一起住，外婆心裡一直都很感謝，而且妳是那麼乖巧懂事又體貼的孩子，從來不會讓我操心。雖然我不是妳眞正的外婆……可是對我來說，亮亮妳是唯一的外孫女，不管妳去哪兒，這裡永遠都是妳的家。所以妳不用顧慮任何事，也不用擔心外婆，儘管放心地去找硯洋，也回家陪伴媽媽吧。」

我鼻頭發酸，喉嚨一哽，卻又不想讓她看見我快掉淚的樣子，於是我張開雙臂，緊緊擁住她。

「謝謝外婆。」我吸吸鼻子，有些哽咽，「就算我回臺北，也會常回來看妳。」

「好。」她呵呵笑，溫柔的摸著我的頭。

「可是，外婆……」

「嗯？」

「妳是什麼時候……知道我喜歡溫硯洋的？」

外婆又笑：「外婆不記得了，可是每次妳和硯洋說話的時候，眼神和口氣就特別不一樣。而且有時就算硯洋的目光沒有停在妳身上，妳還是會一直看著硯洋，所以外婆知道。」

我的心不受控的在胸口裡鼓譟。

「硯洋是個很好的孩子，比我看過的任何一個孩子都要成熟懂事，而且就像妳一樣，心地善良，很窩心。」言及此，她忽而用若有所思的口吻說：「可是呀……外婆其實覺得，說不定莫昇那孩子比硯洋還更適合妳呢。」

我一愣：「為什麼？」

「妳和莫昇雖然常鬧不開心，可是就因為這樣，妳有什麼話，反而都會直接跟莫昇說，外婆覺得這樣很好。」

當下，我並沒有完全明白外婆這句話的涵義，覺得外婆多想了，我和范莫昇……不可能不可能。

猶豫半晌，我嚥嚥口水，決定說出口：「但是外婆，范莫昇他……喜歡的其實是男生耶。」

「什麼？」

我鬆開擁著她的手臂，認眞的跟她說：「他喜歡男生，而且他喜歡的人就是溫硯洋，他會去臺北，也是爲了要去找溫硯洋！」

外婆睜大眼睛，呆愣的盯著我不動。

許久之後，她才終於發出訝然的一聲：「哎呀？」

與外婆坦白深談過後，我心無旁鶩，全力準備明年的大考。

考完學測，我跟范莫昇都決定要再衝七月指考，要是順利考上第一志願，我就要回去臺北，回到我本來的家。

對於「回家」，我心裡並沒有特別期待和雀躍，可是因爲溫硯洋在那兒，我才覺得那個地方值得回去。

是他重新賦予我回到臺北的動力與勇氣。

只要有他在，無論那個地方是哪裡，我都願意去。

第五章　歸途

回不去的，忘不掉的，都是關於他們的。

八月中旬，早上九時，我搭上往臺北的客運。

發車後的整整三十分鐘，我都沒有說話，只是托著腮，用一雙死魚眼盯著窗外，像個木頭人完全不動。

隔壁座的范莫昇一邊滑手機，一邊蹺二郎腿，悠哉的問：「妳是打算悶多久？」

我暗暗一嘆，無力的闔上眼睛，懶懶應道：「沒有。」

八月六日，指考分發的榜單公布，我……沒有考上溫硯洋的學校。

所謂「天有不測風雲」，這句話完全應驗在我身上。

指考前一個禮拜，范莫昇感冒，還傳染給我，讓我病了兩個禮拜才痊癒，而指考當天，因爲壓力大而延遲幾日的MC，居然好巧不巧就來了，偏偏第一天和第二天通常是我最痛、也是最不舒服的時候，考試第一天，儘管教室裡的溫度高得嚇人，我卻不斷冒冷汗，鼻塞兼咳嗽，邊抱著發疼的下腹，在痛苦中寫完試題。

到了第二天，我事先吞止痛藥再上考場，狀況好不少，然而一回顧宛如煉獄般的第一天，我卻發現自己對大部分的考題都沒了印象，更不敢思考自己當時到底有沒有看清楚題目再作答？下筆時是否意識清楚？有沒有腦子想著A選項，最後畫在答案卡上的卻是B欄？

在這種不確定的情況下，我幾乎失去一開始的信心。

填志願時，我把溫硯洋的學校填在第一志願和第二志願，第三志願則填離他學校最近的另一所大學，到了放榜那天，第一及第二志願全部槓龜，我上了第三志願。

至於范莫昇，放榜後，我才知道他把前三志願都填在我考上的那所學校，原來他並沒有非要和溫硯洋同校不可。

他表示，早就知道自己不可能考得上溫硯洋的學校，所以反而想得很開，甚至認為以他拚死拚活的程度，能夠考進這所大學，就已經相當了不起，足以刷新人生紀錄。

「也不先想想自己有幾兩重，還眞以爲可以跟阿洋同校？可悲呀可悲。」范莫昇訕笑。

我冷睨他一眼：「要是某人沒把感冒傳染給我，我會這麼倒楣嗎？」

「唷，還亂牽拖啊？明明就是自己沒實力，少把責任推到別人身上。」他聳肩。

我懶得跟他吵，再度把視線轉回窗外。

事到如今，說再多也沒用，就算心裡再無奈、再不甘，也只能接受事實。

只是努力了這麼久的時間，萬萬沒想到在最後一刻竟發生這種狀況，而且還再度跟范莫昇同校，就讓我覺得人生實在難以預測，只能慶幸自己跟這傢伙不是同科系，不然再跟他同班四年，才是眞的欲哭無淚。

深深吐出一口氣，我決定轉換心情，於是抓走范莫昇擺在腿上的零嘴吃了起來。

他馬上開罵：「喂，臭三八，那是我的耶！」

我自顧自的大口狂吃，不理會他的憤怒：「所以，你租的房子確定就在學校附近？」

「廢話，我才不想住學校宿舍，我跟我老爸上次就去看好了，合約也簽了，現在就等行李全部寄到，再整理一下就行了。」他玩起手機，「妳咧？回去和妳媽住吧？」

「對啊，既然回臺北，當然就和我媽住了。」我迅速把零食吃光，然後塞回他腿上，他又罵了一聲。

這個暑假，溫硯洋沒有回高雄，他加入了學校的國際志工團隊，和一群同學飛到菲律賓去。

忙碌的他，只有過年的時候有回去，因此我已經有半年多都沒見到他。

指考放榜那天，溫硯洋答應我們，等九月開學，要帶我和范莫昇去大吃一頓，除了慶祝我們考上，也慶祝彼此再度團聚。

雖然很希望一到臺北，就可以立刻看到他的臉，如今也只能等待他回臺灣的那一天。

這天交通不會太塞，我跟范莫昇在五個小時後順利抵達臺北。

他之前上來看房子的時候，就已經大概先摸熟那兒的路，於是一下客運，他就拎著大背包，搭捷運去租屋處，我則搭公車到媽媽住的地方，兩人暫時分道揚鑣。

當年媽媽和爸爸離婚後，先帶我到她姊姊，也就是阿姨家暫住，一個禮拜後，我去了高雄，再一個月，她就搬進位於內湖的一棟公寓裡，直到現在。

我坐在公車上，望著一幕幕不斷在眼前飛掠的熟悉景色，發現四年不見，部分街景已和我離開前不一樣。覺得自己似乎離開了很久，卻又覺得彷彿昨日才離開。

頓時間，我不禁沉浸在這種微妙，有點難以言喻的感覺裡；比起回到這兒的那份歸屬，更多的是感慨、悵然，以及一股若有似無的隔閡感。

一個小時後，我到達媽住的公寓，她事先已將鑰匙寄給我，於是我直接進屋等她下班。忙於工作的她，仍然和以前一樣不擅家務，衣物直接扔在沙發上，桌上零亂的散放著幾個空酒罐，和一些點心包裝紙。

我嘆一口氣，行李包包一放下，就先打了通電話給外婆報平安，然後開始動手整理桌上的垃圾。等待衣服洗好的同時，我用吸塵器清潔客廳的地毯，用拖把拖瓷磚，之後要清理鞋櫃時，竟赫然發現裡頭放著一雙男性皮鞋。

我蹲在櫃前盯著那雙鞋，默默關起櫃門，起身到垃圾桶前低頭一看，有兩根被衛生紙包住一半的菸蒂在裡頭。

六點半，大門傳來開鎖聲，媽回來了。

她一身黑色套裝，進屋後立刻脫下高跟鞋和外套，一邊將頭髮放下來，一邊問：「下午到的嗎？肚子餓不餓？要不要出去吃點什麼？」

「不用了，我已經吃過了，也幫妳買一份晚餐，妳剛下班很累，不用特地出去吃了。」

我指指桌上的鍋貼和玉米濃湯。

媽笑了，包包一放坐下來，眨眨略顯疲憊的雙眼，迫不及待的打開餐盒：「亮亮，麻煩幫我去冰箱拿一罐啤酒來好嗎？」

聞言，我離開沙發，從冰箱中取出酒罐遞給她，開口叮嚀：「妳少喝一點，不然很傷身體。」

「我知道。」她吁一口氣，先灌下一口酒才吃東西，「妳爸知道妳回來了嗎？」

「嗯，之前有跟他說，他知道我考上臺北的學校。」我看她，「媽，妳是不是有男朋友了？」

她頓了一下，臉上閃過意外的神色：「怎麼突然這麼問？」

「我在鞋櫃裡發現一雙男性皮鞋，又在垃圾桶裡發現菸蒂，收衣服時，有一條四角褲晾在陽臺。」我語調平靜：「之前有其他人在這兒住過嗎？」

「嗯……是呀，媽媽忘記把衣服收進來了。」她放下筷子，沒有直視我的眼睛，不曉得是不是覺得尷尬，「其實，到前天為止，媽媽確實是和別人一起住的。」

「那妳之前怎麼沒有告訴我？」

「因為亮亮妳說要回來了呀，這裡空間不大，那個人當然也就不能繼續住在這兒嘍！他住在這裡的時間不長，才兩個月而已，他在萬華也有房子，只是因為我這兒離公司比較近，他才暫時住下的。」

我沉默須臾：「對方是怎樣的人？」

「他是我的新同事，去年認識的，小我一歲，人不錯，很體貼。」她啜著啤酒，終於正視我的眼，「當我告訴他妳的事，他就說不想打擾我和妳團聚，決定搬回去，但他說如果可以，也想見見妳，認識一下。」

我沒有回答。

得知媽媽這段日子與別人同居，我並不會太過震驚，也沒有非常不高興。

看見鞋櫃裡的那雙鞋，我心裡便有了底。

只是，在知道這件事情之後，我還是忍不住懷疑，自己這一回來，是不是已經打擾到媽原來的生活？

我先前並不曉得她身邊早已有了一個伴侶，而我是在指考前才告訴她打算考回臺北，雖然媽什麼也沒說，但我忽然發覺，回來的並不是時候。

晚上，我的行李還放置在房間牆邊，我並沒有將裡頭的物品取出。

坐在床上，我盯著那些行李箱和一個個打包好的紙箱，陷入長長的思緒中。

「因為亮亮妳說要回來了呀，這裡空間不大，那個人當然也就不能繼續住在這兒嘍！」

媽在客廳和男友通電話的聲音傳了進來，我沉思許久，最後拿出手機，開啓網頁，開始搜尋學校附近的學生租屋資訊……

「搞什麼鬼？不是說要跟妳媽住嗎？」接到我的電話，范莫昇站在租屋處門口，眉頭深鎖的問。

「我改變心意了，覺得還是住外面比較自由。」我把行李從計程車後車廂搬出來。

「最好是，該不會被趕出來了吧？」他雙手抱胸，一臉不相信，「幹麼偏偏搬來我這裡啊？」

「你以爲我想嗎？學校附近的好房子不是被租走了，就是太貴我租不起，你這裡的價錢還算可以，又剛好還剩一間空房。從我媽那裡坐車來學校也要兩個多小時，住這兒，上課時就不用跑這麼遠了。」行李全部扛下後，我拍拍他的肩，「最大箱的那個幫我搬一下，搬完就請你吃外婆給我麻糬，感謝！」

爲了不影響媽的生活，我深思熟慮後，決定搬出來，湊巧住進范莫昇的宿舍，當了他樓上的鄰居。

媽一開始嘴上說不必這麼大費周章，可是也沒有極力挽留我，反而還說可以貼補我一些生活費，於是我更加確定，這個決定是正確的，至於媽的心底是不是本來就希望我在外頭住，那也不重要了。

開學前一天，溫硯洋傳訊息來，說很期待見到我和范莫昇。

雖然三人見面的確切時間還沒訂下，我還是忍不住先詢問他明天下課的時間，他回說大概五點多。

翌日，正式開學，校園內人潮滿滿，雖然天氣炎熱，卻一點也不減新生的蓬勃朝氣。

大一新生們全聚集在學校禮堂旁的小廣場，依照系所排排站，準備跟學長姊一起進教室。

我站在英語學系的隊伍中，不時仰頭瞧瞧資訊管理系的隊伍，看了半天，就是沒在裡頭發現范莫昇的蹤影，他該不會連大學入學這天都要遲到吧？

在一片雀躍的吵雜聲中，學生們陸續進教室，紛紛就坐。

我隨便找了張空位，一坐下來，就吁一口氣，張望著周遭環境，觀察身邊的新同學。

「汪玟亮？」

聽到有人喚我名字，我怔了一下，往聲音來源望去。

一名穿著淺灰T恤，戴著黑框眼鏡，背著咖啡色背包的男生，站在我隔壁座旁的走道，訝然的盯著我。

我認出眼前這張面孔，整個人登時僵住，腦袋空白了幾秒鐘，無法反應。

「各位學弟妹，請快點入座唷！」學長這時拍拍手，在黑板前對所有人說。

他轉頭往臺上一望，發現四周空位差不多都已坐滿，便對我說：「……我可以坐這裡嗎？」

我嚥嚥口水，點頭，喉嚨乾澀：「當然，請坐。」

「謝謝。」他卸下背包，在我隔壁坐下。

對方靠近時，我忍不住屏息，頓時間，我們兩人之間的空氣彷彿凝結了。

大家都坐定後，系上的學長姊就開始在臺上說一些歡迎大家的話。

我心神不寧，從頭到尾都無法專心聆聽，沒多久，學長似乎說到什麼好笑的事，全班都在笑，但我發現身旁的他也和我一樣，並沒有跟著大家一塊笑。

等到我們這學期的男導師上臺，他要求每個新生都先做個簡單的自我介紹。

輪到我時，我站起來，暗暗深呼吸，朗聲對大家說：「我叫汪玟亮，臺北人，畢業於高雄○○高中，請大家多多指教。」發言完畢，我一坐下，身旁的人同時起身。

「我叫陳州樵。」他嗓音低沉平穩，「我是臺北人，畢業於臺北○○高中，請多指教。」他微微頷首，向所有人致意，俯身要坐下時，視線卻剛好與我碰到。

我馬上別過眼睛，原本就已經起伏不定的心跳，變得更加混亂。

由於是開學日，那一堂並沒有上課，只是讓彼此認識一下就結束，十分輕鬆。

看到大家紛紛移動到下堂課的教室，我們兩個沒有馬上動作，等同學全走光了，我才終於挪動身子，轉身要拿背後的包包。

「好久不見。」陳州樵打破沉默。

我渾身一僵，定格在原地。

望向對方時，他也正看著我，他的臉上掛著淺淺笑容：「沒想到會在這邊再見到妳。」

我扯扯脣瓣，回他一抹有點不自然的笑：「我也沒想到。」

「不過好巧，居然會跟妳一起考上這裡，而且還同班。剛才看到妳，我眞的有嚇一跳。」他若有所思，「我原以爲妳會一直在高雄。」

我抿抿脣，不知道這時候該說什麼才好，只能虛應附和：「對啊，眞的很巧。」

兩人再度陷入一片靜默。

陳州樵看看手錶，提議：「離下節課開始還很久，要不要先在附近晃晃，再到教室去？」

我看著他，沒法考慮太多，就點了頭。

從來沒想過，有一天會在這樣的情況下，與國中時期的好友重逢。

剛開始，我們沒有說太多話，只是偕行漫步在校園裡，而在這段路程中，我不自覺留意起他的轉變。

四年不見，他看起來變得成熟穩重不少。笑起來的時候，右臉頰浮起的小小酒窩，是專屬於他的象徵，除此之外，他溫溫緩緩的說話語氣，也始終和我記憶裡的一樣。

「妳是一開始就打算考回臺北嗎？」

「嗯……算吧。你也是一開始就打算考這所？」

「是啊，因爲我兩個哥哥都是在這裡畢業的，想說跟他們念同一所也不錯。」他笑了笑，再問：「那妳在高雄過得好嗎？」

「還可以。」我動動脣角，深吸一口氣，最後決定開口：「大家現在……還好嗎？你還有跟他們聯絡嗎？」

他先是停頓，接著恍然大悟，連連點頭：「喔，有啊，大家一直都有聯絡。玲萱她現在在淡江，嬿婷在銘傳，阿典在文化，而香香她在師範……結果大家全都留在臺北。八月放榜之後，我們還跑去六福村玩，慶祝一下。」

「這樣啊？」我喃喃道，「那很好。」

「其實，在妳去高雄之後，玲萱她們曾想過要聯絡妳，可是聯繫不上。妳把臉書關掉，電話好像也換了，所以我們一直沒辦法知道妳的消息……」

「嗯，我知道。」望著地面，我緩緩說：「因爲我那時候想，你們應該已經不想再見到我才對，而我也不曉得該怎麼面對你們。」

聞言，陳州樵靜默了半晌，擺擺手，語帶笑意的表示：「沒關係啦，事情都過去那麼久了，大家早就不在意了。不管怎樣，還能夠再跟亮亮妳見面，我覺得很高興，也很開心可以再跟妳當同學。我是眞的這麼想的，但不知道妳會不會覺得討厭就是了？」

聽到他叫我「亮亮」時，我隱隱一顫，因爲我沒想到他還會願意這樣叫我。

「不會。」搖搖頭，我微啞道，一時分不清此時渲染在胸口的心情是不是感動，一不小心，心底的話就這麼流洩出來：「也許你不相信，但我還是想跟你說，無論是以前還是現在，我都沒有討厭過你。不管我做了什麼事，都絕不是因為討厭你才這麼做的。」

陳州樵一愣，與我對視整整五秒鐘，才再度展露笑顏：「嗯，我相信妳。」

眼前這個人，曾經比誰都還要信任我。

過去發生那樣的事，我並不敢想他是否真的願意再相信我一次，就算這些話如今在他眼中不過是狡辯，也早就無濟於事，但無論如何，至少這一句話，我都想親口跟他說。

不管經過多少年，也不管是不是已成過去，我還是想讓他知道。

哪怕對方此刻說的這一句「我相信妳」，其實是謊言，我也很感謝他還願意對我撒這樣的謊……

第一天的課結束，我離開學校，走到校門口對面的公車亭。

我坐在長椅上，對著不斷湧出的學生靜靜發呆。

公車一台接一台從眼前駛過，等車的學生聚集在身旁，嘈雜不已，直到手上的手機發出聲響，我才稍稍回神。

「我下課嘍，妳呢？」

看到溫硯洋的訊息，我馬上抬眸往來車方向望去，剛好我等待的那班車來了，我迅速起身伸手一招。

從這裡到他的學校，坐公車可以直達，都在同區，因此很快就會到。

在公車上，我的心情起伏不定，甚至有點緊張，一抵達溫硯洋的學校，我便跑到正門口，一邊往校園裡張望。

沒多久，我在一群走出來的學生之中，發現一道熟悉身影。

一看到那個人的臉，我的目光再也沒移開，彷彿全世界只剩他一人，所有的注意力全被他帶走。

正在和別人說話的溫硯洋，一發現我，就對身邊的人道別，朝校門快步奔來。

當他跑到眼前，我還來不及開口，整個人就已被他輕輕攬入懷裡。

「好久不見！」他擁著我，聲音裡盡是笑意，「好高興可以看見亮亮妳在這裡，太好了！」

我的呼吸一窒，腦海空白，心跳加速的同時，眼眶也跟著溼潤了。

這一刻，我等了兩年。

數盡七百多個日子，不顧一切回到這裡，只爲來到這個人的身邊，不再和他分隔兩地，只是如今在他懷裡，卻又讓我覺得這一切像是場夢，美好到不眞實，不敢相信他眞的已經在我眼前。

那些占據腦海一整天的沉重思緒，也都在見到溫硯洋的臉之後，瞬間煙消雲散，不見蹤跡……

半晌，溫硯洋鬆開雙臂，好奇道：「阿昇呢？他沒來嗎？」

我搖頭：「我還沒聯絡他，下課後就先過來了。」

「是唷？那要不要也找他出來？擇日不如撞日，我今天就請你們去吃東西？」

「好，那我打給他。」我馬上撥電話，等了幾秒鐘，看向他：「范莫昇沒接耶。」

「他還沒下課？」

我聳聳肩，繼續等待，直到聽見一段制式女聲，才切掉通話：「轉到語音信箱了。」

「那就沒辦法了，只好下次再找他出來，我們兩個先去吃晚餐吧。」

「嗯。」我不禁憶起今早也沒看見范莫昇，想了想，還是又傳一通訊息給他，等他看到再聯絡我們。

後來，我和溫硯洋去一間牛排館吃晚餐。

等餐點送來的同時，他盯住我片刻：「妳好像瘦了？是不是搬家太累？」

「可能吧，因爲一直搬著東西在樓梯跑上跑下的，運動量比較大。實在搬不動的時候，我就拿外婆的紅豆麻糬誘惑范莫昇，請他幫我一下。」

「抱歉，沒辦法過去幫妳。」

「沒關係啦，我的東西不多，很快就搞定了，現在就只剩一個書櫃還沒買。不過這樣也好，搬家還可以順便減肥，等我書櫃也搬完，搞不好會變得更好看一點，也算一舉兩得。」我自嘲。

溫硯洋笑了，拿起一片麵包，低聲說：「亮亮妳本來就很漂亮了，不差這麼一點。」

他說得平靜自然，沒有一絲恭維，讓原本只是開開玩笑的我，登時臉上一熱。

「妳有打算什麼時候回去看婆婆嗎？」

「嗯……這週剛開學，應該還不會太忙，如果沒問題，我希望這個月底就可以回高雄一趟，若等放長假再回去，我覺得太久了。」

「好，那我之後看看有哪幾個週末可以空出來，到時再跟妳說，若時間搭得上，我們就一起回高雄。」他托腮，一臉懷念的嘆息，「其實我也很想念婆婆的麻糬，還有她煮的菜，尤其在吃膩外面的東西後，光想到就會流口水呢！」

我忍俊不禁：「下次我會記得先帶點麻糬來給你。」

和溫硯洋在臺北的第一個聚會，讓我覺得很開心，也很滿足。

兩人好似有說不完的話，不知不覺就聊到忘記時間。

晚上九點多，我終於要坐公車回去，溫硯洋親自送我到站牌，約好下次再見的時間後，就看著我上車。

和他在一起的這幾個小時裡，我都沒有收到范莫昇回覆的訊息，當我點進通訊軟體一瞧，才發現連「已讀」都沒有，因此我再打一通電話給他，沒想到還是轉進語音信箱。

我覺得不太對勁，回到租屋處時，決定到他住的四樓看看，按下門鈴後，卻遲遲不見鐵門裡有動靜。

那傢伙到底跑哪兒去了？

納悶整整一分鐘，我又拿出手機，想再打一通電話給他，還沒聽對方接通，卻先聽到背後傳來聲音：「臭三八，妳在幹麼？」

我嚇到，回頭就看見突然冒出來的范莫昇，不禁愣了一下。

他一身輕便，耳機掛在肩上，卻滿頭大汗，胸口起伏不定，而且頻頻喘息，上衣甚至溼掉了一大半。

我怔怔然：「你……在做什麼？」

「什麼做什麼？看也知道我去跑步吧？」他的表情像是聽到什麼愚蠢的問題。

「跑步？爲什麼要在這時候出去跑步？」

他眸光清冷，嗓音一沉：「我本來就會在晚上出去慢跑的好嗎？少一副大驚小怪的樣子。」

「你是什麼時候有這個習慣的？」我完全不知道。

「高二，誰像妳這個宅女，每天晚上窩在家裡？」他從口袋抽出鑰匙。

我馬上再問：「范莫昇，你今天有去上課嗎？」

「廢話，不然妳以爲我在家睡到剛剛喔？」

「還不是因爲我早上沒看到你，之後打給你不接，訊息也不讀。」

「我手機下午就沒電，之後放在家裡充電，人就出去了啦。妳這女人怎麼越來越像管家婆了？煩！」

「是你自己老愛做一些奇怪的事情讓別人擔心，要不是外婆拜託我看管你，你以爲我會浪費時間管你嗎？」

「妳還眞以爲妳是我媽啊？」他嗤嗤笑道，看著我，「妳不用管，也不用擔心，就算我以前是屁孩，也不會到現在都還在屁。從今以後，我也有自己的事要忙，妳可以輕鬆一點了！」

我蹙眉，不解：「有自己的事要忙……什麼意思？」

「意思就是，妳是爲了阿洋回到臺北，我也是，只是現在理由比妳多了一個。」他淡淡的應：「在這裡，我也有其他想做的事。」

范莫昇說完就進屋，關上鐵門，我則繼續站在原地一會兒。

我始終以爲，無論何時何地，范莫昇都會把溫硯洋的事擺第一，將他視爲生活重心。

雖然當時來不及問他想在臺北做什麼？可是聽到他那樣說的時候，我心裡其實有點詫異，這種感覺不知從何而來，也不曉得這究竟是第六感，還是純粹多心？說出那些話的范莫昇，和一直以來在我眼中的范莫昇，有點不太一樣。

接下來的一個禮拜，我幾乎都沒遇到范莫昇。

同住一棟大樓裡，我跟他見面的次數比在高雄的時候還要少，有時在溫硯洋開的三人群組中，我們會說到話，但除此之外，我其實並不曉得他下課後都在做什麼？又去了哪裡？

至於我，在大學和國中死黨陳州樵重逢後，原本存在兩人之間的尷尬，也一天天消去。在班上，他有他的朋友群，我也有我的朋友群，儘管不像國中時期那樣成天膩在一起，我們也不會刻意避著對方，還是能很自然的打招呼。

只是當看見他和男同學一起聊天、笑得開心的模樣，有時候，我還是會一不小心就看到入定，思緒也跟著飄回遠處。

曾經籠罩在那雙眼眸裡的深深陰霾與悲傷……如今已不復存在。

「亮亮！」

某日，上午的課程結束，陳州樵突然叫住我。

他跑到我眼前，笑得歉然：「不好意思，能不能耽誤妳一點時間？我有話想跟妳說。」

我先是一頓，然後點點頭。

我們兩人直接到學校餐廳一塊吃午飯，他坐在我對面，吶吶說道：「其實，前陣子，我把妳的事情告訴阿典他們了。我跟他們說，妳現在在臺北，跟我念同一所學校，還是我的同學。」

聞言，我怔住不動，沒有說話。

「他們知道後非常驚訝，立刻問了我一些妳的事。」他繼續說：「然後昨天晚上……我們在群組裡聊天，他們就突然提議，希望下次聚會的時候可以找妳出來。畢竟四年沒碰面，他們都說很想見妳，所以要我幫忙問問，妳願不願意出來和我們大家見個面？」

我腦海當下空白了半晌。

對上他的視線，我啓口：「……你說大家都想見我？」

「嗯。」

我再停頓：「包括香香？」

「對。」他肯定的點頭，「不只有香香，阿典、玲萱、嫣婷他們也是這麼說的。『大家』都想再見到妳，希望我們六個人有機會可以重新聚在一起。」他抿脣，低語，「我也是這麼想的。」

我再度陷入一陣靜默。

「不過，如果妳不願意，那也沒關係，我們不會勉強妳。是我沒經過妳的允許，就直接先把妳的事告訴他們，抱歉——」

「沒關係。」我搖頭，揚起一抹微笑，「我沒問題，那就找個時間，大家一起聚聚吧。」

陳州樵瞠目：「眞的？」

「嗯，因爲我也想再見見大家。」

他露出了笑容，沒有半點尷尬和猶豫，似乎眞的覺得很高興。

「好，那我今晚就告訴他們，謝謝妳。」

對方喜悅的模樣，讓我的目光不禁又停駐在他臉上。

與他重逢之後，心裡最想問他的一個問題，也在這時占據我整個心思。

「我可以問你一件事嗎？」

「可以啊，什麼事？」

「你……和香香，」我喉嚨微澀，「現在……怎麼樣呢？」

陳州樵微怔，拿著筷子的手隱隱停了一下。

「朋友。」他看著我，莞爾道：「我們一直都是很好的朋友。」

聽完，我沒有反應，也沒有再說什麼。

「對了。」陳州樵拿出手機，「可以給我妳現在的手機號碼嗎？這樣，我之後比較好聯絡妳。」

「喔，好啊。」我拿出手機，也準備輸入他的電話。

就在這時，我身後冷不防傳來一聲低喚：「臭三八。」

我一凜，馬上轉頭，發現范莫昇居然就站在我後面。

他淡淡瞥向陳州樵，再對我訕笑：「這麼快就開始跟別的男生一起吃飯了？」

「你別這樣講好嗎？他是我班上的同學，也是我以前在臺北的國中同學，我們只是在聊天而已。」我瞪他。

范莫昇再睨對方一眼，神情淡漠：「是嗎？那妳就和妳的『國中同學』慢慢敘舊吧。」

等到范莫昇走遠，我才鬆開擰起的眉頭。

陳州樵忍不住問我：「那個人是誰？」

「喔，他是……我住在高雄時的鄰居，他和我一樣，今年也考進這裡。」我歉然，「剛才他的態度可能不太好，你不要在意，他的個性就是這樣，抱歉。」

「不會，我沒關係。」他搖頭，「不過我有點驚訝，他挺高的，看起來也很時髦，還有點明星的樣子。」

「他很會打扮，也很愛漂亮。聽到你說他像明星，他應該也不會不好意思，他對自己的外貌非常有自信，自信到簡直過頭了。」

「嗯，有這樣的鄰居，日子應該挺新鮮的。」他笑笑，之後若有所思的注視我，「妳在高雄的時候，過得好嗎？」

我看他的眼，微微頷首：「還可以。」

與過去的摯友們再次見面，是否還能回到往昔的情誼，老實說，我不知道，也沒把握。

然而眼前已經有路給我走，無論選不選擇，選擇哪一條，我都只能面對。

經過四年，我的心境也已經和以前不一樣，既然無論到哪都必須再次面對，那麼我也只能走下去，看如今的自己能夠走到哪裡？能否爲這一段歸途賦予新的意義？

甚至，是否還來得及爲那段過去「彌補」些什麼？

爲了眼前這個人重新對我展露的笑顏，我願意竭盡所能，努力一次。

月底週末，我回高雄去看外婆。

在那之前，我問過范莫昇要不要一起回去，但他說有事要忙，馬上就拒絕了，於是我自己去，最後再多帶幾盒外婆做的麻糬回臺北，打算下禮拜去找溫硯洋的時候拿一些麻糬給他。

只是沒想到就在前一天晚上，發生一件事，讓我不得不取消這個行程。

星期一晚上九點，我從浴室走出來，聽到屋外門鈴聲響，以爲是其他房間的室友忘記帶鑰匙，於是我出去開門，卻看見一張青澀面孔。

「嗨，老姊。」他看著我，悠悠的說：「好久不見啦！」

當下我以爲自己眼花了，整個人先是僵住不動，打開鐵門，發現他穿著學校制服，背著一個大背包，兩隻手也提滿東西。

「……譽騰？」我傻掉，幾秒鐘後才能反應，「這是怎麼回事？你怎麼知道我住在這裡？」

「爸爸跟我說妳回臺北啦，後來我再打電話給媽問妳的地址，自然就知道嘍！」他直接拎著行李闖進來，「哪一個是妳房間？開門的這一間嗎？」

我立刻關上鐵門，回房間對正在卸行李的弟弟追問：「你這些大包小包的是什麼？爲什麼突然間跑過來？」

「這些都是我的東西啊，我把它們搬過來了。」他回頭對我咧嘴一笑，「我要在妳這裡借住一段時間，感恩啦！」

「借住？」我再愣，「爲什麼？你不是跟爸住得好好的嗎？他知道你跑來這裡嗎？」

「他還不知道啦，他今天要加班，我是偷偷溜出來的！」他馬上滿臉不悅：「還不是家裡那個老女人，搬進來之後，一天到晚管這管那，還跟老爸說不要讓我打電腦打這麼晚，而且只要我跟老爸多拿點錢，她就會不高興。奇怪，她又不是我媽，憑什麼管我這麼多？昨天晚上，她還故意拔掉家裡的網路線，我火大了，決定今天就把東西收一收，離家出走！」說完，他整個人重重的躺在我床上，舒服的把雙手墊在後腦，「從今天開始，我要住在這裡，絕對不回去！」

「汪譽騰，你在胡說什麼？這麼晚了，你突然從家裡偷跑出來，還不跟爸說，不怕爸會擔心嗎？」

「他才不會擔心咧，他現在眼裡只有那個女人，還有剛出生不久的女兒，根本不想管我好不好？我原本也有想過去找媽，可是後來發現她那邊好像也有男人，所以只好過來妳這兒了。」他望望四周，不可思議的連嘖兩聲：「不過，老姊，妳這裡也太擠了吧？這麼小怎麼能住人？爲什麼不選大一點的房子啊？」

我一時不曉得應該說什麼，決定先撥手機給爸，告訴他這件事。

由於時間已晚，和爸商量過後，我跟譽騰說：「我已經打給爸了，他讓你今晚留在這裡，明天放學再回去。」

「不要，我要住這裡！」

「你別鬧了好不好？我這裡是單人房，兩個人怎麼夠住？」

「所以叫妳換更大一點的房子嘛！」

「你以爲說換就能換的？你知不知道在臺北光是租一間小套房有多貴？」

「那是姊妳自己笨，不會跟爸媽多拿一點錢喔？他們兩個錢那麼多，妳幹麼要這麼辛苦？要是我現在也是大學生，老早就跟他們拿一堆錢，像妳一樣搬出來住了，這樣就不會一天到晚被管，自由又輕鬆！」

「……」我再度無言以對。

那天深夜，譽騰睡著時，我還沒入睡，只能坐在書桌前，托腮看著他呼呼大睡。

當年爸媽離異，我和弟弟分開，毅然決然到高雄去，某種程度上，等於是把他一個人留在臺北。

隨著時間流逝，我們姊弟也漸漸很少聯繫，大部分都是打給爸的時候，同時問候一下，並沒有好好的和他說說話，而在高雄的那四年，我幾乎都沒回臺北，自然無法碰上面。

雖然我是獨自去高雄，但我的身邊有外婆在，而譽騰則是一個人留在那個家裡。

媽媽離開，爸爸忙於工作，因而疏忽對他的照顧，然後再讓新的人進到那個家裡生活……我心裡很明白，我們的爸媽並不是多好的父母，過去他們不曾花太多心思在我們身上，也很少在乎我們的想法，選擇用最方便的方式對待孩子，比如給錢，結果反而讓譽騰對他們產生誤會，甚至說出這樣的話。

他會變成這樣，可能我也有錯，畢竟過去這段時間，我也沒有好好關心過他……

沉思到最後，我不禁再望弟弟一眼，走過去替他蓋好被子，再用幾件衣服摺成枕頭，直接躺在地墊上睡。

原以爲過了今天，譽騰就會乖乖回家，沒想到後來的三天，他都會跑到我這裡。書包一丟，就躺在床上滑手機，洗完澡後回去繼續滑，直到半夜才睡。

譽騰喜歡把房間弄得亂七八糟，垃圾衣服到處亂丟；拿著爸給的零用錢亂揮霍，買一堆沒有用的東西回來。

本來就狹小的房間，經他這一堆，更加擁擠，連走路都快有問題。

雖然不忍心趕他走，但他的行爲還是對我的生活造成嚴重影響，不得已，我只能向爸求救，結果得到的回應是，既然譽騰堅持想留在我這兒，那乾脆就先給他住，等他想回去再回去，爸會匯一點生活費給我；打給媽，她沒提出什麼建議，更沒問譽騰要不要去她那裡，只是要我辛苦點，若需要錢，她會給我一點。

我很想對他們大聲說，重點不是錢的問題，卻已經沒力氣繼續談下去，只能疲憊的放下手機，心裡萬分無奈。

不知不覺，譽騰已經住在我這兒整整一個星期。

這七天來，我每天都睡地板，因此漸漸開始有些腰酸背痛；到了假日，我不在的時候，他就在我房間玩電腦，音量還開得非常大，結果影響到他人，我一回家，就會看見貼在房門上的幾張警告紙條。

只是無論教訓譽騰多少次，他還是會忘記，沒有半點改進，導致我現在只要一回家，就感到十分沉重，完全沒有放鬆的心情。

💧

週六，我和范莫昇及溫硯洋三人，相約在學校附近的咖啡館見面。

我跟范莫昇先到，一點完咖啡，我就趴在桌上，動也不動。

范莫昇見我這副模樣，淡淡嘖了一聲：「一副半死不活的樣子，沒吃早餐是不是？」

我懶懶撐起身，揉揉太陽穴，悶悶的說：「這幾天沒睡好，頭也有點痛，脖子也很酸。」

「落枕喔？」

「不是，我連枕頭都沒得躺，這幾天都睡地板。」我喝下一大口咖啡，給自己提點神，「我弟前陣子跑來找我，說要跟我一起住，已經一個禮拜了，只是他現在變得很難控制，不太好管，很多地方需要教，所以有點辛苦。」

「妳有弟弟？」

「有啊，他叫汪譽騰，小我三歲，今年高一。」我納悶，「我沒跟你說過我有弟弟嗎？」

「沒說過。」他口氣毫無起伏，「我發現來到臺北之後，妳的祕密突然變得很多，先是冒出一個國中同學，接著又冒出一個弟弟。」

「什麼祕密……這哪叫祕密？只是我沒說，你也不知道而已，又不是刻意隱瞞的。」他的說法令我更疑惑，「而且去高雄以前，我就住在臺北，所以就算碰到以前的同學，一點都不奇怪啊，你自己也有高中同學和國中同學，無論是誰都會有過去，不是嗎？」

「我沒有。」他眸光平靜，「對我來說，我只有現在，沒有什麼過去跟未來，我不需要那些東西。」

范莫昇的口吻與眼神，讓我不禁愣了一下。

就在這時，店門被開啓，溫硯洋走進來，向我們打招呼，同時間，一名身材高䠷，頂著一頭褐色短捲髮，穿著白色無袖上衣，下搭藍色牛仔長褲的女子，也跟他一起進來。

「亮亮，阿昇。」溫硯洋走到我們面前，拉開另外兩張椅子，笑說：「我剛剛在學校，碰巧遇到朋友，就順道邀她一起來了，因爲她說想見見你們，不介意吧？」

看到溫硯洋突然帶一個陌生女子出現，我雖然十分詫異，但聽到對方說想見見我們，我心裡又有點好奇，於是客氣的說不介意。

只是當我望向范莫昇，卻發現他雙手抱胸，十分冷漠的睇視那個女人。

「哈囉，你們好。」女子親切的對我們打招呼，視線一落在范莫昇身上，馬上眨眨眼，燦笑：「莫昇，好久不見。你現在眞的越來越有魅力了，一點都不輸那些韓國明星喔！」

「我跟妳很熟嗎？請妳不要這麼親熱的叫我名字。」范莫昇面無表情，一離開椅子，就被溫硯洋叫住：「阿昇，你要去哪兒？」

「我今天出來，是爲了跟阿洋你見面，但不表示我可以接受有其他人在。你們自己聊，我走了。」他冷冷丟下話，隨即背上包包，頭也不回的離開，我錯愕的看著他遠去的背影。

沒想到范莫昇居然會直接在對方面前說這種話！

原以爲氣氛會很尷尬，但那女子反而輕鬆的對溫硯洋說：「他的個性眞的還是這個樣子呢！」

「是啊，之前就跟妳說過了。」溫硯洋莞爾一笑，然後對我說，「亮亮，跟妳介紹一下，她叫劉宛炘，是我從國中認識到現在的學姊。我有跟她說過妳的事，她知道妳是她高雄的學妹，就說想認識妳一下。」

「是呀，既然是同校的學妹，當然要關照一下嘍，我這個學妹長得還眞是可愛呢。跟妳說，以前還在高雄念國中的時候，我就有見過莫昇，但莫昇很不喜歡我，每次看到我都臭著一張臉，現在想起來，還是覺得很可愛！」她咯咯笑個不停。

「連這種事妳都說得這麼樂天。」溫硯洋也跟著笑起來，這時，他注意起我的臉，「亮亮，妳是不是很累？氣色看起來不是很好。」

「嗯？沒有哇，沒什麼。」我趕緊擺擺手。

「是不是最近有什麼事？」

「最近……是還好。」我乾笑，撓撓臉，「只不過，其實這兩天我有在想，要不要出去打工？」

「打工？爲什麼？」

我啞然，不好意思當著初次見面的學姊的面，告訴他因爲看到自己的弟弟花錢如流水，才開始讓我有這種念頭。

若非必要，我不想再向爸媽伸手要錢，希望能夠靠自己的力量，照顧自己。

「亮亮想打工嗎？」宛炘學姊開口，「如果是的話，我剛好想到有一份工作可以推薦，妳要不要聽聽看？」

「什麼工作？」溫硯洋一聽，反而搶著先問。

「就是你小諾學長打工的那家店呀！順道問一下，亮亮妳是什麼科系的？」

「英語系。」

「那更好了！我跟妳說，我有一個好朋友，現在就在某間外貿公司附近的咖啡館上班，最近剛好在徵人。那裡平時就有許多外國人出入，所以會招待到不少外國客人，如果妳在那邊打工，不只可以賺錢，還可以學以致用，讓妳的英文程度更上層樓。妳願意的話，我等等就幫妳問一問，看現在還有沒有機會，妳說好不好？」

我非常驚訝，想不到眼下馬上就有一個機會，我幾乎沒有考慮，立刻點頭：「好，我願意。謝謝妳，學姊！」

「不客氣，能幫上學妹的忙我也很開心，那就交給我，一有消息，我就會請硯洋通知妳。那我就先走嘍，不打擾你們繼續聊天。」她站起來時，還拍了溫硯洋的肩一下，「好啦，你也趕快打給莫昇，跟他說他討厭的女人回去了，叫他回來吧，要是真的破壞了你們的聚會，我會過意不去的。」

學姊步伐輕盈的離開後，我忍不住說：「學姊好活潑。」

「沒錯，她一直都是一副精力充沛的樣子，人也很熱心喔。」他微笑。

「那個……我們要不要叫范莫昇回來？我現在打給他？」

「沒關係，讓他去吧，就我們兩個一起喝咖啡也不錯啊。」他口氣輕快，但下一秒又認真問起：「妳確定要在這時候打工？通常大一的課業會比較吃重，是經濟上有遇到困難嗎？」

發現溫硯洋還在掛念這件事，我頓了幾秒。

在他專注的視線之下，我抿抿唇，還是將弟弟的事告訴了他。

「原來是這樣。」他看著我，點點頭，「這樣的話，確實比較辛苦，可是這時候再去打工，妳不是會更累？」

「你放心，我不會有問題的。而且，就像宛炘學姊說的，如果我真的能去她介紹的地方打工，對我的課業也有幫助，不是嗎？」

「既然妳這麼說，我也相信妳不會有問題。」他伸手輕撫我的臉一下，溫柔說道：「我只是擔心妳會太累，如果之後還碰上什麼困難，千萬不要客氣，一定要讓我知道，嗯？」

溫硯洋的觸碰，讓我的呼吸驀地一頓。我點頭，臉微微發熱。

回到臺北不久，就碰上這麼多意想不到的事，幸好，我的身邊還有溫硯洋在。

只要能看見他的臉，接下來的日子再忙碌、再麻煩，我也有信心可以撐下去，不會有問題的。

第六章　祕密

每一個祕密，都是不能說的心事。

和溫硯洋的聚會結束後，晚上，我來到范莫昇的家門前。

他面無表情出來應門，語調低沉的問：「幹麼？」

「我幫你帶了一份蛋塔跟檸檬蛋糕，溫硯洋說要給你的。」提起手中的袋子晃了晃，我看著他，商量道：「欸，可不可以拜託你一件事？用兩盒紅豆麻糬當交換條件。」

他雙眉微微擰起。

一分鐘後，我跟范莫昇一起坐在他家陽臺上，今晚夜風颯爽，很適合悠閒的乘涼。

「范莫昇，我有點口渴，你這裡有什麼喝的嗎？」我問。

「冰箱裡有水果酒。」他抬起手指向房中一角。

「沒別的嗎？」

「沒，不爽就別喝。」

他的房間比我的大，還有一個陽臺，租金自然也比我貴一些。室內擺設了幾件簡單家具，雖然不算非常寬敞，但一個人住綽綽有餘了。

從這兒放眼望出去，還可以見到校內的幾幢建築。

一片夜色中，高掛天際的皎潔月亮，最吸引我的目光。

范莫昇坐在我旁邊，一面吃蛋塔，一面眺望遠方風景：「自己的房間不回去，跑來占用我房間是怎樣？」

「沒辦法，我弟現在在家裡，我只要一想到等等上去會看到滿地的零食和垃圾，就覺得頭昏，所以才決定先到你這邊沉澱一下再上去。」

「不會把妳弟趕回家喔？」

「趕回家？然後呢？他現在跟我爸住不開心，家裡還多了個繼母，硬逼他回去，我擔心他又會離家出走，跑到我找不到的地方。這些年來，我爸媽都沒有用心照顧他，而我也沒有在他身邊適時關心，反而一個人跑去高雄，所以我希望這次可以爲他做點什麼。」

「事到如今才想彌補，也要看妳弟領不領情吧？」他不以爲然。

我不語，啜了一口水果酒，發現酸酸甜甜，還挺好喝的。

忽然，我想起一件事，轉頭問他：「對了，范莫昇，你今天爲什麼要對學姊這樣啊？再怎麼不滿，也不必用那種態度跟人家說話吧？」

「我愛怎麼說話，是我的事，妳管不著。」

「我只是覺得你那樣不太好，畢竟她是溫硯洋的老朋友。不過，沒想到你之前就見過她了……」我好奇的又問：「你到底爲什麼這麼討厭她啊？」

范莫昇沒有即刻回應，抑鬱的目光盯著遠方不動，然後問：「妳記不記得當初阿洋要考大學的時候，我曾經跟妳說過，無論如何都不能讓他到臺北？」

我先是想了一下，頷首：「嗯，有印象，我記得你還告訴我，因爲臺北有一個很危險的女人……」我一頓，微愕，「你當時說的危險女人，該不會就是宛妡學姊吧？」

范莫昇沒有否認，繼續說下去：「國三的時候，我跟阿洋去學校幫妳做教室布置，做到一半，不是有女生打電話給他？就是劉宛妡那個女人，當時阿洋還說，那女人有一個交往多年的男友，是他的學長，這些妳都不記得？」

「我記得教室布置的事，但過那麼久了，細節的部分我早就忘了，你的記憶力未免也太好！」我更加疑惑，「但這些跟溫硯洋又有什麼關係？」

「她有男友那是以前的事，妳怎麼知道現在是怎樣？妳要是好奇，下次就去問問。」他冷哼，「不管她是不是還跟她的男友在一起，或是交了新男友，只要妳還喜歡阿洋，一直待在阿洋身邊，就會慢慢知道我爲什麼會討厭那個女人了。」

我怔怔然，眉頭深鎖，盯著他看了好一會兒。

剛才喝下去的水果酒似乎漸漸起了作用，我的意識開始有點飄飄然，無法專心思索這個問題。

此時，范莫昇身上的某樣東西，進入我的視線裡。

他頸部掛著一條很漂亮的項鍊，樣式雖簡單，卻很適合他，宛如頭頂上那片天空裡鑲嵌的星星，閃爍淺淺光芒。

「范莫昇，你什麼時候開始戴這條項鍊的？是你買的嗎？」我伸出手指。

他倏地停頓，然後低聲應道：「不是，別人送的。」

「送的？」我湊近，仔細一瞧，隨即驚訝的瞠大眼瞳：「等等，這個牌子……這是名牌貨耶！價格至少上萬吧？是誰送你這麼貴重的東西？」

他失神了一瞬，眼裡乍然閃過一絲猶疑，接著迅速將身子轉向另一邊：「不干妳的事。」他遲遲不轉回來與我對視。

我第一次看見范莫昇那樣的表情。

彷彿所有心神在一瞬間被什麼東西給帶走了。

他異樣的反應，讓我覺得奇怪，越想越不對勁，忍不住脫口而出：「范莫昇……你該不會偷偷在外頭做些奇怪不良的事吧？」

「什麼奇怪不良？妳白痴啊？臭三八！」他立刻罵我。

「還不是因爲看到你突然戴這麼名貴的東西，又是別人送的，加上你一臉怪表情，我當然會誤會啊！」

「誤會個屁？我幹麼每件事都要跟妳解釋？反正不是偷搶拐騙拿來的就對了，少在那邊露出一副質疑我的嘴臉，給我回妳房間去！」

「好啦，知道了，不問就不問。你這裡很舒服，再讓我坐一下。」我白了他一眼，復又抬頭仰望夜空。

這晚恰巧是滿月，明淨的月亮像個大大的玉盤子，又圓又亮。

月光灑在我的身上，那道朦朧溫柔的光線好熟悉，不知不覺，慢慢照亮藏在我腦海深處的某一年冬天……

「亮亮，妳可以留在這裡，暫時別走嗎？」

我一邊靜靜望月亮，一邊一口一口嚥下水果酒，思緒隨著腦海裡的聲音，不斷下沉。

大概是因爲在學校與記憶裡的那個人重逢，此刻又和某個人一塊賞月，才會忽然想起那段往事。想起那個人當時哭紅的眼睛，還有那雙眼裡的一片灰暗。

那時，我也曾像現在這樣，和他肩並著肩，坐在月光下靜靜等待時間流逝……

「范莫昇，我問你。」良久，我對著那輪明月，輕輕啓口：「你記不記得，高一那年聖誕節，有人託我拿聖誕卡片給溫硯洋，結果你把我罵了一頓，你說如果是你，就絕對不會給他，而且爲了不讓對方跟他告白，就算把卡片裡的內容偷改掉，你都會做？」

他蹙眉：「所以咧？那又怎樣？」

「我跟你說……」我抿抿脣，雙手抱膝，下巴抵在膝上，眼神迷茫，「其實，我有做過噢。」

「什麼？」

「我做過這樣的事。」我深呼吸，聲音小到像會被風吹散，「我曾經……把某一個人寫給另一個人的告白信，偷偷改掉內容。她拜託我把信交給他，可是我卻做出了這種事，而且那兩個人……還是我國中時最好最好的朋友。」

我閉上眼睛，漾起一絲極淡的笑，喃喃自語：「結果，事情被揭穿了……剛好那個時候，我爸媽離婚了，我才有機會離開臺北，逃到高雄去，像一個膽小鬼一樣躲他們躲得很遠很遠。

「沒想到，這次回到臺北，我又遇見那個人了，他還告訴我，大家想要見我，想跟我團聚。我過去明明做了那麼多傷害他們的事，甚至害他到現在都沒和香香在一起……這樣的我，他們居然還願意見。我覺得好緊張，也好不安，不懂爲什麼他們還想找我？願意見我……爲什麼？」

說完這一大串話，我始終沒聽見范莫昇開口說半個字。

睜開眼睛，眼前的一切微微晃動，我看不清楚他注視我的表情。

那時的我，還沒眞正意識到自己對他說了些什麼。

隔天早上酒醒，我猛然回想起這件事，當下差點去撞牆壁，再咬舌自盡。

我自認當時並沒有喝得很醉，但經由酒精催化，在意識不清，身心靈徹底鬆懈的狀態下，我竟一不小心就順口把那件事說出來。

經過這次教訓，我下定決心再也不碰一滴酒，哪怕天塌下來，也絕對不喝了！

和宛妡學姊見面的第二天，我就接到溫硯洋的電話。

是個好消息，咖啡館通知我禮拜二就可以去面試。

我原本打算放學後就一個人直接過去，溫硯洋卻說要陪我，於是六點多，他就親自從學校騎車過來載我。

那間咖啡館位於東區，四周高樓大廈林立，咖啡館的位置在離那些大樓一小段距離的某條巷弄裡，不至於太吵雜。

由於附近正好有一間相當著名的出版社，因此當我跨進咖啡館，首先映入眼簾的，就是一座大書牆，上頭擺滿各式各樣的書籍。

店內的設計布置風格是自然溫馨風，燈光柔美，環境很乾淨，讓人一進門就覺得舒適。

咖啡館是由一對四十多歲的夫妻開的，兩人還有經營其他事業，開咖啡館純粹是副業也是興趣。平日白天是由店長或是夫妻倆顧店，晚上才交棒給工讀生。

目前店裡的工讀生僅有一位，就是宛妡學姊上次說的那位好友，溫硯洋的學長。

但傍晚客人較多，人手不夠，所以店長希望可以再找一位年輕女孩來幫忙。

雖然離家有點遠，但我很喜歡這裡的環境，所以非常希望可以應徵上這份工作。

老闆夫婦十分和氣，很好相處，而且老闆的個性幽默，十幾分鐘的面試過程裡，我一點也不緊張，反而覺得輕鬆自在。

老闆希望我來工作的時段是：平日晚上七點到九點半，星期六則是下午三點到九點半，星期一晚上公休，所以一個禮拜工作五天，不過考量到我是大一生，課業較重，若有需要，時間可再彈性安排。碰上期中跟期末考，還能請假一週。

時間敲定以後，我明天就能開始上班。

面試完畢，我主動向正在櫃檯煮咖啡的人打招呼。

他叫謝一勤，綽號小諾，今年大四，從國中到大學都和宛妡學姊、溫硯洋同校。

他的個子高大魁梧，聲音溫潤沉穩，一臉敦厚老實，個性也相當親切，就像個鄰家大哥哥。他已經在這間咖啡館工作兩年，平時晚上，店裡幾乎都是他在顧。

「學長，那我就把她交給你了，麻煩替我多照顧她。」溫硯洋站在櫃檯前對他說，雙手還搭在我的肩膀上。

「知道了，你放心吧！難得你也有這麼慎重拜託我的時候。」他笑起來，然後看我，「亮亮，請多指教嘍，今天妳不用幫忙，只要坐下來喝東西就好，想喝什麼儘管點，我請你們。」

這天店裡只坐了兩桌客人，七個人裡頭，有兩位是外國人，似乎真的有不少外籍人士在這附近上班。

我們找位子坐定，學長端了一杯拿鐵和柳橙汁到我們桌上，這時，有四位客人開門光顧，宛圻學姊一看到我們，馬上向這裡揮手。

今晚她和同學一塊來這兒喝東西討論報告，也順道來關心我面試的狀況，知道我順利應徵上，還感激的拍了小諾學長的肩，看起來比我還高興。

「我今天想喝珍珠奶茶，糖少一點，冰塊多一點噢。」她對小諾學長說。

「我幫妳弄桂圓紅棗。」

「哪有這樣的？抗議！今天這麼熱，你還要我喝桂圓紅棗茶！」

「妳這幾天應該不能喝冰的吧？抗議無效。我再幫妳做一份蜂蜜鬆餅。」

他們兩人在櫃檯邊的互動，讓我不自覺看到入神，連果汁都忘記喝。

「當時阿洋還說，那女人有一個交往多年的男友，是他的學長，這些妳都不記得？」

我驟然想通一件事：小諾學長就是學姊的男朋友。

意識到這點，我幾乎確定的向溫硯洋詢問：「他們兩人是男女朋友吧？是不是交往很久了？」

「是啊，他們從國中開始交往，至少七年吧。」他點點頭，「可是他們已經分手嘍。」

「分手了？」我錯愕。

「嗯，兩年前就分了。」

我再度望向相談甚歡的那兩人，難以置信：「可是他們看起來就像感情很好的情侶呀！」

「沒錯，亮亮妳也這麼覺得吧？當年得知他們分手，所有認識他們的人都很震驚，包括我。而且，據說還是小諾學長提的，直到現在都沒人曉得理由，甚至連學姊也不知道，那段期間她非常傷心，她本來是個樂天派的人，但那時跟我通電話，常常說著說著就哭了……

「一開始，我們曾以為小諾學長有了其他喜歡的對象，或者是已經沒那麼愛學姊了，只是經過這兩年，卻發現好像並不是這麼一回事，也因此，這件事在大家心中一直是解不開的謎團。到底事實是怎樣，除了小諾學長他自己，沒有任何人知道。」他回頭往櫃檯一瞧，隨即微笑對我說：「不過，即使不在一起，看到他們現在仍跟以前一樣好好的，也算是好事，對吧？」

我沒說話，凝望著他們愉快聊天的樣子，默默點頭。

從咖啡館回到家後，我打算先溫習一下明天課堂要考的東西，並告訴譽騰明晚開始打工的事。

打開房間，出現在眼前的畫面，讓我渾身一震，下一秒差點腦充血！

除了譽騰，房裡頭還有一個陌生女孩。他僅穿著一條制服褲，而女孩上半身的襯衫扣子全都解開，裡頭的白色胸罩露了出來，兩人貼著彼此，並肩坐在我的單人床上。

他們看到我時也嚇傻了，女孩趕緊扣好上衣，滿臉通紅抓起書包奪門而出。

而譽騰還來不及穿好衣服，就已經被我用枕頭狠狠搥打！

「汪譽騰，你在做什麼！你才幾歲？居然給我帶女生回家做這種事！」我簡直氣炸，當場痛罵。

「拜託，這又沒什麼，有必要這麼大驚小怪嗎？」他抱頭阻擋我的攻擊，還不忘辯解，覺得我少見多怪，「妳今晚不是有事嗎？怎麼這麼快就回來了啊？」

「你說沒什麼？你有沒有想過要是不小心出事了怎麼辦？你一個高中生承擔得起嗎？誰准你隨便帶女生回我家的？還在我床上做這種事？你當我這裡是汽車旅館嗎？」

「老姊，妳真的很老古板耶，別那麼嚴肅好不好？放輕鬆一點，別生氣。」他頻頻安撫，還一副嬉皮笑臉的樣子，「我肚子餓了，有沒有宵夜可以吃啊？」

我氣到咬牙切齒，想到之後晚上去打工，這小子有可能趁機在家裡搞出一堆可怕的事，心裡不免一陣發寒。

隔天五點多下課，我先回家吃點晚餐，準備一下，再出門打工。

抵達咖啡館時，客人還不多，小諾學長便趁空檔教我使用咖啡機、各種飲料的調配方式，還有一些熱食的製作方法，雖然我的工作主要是應付外場，但還是必須將這些通通學起來。

小諾學長很有耐心，無時無刻都以親切有禮的態度對待客人，他的經驗豐富，料理店裡事務的樣子，儼然就像個小店長，因此才做完第一天，我就深深明白爲何老闆會這麼放心的把晚上時段交給他了。

第一天打工結束後，溫硯洋居然還特地來接我下班。

「辛苦嘍，兩位。」他走進店裡，立刻關心的問我：「怎麼樣？第一天上工，還順利嗎？」

我馬上點頭。

小諾學長接著說道：「你放心吧，亮亮做得很順手，她學得很快，馬上就進入狀況，感謝你和宛妡替我找來這樣的好幫手嘍。」

「多虧學姊才有這個機會啦，我沒做什麼。亮亮學得快我不意外，因爲她本來就很聰明。」

學長莞爾一笑：「好啦，既然護花使者來了，我再不放人就太不應該。亮亮，妳先回去，剩下的盤子我來洗就好，今天辛苦了，明天見。」

和小諾學長道別後，溫硯洋沒有馬上載我回家，而是先帶我去101附近逛逛。

我們站在路邊欣賞整排璀璨樹燈時，他說：「你們期中考也快到了吧？應付得來嗎？」

「嗯，我想沒問題。」我盯著燈，想到：「不過，小諾學長就算期中期末也要上班嗎？他這樣課業沒問題嗎？」

他咯咯笑：「這妳就完全不必擔心了，當年我認識他，他就是個可以同時兼顧課業跟社團的厲害人物，所以這點事難不倒他。」然後他也想到一個人，「說到這個，不曉得阿昇那小子會不會有問題？他平常有去上課嗎？」

我聳聳肩：「我也不清楚，這兩天我正好沒碰見他。」

「是喔？那我晚點再打給他看看。對了，亮亮，妳這禮拜日沒打工吧？要不要跟我去看電影？前陣子學校有活動，我抽到兩張電影票，是新片喔。」

我先是一呆，沒有思考就答應：「好，我要去！」

聽到溫硯洋的邀約，讓我這一天的疲憊瞬間消失，迅速恢復了精神。

好期待週日的來臨……

悲慘的是，因接連幾天都睡不好，造成精神不濟，又一天到晚爲弟弟的事操煩，加上期中考快到了，而有些壓力，許多事情累積下來，讓我在開始上班的第三天後，不小心感冒了。

初期狀況還不嚴重，所以我打工還是做到週六，原以爲當晚好好睡一覺就沒事，結果到了隔天，我的病情仍不見好轉，反而更加嚴重。

可想而知，電影看不成了，難得跟溫硯洋的約會，最後變成去醫院掛病號。

看完病，我跟他一起坐在捷運月臺的椅子上，準備回家。

剛剛吃過藥，我的意識有些昏沉，整個人頭重腳輕。

溫硯洋一見，向我提議：「覺得睏的話，就先在這邊躺下來吧。」他拍拍自己的大腿。

「不用了啦，回到家就可以睡了，沒事。」

「別硬撐了，過來。」他直接摟住我的肩，輕輕按下我的身子，讓我的頭躺在他腿上。

在大庭廣眾之下做出這種舉動，我頓時覺得難爲情，溫硯洋卻平靜的說：「沒有關係，妳現在是病人，這樣沒什麼好奇怪的，能讓妳覺得好一點比較重要。」

他的體貼，讓我感到十分溫暖，頓時放下心來，但也因爲放心，這些日子強行壓抑的疲儚壓力一股腦襲來。

明明比任何人都還要期待今天，現在的我卻是這副模樣，我越想越可悲，也越想越委屈。

再想到今天早上出門前，接到房東的電話，告訴我這些天收到不少人對我的投訴。

譽騰在我那兒製造垃圾不說，我不在家的時候，他還是把電腦音量開到最大，屢勸不聽，讓其他室友忍無可忍，房東不得不來向我下最後通牒，要是再不解決，他只好請我退租，不讓我繼續住下去。

種種壓力，讓我在這次生病中忍不住爆發。我對弟弟的不懂事，爸媽的不負責任感到身心俱疲，如今看到溫硯洋的臉，原有的堅強逐漸瓦解，整個人變得好脆弱，好想哭。

這一秒，我只想對眼前這個人說出眞心話，甚至想對他撒嬌。

「……我好累。」我視線朝上，放空的喃喃道：「累到完全沒有力氣了。」

溫硯洋一隻手貼在我的額頭上，他垂眸，靜靜看我。

眼前一片模糊，眼淚不受控制滑了下來。

我用手遮住眼睛，不讓他看到我這張，覺得自己好沒用的臉，偏偏眼淚越流越多，低落的情緒狂潮般湧來，根本抵擋不了。

「我眞的……」我喘口氣，緊咬下脣，難掩哽咽：「眞的好累、好累喔……」

「嗯。」溫硯洋不時溫柔撫摸我的頭，「我知道。」

他的話讓我的淚水氾濫不止，不知不覺，連兩隻耳朵都被熱淚浸溼。

等我慢慢恢復冷靜，平復心情，我雙手擦掉眼淚，吸吸鼻子，不好意思的說：「抱歉，一不小心就哭成了大花臉，我已經好多了，謝謝你。」

「謝什麼？」他眸裡含笑，頭垂得更低了些，「老實說，我挺高興看到妳在我面前這樣哭的。」

我一陣困窘，不解：「爲什麼？」

他深深凝睇我，脣角弧度跟著上揚：「也許是因爲……覺得看到最眞實的亮亮了吧。」

聞言，我愣住不動，耳邊傳來捷運進站的提示聲，他的臉也在那刻驀然靠近。

列車進站的同時，他始終掛著溫柔笑意的脣，就這麼貼覆在我的脣上……

上午的課一結束，陳州樵就走到我的座位旁，問：「亮亮，妳現在要去吃飯嗎？」

「還沒，我想先去系辦一趟，再去買點東西吃。怎麼了？」

他莞爾一笑：「我正好也想去系辦借影片呢，乾脆這樣，我們一起買東西去系辦那兒吃，我有件事想要跟妳說。」

於是，我們到餐廳各買一份自助餐，直接到系辦門口的座位享用。

正要開動，他聽到我掩嘴咳嗽幾聲，關心的問：「妳感冒了？」

「嗯，是呀。」

「怪不得妳說話有點鼻音，現在好點了嗎？」

「好多了，昨天看過醫生，已經沒事了。」我笑著擺擺手，「對了，你要跟我說什麼事？」

「喔，我已經告訴大家，妳願意出來跟我們見面的事了，他們都很高興。我原本想把妳拉進群組裡，但想想還是應該先經過妳的同意才對，所以就沒這麼做。我們打算等期中考結束後再約妳見面，所以想問妳平常大概什麼時候比較有空？我想先以妳方便的時間爲主，再喬聚會的日期。」

聽完他的話，我有點兒怔忡。

想不到他細心有條理的個性，經過這幾年，還是一丁點都沒改變。

「好，那就期中考之後吧。我現在禮拜一到禮拜六晚上都有打工，所以星期一晚上或是星期日，應該沒問題。」

「妳有打工？在哪裡？」

我們你一言我一語閒聊起來，十分熱絡，此情此景恍如昨日，彷彿回到我犯下那個錯誤以前，最無憂無慮的一段快樂時光。

當我發現那段過去其實依然牢牢刻印在心中，並沒有隨著時間而淡化消失，如今陳州樵對我展露的笑，也還是不斷觸碰我內心的那道傷痕。

如果我是他，就算心中不再有憤恨或是難過，至少還是會想知道眞相，知道對方爲何要這麼做？

所以我很清楚，現在的我能做的，就是還他一個眞相，以及晚了四年的那一句抱歉。

儘管到目前爲止，他從未主動開口問過我，但我必須這麼做，因爲這是我虧欠他的。要是知道眞相，反而讓他更無法原諒我，那麼我也願意接受，承擔這個代價。

「陳州樵。」

「嗯？」

「我欠你一個道歉。」我直望他的眼，一字一句緩緩說：「關於以前……我做出傷害到你，傷害到香香，甚至傷害到大家的那些事，我一直都還沒跟你道歉。因爲我當時的自私任性，還有不成熟的心態，辜負了香香的託付，結果影響到你和香香的感情。這一切都是我的錯，我很抱歉。」我深呼吸，低啞道：「是我破壞了你對我的信任，對不起。」

陳州樵似乎沒料到我會突然說這件事，整個人登時定格，動也不動的與我對視。

這一句對不起，徹底開啓被我們封藏在心底，選擇避而不談的那個祕密。

或許陳州樵沒想到，到了最後，竟會是由我主動先打開了它。

成為國中生的第一天，我遇見了陳州樵，還有香香。

由於座位鄰近的關係，除了他們兩個，我也另外認識了玲萱、嫣婷、阿典三人。開學第一天，我們就成了無話不談的好朋友，無論到哪裡都玩在一塊，做任何事情，也是一起行動。

玲萱想像力豐富，天性爛漫，是個愛笑又傻氣的可愛女孩；嫣婷個性直接，想說什麼就會說什麼，言行舉止一向大咧咧；而阿典性情直率，偶爾容易衝動，一根腸子直到底；至於香香，是最溫柔文靜的一個，脾氣好，而且善解人意，是我們這群死黨裡最溫暖的存在。

個性截然不同的六個人，認識的第一天就一拍即合，不過陳州樵和香香其實之前就已經認識，他們同一所小學畢業，到了國中，兩人才有比較多互動。

在學校，下課時我們六個人一起聊天，中午六個人一起吃飯，連去上廁所（男生除外）、去福利社，或是放學回家，都形影不離；每逢假日，我們還會一塊出去逛街、看電影、唱卡拉OK，感情好到簡直就像連體嬰，到哪裡都不會分開。

只不過彼此再要好，我們每一個人，對於其他五人的感情或是重視程度，卻未必都相等。三個女生當中，我和香香最常走在一起，而我對香香的喜歡，確實也比其他五人都要多一些。

我們的喜好幾乎雷同，無論是喜歡的歌手、喜歡看的書，或是喜歡吃的東西，都一模一樣，自然有最多話題可聊，加上我們的個性都不像嫣婷和玲萱那樣鮮明強烈，算是比較溫和的那一派，簡單來說，我和香香在任何方面，頻率都是最契合的。

更早以前，我不曾擁有過像他們這樣時時刻刻都會在一起的好友，他們在我心中的地位無比重要，無可取代。

我打從心底珍惜這段友誼，並且眞心喜歡他們每一個人。因爲有他們在身邊，我才能忍受那個枯燥乏味，充滿冷漠與疏離，毫無溫暖的家。

對我來說，他們就是我的精神支柱。

我喜歡每天和他們熱熱鬧鬧在一起，分享任何事，一起開懷大笑，甚至覺得這輩子只要有他們，一切就足夠，什麼都不需要了。

和他們在一起的時光十分快樂，我也以爲我們的關係不會有什麼轉變，直到國一下學期，有一天嫣婷突然跑來跟我和玲萱說，她懷疑陳州樵跟香香兩人，其實互相喜歡。

這番驚人言論，讓我跟玲萱都嚇一跳，完全不知道她怎麼看出來的？嫣婷說她就是有這種感覺，所以才偷偷告訴我們，也想聽聽看我們兩個的想法，可是我們完全沒有這種感覺。

事後回想起來，不得不佩服嫣婷的觀察入微，而且第六感神準，因爲就在嫣婷爆料這件事的一個禮拜後，我和香香晚上通電話聊天，她忽然語帶羞澀的向我坦白，她覺得自己喜歡上陳州樵了。

香香說她目前只先告訴我，要我別跟嬿婷還有玲萱兩個人說，但嬿婷後來連阿典都偷偷透露了，因此這件事，已變成我們彼此心照不宣的祕密。

雖然不確定陳州樵是不是眞的也喜歡香香，畢竟嬿婷當初說他們可能是彼此喜歡，事實上，他們兩個給人的感覺確實很相配，不但個性一樣溫和善良，心思細膩，做任何事也都很有條理。

性情這般相似的兩人要是眞的在一起，對嬿婷他們來說，完全樂見其成。

正當大家開始積極想著要怎麼撮合這兩人，後來卻發生了一件事。

國二的那年冬天，陳州樵的奶奶因爲生病，不幸去世了。

身爲家中老么的陳州樵，幾乎是由他奶奶親手帶大的，而她一直也是陳州樵最摯愛的親人，因此陳奶奶的離去，對陳州樵來說猶如晴天霹靂。

很長一段時間，他完全深陷在這個打擊中，無法自拔，雖然他從沒有在我們面前掉下一滴眼淚，還是會對我們笑，但我們都知道那是強顏歡笑，也知道他的心裡其實非常痛苦。一雙清澈明亮的眼睛，如今只看得見深不見底的陰霾及死寂。

對於他那樣沉重的悲傷，我們無能爲力，唯一能做的，就是默默在他身邊，當他最強而有力的支柱。

在那時候，我家跟陳州樵家的距離最近，只相隔兩條街。

就在某天傍晚，我出去買東西，回程經過公園時，看見陳州樵獨自坐在鞦韆上的身影。我上前和他打招呼，遞給他一罐剛買的熱奶茶，然後坐在另一個鞦韆上，問他：「你還好嗎？」

「嗯。」他點點頭，鼻子有點紅，「我沒事，只是在家裡待不住，想出來透透氣而已。」

我沉默片刻，不知道爲什麼，居然忍不住對他開了口：「那你想不想……跟香香說說話？」

他微愣，有點訝然的看我半晌，最後搖頭，低聲說：「不要。我其實不太想讓她看到我這個樣子。」

聽到這句話，我當下心裡就明白了，陳州樵果然也是喜歡香香的。

我凝望天空的滿月一會兒，再瞧瞧其他在公園裡的人：「你常會來這裡嗎？」

「沒有耶，我平常不會來，只是今天出來走一走，不小心走得比較遠，結果就剛好到這兒了。」他也望望四周，「不過，我小時候常來喔。」

「小時候？」

「嗯，以前我常跟哥哥們來這裡玩，但大部分時候，是我奶奶帶我來的，她坐在樹下乘涼，跟別人聊天時，我就在一旁玩沙子、玩溜滑梯……」

那一刻，他的心裡彷彿有什麼東西忽然被打開了，他動也不動，視線就這麼定格在溜滑梯的位置。

想起過去與奶奶在這邊的所有回憶，陳州樵的眼眶慢慢紅了，沒多久，眼淚就一顆顆迅速墜落下來。

自從他奶奶去世後，那是我第一次看見他哭。

也許是之前忍得太久，也撐得太久了，這一次，他再也壓抑不住心中的悲慟，當場忍不住低下頭，渾身顫抖啜泣起來。

我聽著他哭，沒有出聲，直到他稍微喘一口氣，對著被月光照亮的地面，哽咽的說：「亮亮，妳可以留在這裡……暫時別走嗎？」

「好。」我專注看他，緩緩道：「沒關係，你就好好發洩吧。如果你不想讓別人知道，那我就不說出去，包括香香。」

他頷首，神情一緩：「謝謝。」似乎是放心了，這一秒，他終於可以盡情哭出來，再也沒有任何顧慮及拘束。

那晚過後，陳州樵慢慢開始恢復了精神。

雖然奶奶的去世，帶給他難以抹去的傷痕和陰影，但幸好，他終究還是振作起來，不再鬱鬱寡歡，回到原本那充滿元氣、開朗的陳州樵了。

當我們再度回到六個人開開心心，無憂無慮的日子，我卻感覺到陳州樵對我的態度變得有點不一樣。

他開始會願意對我坦白很多很多的事，也會告訴我他對於一些事的眞正想法，包括他對香香的感覺。

或許是因爲那天在公園的陪伴，以及對這件事的守密，讓我完全得到他的信賴，之後有些對香香他們無法啓口的事，他也只肯對我傾訴。

也因爲這樣，在我知道他對香香的感情之後，我便比誰都清楚，只要我對他和香香其中一人說：「其實你們彼此喜歡。」就會促成一個很美好的故事，也是大家最期待的結局。

明知道自己是主要關鍵，我卻遲遲沒說出口，不但不說，甚至還不自覺極力隱瞞他們這件事。

於是到後來，我才終於發現，原來自己根本就不希望他們知道，也完全不希望他們在一起。

那半年內，嫣婷他們爲了製造陳州樵和香香單獨相處的機會，常會在大家約好一起出去玩的時候，突然要我們故意串通好臨時有事，放他們鴿子，就爲了讓他們好好約會。

而有一次，我和香香最喜歡的五月天，即將開演唱會，演唱會那天正好是香香的生日，於是我們在一個月前就約好要一起去聽。

票開賣的前二十分鐘，我就已經抵達家附近的便利商店，守在機器前準備搶票，只是搶票過程並不順暢，網路不斷堵塞，花了整整半個小時，我才順利搶到兩張票。

我滿心期待和香香一起去看演唱會，結果在演唱會當日下午，香香突然打來跟我道歉，說沒辦法跟我去聽演唱會，因爲嫣婷和玲萱剛好也偷偷幫她和陳州樵買了兩張電影票，要他們一起去看電影，她無法推辭。

後來嫣婷也打給我，直說五月天演唱會又沒什麼，反正以後還能再聽，先讓陳州樵在這一天好好幫香香過生日，才是最重要的。

結果那天晚上，我一個人去聽演唱會。

看著最喜歡的歌手近在咫尺，我卻完全沒有半點愉悅的心情，只能面無表情的盯著舞臺。心裡覺得鬱悶，很難過，也很生氣。

爲了這一天，我早早去排隊買票，費了一番工夫才搶到，但是爲了讓陳州樵和香香能在一起，就必須犧牲我爲香香付出的努力，甚至還被認爲，我這麼做是沒有意義的。

往後，只要我跟香香在聊天，陳州樵也剛好出現，我就會馬上被其他三人使眼色，要我悄悄退場，別打擾他們兩個相處，就連放學也必須要讓他們一起走，而不是像以往那樣大家一起離開。

看到昔日的六人行，因爲這個原因而拆夥，我心裡非但沒有這是好事的感覺，也沒有因爲他們的進展順利而覺得高興，反而越來越厭惡起這一切，更明確貼切的說法，就是煩。

我希望回到從前那樣，不希望任何理由打破我們六個人一直以來的平衡，但只要香香和陳州樵在一起，就不可能如此。

我要的是最初的樣子，無論何時何地大家都在一起，沒有區隔，彼此沒有太多的祕密。

最和諧，也是最讓我快樂的那段時候，我不想看見我們之間的關係有任何改變。

我從不埋怨陳州樵和香香，也不會因爲覺得香香被搶走，而對陳州樵有嫉妒的心情。他們兩個都是我最喜歡，也是最親密的朋友，可是我卻不希望他們喜歡上對方。

到後來，我已經無法去在乎他們兩個的幸福，我只在乎我自己的感受，擔心一直以來我所珍惜依賴的那個世界，就要失衡了。

那樣強烈的執念與渴望，讓我越來越不能控制心中的那份自私……

「亮亮，妳可以幫我把這封信交給州樵嗎？」

暑假前一個月，香香跑來找我，悄悄把一個小巧精緻的信封交給我。

我好奇看她，她雙頰微微泛紅，用像是怕被嬿婷他們聽見的小小音量說：「是我寫給州樵的信，他今天請病假沒來，所以我寫了一些東西給他，我原本想自己給，但我怕到時我又沒了勇氣。妳和州樵住得比較近，所以我想請妳幫個忙，而且交給妳的話，我也比較放心，因爲要是嬿婷和玲萱知道了，她們一定會馬上逼問我一堆事……」

我沉默，當下沒有多問，點頭：「好，那我今天回去的時候幫妳拿給他。」

香香馬上感激的笑：「謝謝妳，亮亮。」

當時香香和陳州樵的事，幾乎已經是公開的祕密，兩人就只差最後那麼一步。

那天下午的體育課，我因爲生理痛，獨自留在教室休息，就在那時候，我把香香早上給我的信從抽屜裡拿了出來。

其實在她把信給我時，我就已經從她的表情上猜到信裡頭的內容是什麼了，雖然香香什麼也沒說，但我相信，她應該已經決定跟陳州樵表白了。

我凝視信封，將信轉到背面，將封口上的貼紙輕輕撕開，再把裡頭的信紙抽出來，然後打開。

信的內容，果然就和我想的一樣。

藉由文字，香香終於鼓起勇氣，向陳州樵表明自己的心意。

接下來，只要我把這封信交給陳州樵，他們兩人就眞的可以在一起了。

只要我這麼做……

有很長一段時間，我就這麼深深盯著信，動也不動。

最後，我沒有把信收起來，反而把它攤在桌上，接著拿出立可帶，開始將信裡的幾段內容給塗掉。

等到所有關鍵字都清除了，我再用相同顏色的原子筆，仿造香香的筆跡，添寫一些東西上去。

我僞裝成香香，在信上告訴陳州樵，希望今後，可以一直和他維持這份友誼，永遠當好朋友，一切都不改變……

「亮亮，妳好一點了嗎？我們回來看妳嘍。」

聽到嬿婷的聲音，我一驚，立刻把信抓走，信封卻不小心掉落在地。

她和玲萱一起回教室，見我失措的樣子，走過來，隨即發現我來不及撿起的信封。嬿婷一瞧見上頭的收件人名字，怔了一下，不禁納悶：「這是香香給陳州樵的信？爲什麼封口是打開的？」她嚴肅緊盯住我：「亮亮，這是香香要給陳州樵的吧？爲什麼會在妳這裡？而且裡面沒有東西，信呢？」

這時她又發現我始終放在背後的左手，臉上的懷疑更深了：「妳後面藏了什麼？該不會就是香香的信吧？」

我還來不及反應，嬿婷就已經衝來把信搶走。

她一看到信的內容，再望向我桌上的立可帶及原子筆，不敢置信的瞪大眼睛，幾乎是尖叫的喊：「汪玟亮，妳在做什麼？妳在偷改香香的信嗎？」她怒不可遏的把信拍在桌上，劈頭質問我：「被立可帶塗過的地方是妳寫的吧？妳居然還故意學香香的筆跡。香香明明就是喜歡陳州樵的，妳爲什麼要把信的內容改成這樣？」

玲萱一聽，登時間也驚慌失措，完全亂了手腳：「怎麼會？亮亮怎麼可能會做這種事？是不是有什麼誤會？亮亮，這到底是怎麼回事？」

面對嬿婷的狂怒，玲萱的焦急，我從頭到尾都沒說話，發不出聲音。

事情一爆發，後來得知這件事的香香跟陳州樵同樣震驚不已。

香香起先還不相信，等到嬿婷直接給她看我改掉的那封信，她臉色發白，完全說不出話，從她愕然望著我的眼神裡，我看得出她受到很大的打擊。

自那天起，我無法再面對他們。

我自動遠離，不開口也不解釋。因爲我知道解釋也沒有用，我所做的這些，並不是一句道歉就可以輕易抹滅，獲得原諒。

哪怕是最溫柔善良的香香和陳州樵，在知道我那任性狹隘的自私念頭之後，也不可能會接受、原諒。

所以，我決定什麼也不說，從那個世界中徹底脫離出來。

沒有多久，暑假來臨，而我的爸媽也在這個夏天正式簽字離婚。

在我準備去高雄的一個禮拜前，玲萱打電話給我，因爲那時我已經拒接他們的來電，於是她打到家裡來，想要跟我聊一聊。

但我只眞心的跟她說了聲對不起，以及即將轉學到高雄的事，其餘什麼也沒說，就結束了通話。

我離開生活十幾年的家，離開原來的學校。

我的家庭，我的朋友，我曾珍視的一切，如今都要失去了。

到了最後，我只能不負責任的逃走，然而一離開臺北，我卻又覺得鬆了口氣，因爲直到現在，我才終於能眞正從那囚禁自己許久，糾纏不休的心魔中解脫。

那是在我的青春裡難以忘懷的回憶，一段回想起來，青澀與苦澀交織，卻又含有許多快樂的過去。

期中考結束，大家如釋重負的離開教室，準備出去狂歡。

這一天，我依舊打算先回家幫弟弟準備晚餐，再出去打工。

回去前，陳州樵拍了我的肩一下，跟我道別：「拜拜，下禮拜見！」

「嗯，下禮拜見。」我莞爾回道。

之前和他說好，等考試結束後，再相約大家一起見面的日子。

由於目前我只有星期日才有空，而週日則是其他人有事，經過討論，最後敲定了一個特殊的時間，星期一下午四點半，而且地點也同樣特殊，居然就在我們的學校。

到了約定好的那天，下午四點二十分，我坐在學校餐廳旁邊的露天座位，一邊等陳州樵到校門口將大家接過來，一邊幫忙占位子。

看著眼前的五張空座位，我的心情忐忑不安，隨著時間一分一秒過去，喉嚨也越來越乾澀，不自覺緊張了起來。

整整四年沒見到大家了，不曉得他們現在變得怎麼樣？過得如何？

他們看到我，會有什麼反應？是否還會爲過去的事，對我有所質疑？

腦海不斷盤旋這些問題的同時，我原本往校門口方向張望的視線，下一秒就倏地停頓住。

陳州樵遠遠往這裡走過來，身邊還有四個人，之後他們都看到我。

我一站起，其中一個綁著馬尾的女生，就已快步朝我奔過來。

「亮亮！」玲萱用力拉住我的手，雀躍不已的尖叫：「超久不見，我好想妳喔，沒想到還可以再見到妳，太開心了！」

接著穿火辣露肚上衣的嬿婷走過來，拍拍我的肩：「亮亮，好久不見啦，妳好像沒有變得太多嘛！」

然後阿典也對我揮揮手，簡單打招呼：「嗨！」

「好久不見。」我對他們說，目光再落向最後一個女生。

留著妹妹頭的香香，對我露出與記憶中相去不遠的微笑。

她的臉有點圓潤，笑容還是一樣甜美，而且氣質出眾，給我的感覺，仍然是印象中的那個香香。

隔了四年，昔日的六人重新聚在一起，大家一坐下來就開始聊天，氣氛很快就熱鬧起來。

在這之前，我從沒想過有一天還能這樣和他們相聚，開心的說說笑笑。

這種心情難以言喻，對於他們現在眞的在我眼前，我仍然覺得很不可思議。

「今天除了我、玲萱還有香香，就只有阿典之後還有課，所以我們就逼他蹺掉了！」嫣婷哈哈笑道。

陳州樵舉起手：「我原本也有一堂通識的喔，可是我很乾脆就蹺掉了，看我多合群。」

「你屁啦！陳州樵，你哪有差？我的課是必修耶，而且每次都會點名，要是害我被當掉，你們兩個等著幫我付重修費！」阿典罵。

大家笑個不停，就在這時，身旁的玲萱眨眨眼看我：「亮亮，妳現在有沒有男朋友？」

這一問讓大家都好奇看過來，我先是呆了一陣，接著默默點頭。

玲萱興奮的勾住我的手：「耶，那就表示我跟亮亮兩個都贏過嫣婷，先修到戀愛學分了，萬歲！」

「妳得意什麼呀？居然會有人看上妳這個傻妞，我看對方八成一樣是個傻瓜啦！」嫣婷不服氣，馬上反脣相譏，然後好奇問我：「亮亮，妳的男友在哪裡？也是你們學校的嗎？幾歲？怎麼認識的？」

「喔……我們不同校，他今年大三，我們是在高雄認識的。」

「高雄喔？」她若有所思，接著望向香香，故作哀怨：「香香，妳看，結果我們這群女生裡，就只有妳跟我還孤家寡人啦！」

我微微一凜，轉過眸，卻剛好與香香擦到視線。

只見她笑了笑，語氣輕鬆的回：「沒關係呀，我本來就不急，這種事情，還是順其自然比較好嘛。」

「就是嘛，香香這麼可愛，一定有超多人想要追她，搞不好她還要煩惱選哪個才好呢，嫣婷妳自己要加油點啦！」

「江玲萱，妳給我閉嘴！」嫣婷抓起用過的衛生紙丟她。

我默默不動好一會兒，內心陷入一陣掙扎。

最後，我深呼吸，決定鼓起勇氣，開口：「那個……大家。」我抬起眸，看著他們每一個人的眼睛，「其實我……眞的很高興，還有機會可以再跟你們團聚。也因爲這樣，我想在這時候，對你們說一些事。」我抿緊脣，握住雙手，喉嚨乾澀：「以前……因爲我的幼稚，還有不理智的想法，結果傷害到你們，甚至還不告而別，就那樣一走了之。」我不禁再朝香香的方向一望，又一次的深呼吸，「我想爲我以前的不懂事，跟你們說一聲抱歉，對不起。還有，謝謝你們還願意和我見面……」

當我說完，他們頓時間靜默不語。

阿典一臉無所謂的先開口：「沒什麼吧，反正那件事早就已經過去了不是嗎？」

「對呀，都過了這麼久，我早就忘記了！」玲萱笑道。

接著香香和陳州樵也都點頭，給我一樣的笑容。

我輕咬下脣，覺得左胸裡有什麼在隱隱翻騰。

一個小時後，我們聊到一半，暫時歇口氣，陳州樵和阿典去幫大家買點東西吃，我們四個女生則去上洗手間。

「欸，亮亮。」在洗手臺前洗手時，嬿婷開口：「反正事情都已經過那麼久，那麼現在說這些，應該也沒影響吧？」

她朝我貼來，輕語：「我問妳，妳以前到底爲什麼要那麼做呀？」

我怔住。

「我們那時一直都想不通，妳爲什麼要改掉香香的信？想到最後，我們只猜到一個可能性。」她聲音變得更貼近，「妳那個時候，是不是喜歡陳州樵？所以才不希望他和香香在一起？」

我答不出話，香香和玲萱這時剛好過來：「妳們在說什麼悄悄話呀？」

「沒有啦，我只是好奇，亮亮當初之所以把香香的信改掉，到底是什麼原因？所以趁現在問她一下。」嬿婷乾脆的說。

她們一聽，先是微愣，玲萱隨即說：「哎唷，嬿婷，妳現在問這些幹麼啦？」

「又沒什麼，反正大家早就不在意了，現在說出來，應該也沒什麼關係呀，是吧？亮亮？」她笑瞇瞇的搭住我。

我僵硬不動，遲遲沒有開口。

香香語帶匆促的說：「我們還是趕快走吧，州樵和阿典應該已經買完東西回來了。」

我們回到座位，大家又開始一邊吃東西，一邊聊天，就像剛才一樣和樂。

我幾乎沒有再主動搭話，或是問他們什麼。

孋婷剛才的問題，讓我忽然無法再開懷的跟大家一起大笑，我甚至不敢看孋婷的眼睛，不知道爲什麼，她方才對我露出的笑容，竟會讓我覺得她還是有點在怪我，與她不經意接觸到視線的時候，心裡如坐針氈……

「妳那個時候，是不是喜歡陳州樵？」

我這時明白，原來我當時的行爲，會讓孋婷有這種感覺。

那麼玲萱跟阿典呢？甚至是香香和陳州樵呢？孋婷剛剛說「我們」，表示他們也是這麼以爲的嗎？

「亮亮，妳不吃嗎？」陳州樵把鬆餅遞給我。

「喔，好，我要吃，謝謝你。」我乾笑接過，明明沒有食慾，我卻還是速速吃了幾口，只是咀嚼到一半，我的後腦就被人推了一下。

有陣子不見的范莫昇，冷不防的出現在我背後。

他背著包包，似乎剛上完課，看到我手上的巧克力鬆餅，他幽幽的說：「吃這麼甜，當心肥死。」

我嚇一跳，發現玲萱他們也全都停下動作，紛紛用訝異好奇的目光注意他，我只好主動向他們介紹：「那個，他叫范莫昇，是我在高雄時認識的朋友。」接著，我再轉頭對他說：「范莫昇，他們是我以前的國中同學，我們約好今天在這裡聚會……」

范莫昇聞言，沒什麼反應，只是默默將他們每個人的臉掃過一遍。

半晌，他沒有點頭，也沒有打招呼，卻對他們問了句：「『香香』是哪一個？」

在場六人不禁傻住，目光慢慢移向某個位置。

頓時間被大家注視的香香，同樣滿臉困惑，她微微抬起手，回：「我就是……請問怎麼了嗎？」

范莫昇的眼睛在她臉上停了一下，接著再朝香香的對面，也就是我鄰座的陳州樵說：「欸，你。」

陳州樵一愣。

「提醒你們一件事。」范莫昇淡淡睇視他們兩人，再用他的下巴示意我：「如果你們曾經因爲這個白痴的關係而沒辦法在一起，那麼你們確實可以譴責這傢伙。其實說穿了，她只是笨，腦筋還不夠好，事情處理得不夠漂亮而已；倒是這幾年過去了，當初妨礙你們的人也已經消失了這麼久，要是你們兩個到現在都在原地踏步，沒有半點進展，那就是你們自己的問題了。」

所有人當下呆若木雞，尤其香香跟陳州樵更是訝異的瞠視他不動。

「另外，再給你們一個忠告。假如連告白這種事情，都必須藉由他人幫忙或傳達，那麼就算最後被擺一道，你們也怪不了誰，只能怨自己。既然你們有勇氣把這麼重要的事託付給別人，那也要有勇氣承擔任何風險；你相信對方，是你自己的事，也是你選擇的，沒人拿刀架著你，逼你一定要相信她，所以就算之後出了事，你們唯一能再做選擇的，就是還要不要繼續相信這個傢伙？願不願意原諒這個傷害你們的人？當然選擇的結果，還是只能由你們自己承擔。

「如果你們想要教訓一下汪玟亮，那就該讓她知道自己當年的行爲對你們根本不具任何影響，讓她發現你們早就已經不把她當一回事；汪玟亮以前暗自耍心機，搞破壞，不讓你們在一起，你們今天就應該手牽手出現在她面前，而不是擺出『因爲妳的關係，所以我們到現在都沒有在一起』的樣子向她示威，想讓她覺得虧欠你們，我只能說這種手段相當不高明，還非常蠢。

「只因爲她做出這種中二行爲，你們就要放棄自己的感情？這代價會不會太大？這個女人眞有重要到值得你們這麼做？而且要是她的本性眞的就是這麼自私自利、厚顏無恥，你們覺得她今天還可能在乎你們怎麼看她嗎？偏偏實際上她就是一個白痴，到現在還覺得你們沒有在一起都她害的，心裡自責得要死。」

范莫昇這一串話，讓現場的我們鴉雀無聲，阿典跟玲萱甚至連嘴巴都張開了。

「就這樣，我說完了，你們繼續聊吧。」范莫昇直接繞過我們，氣定神閒的走掉，頭也不回。

我們六人仍在座位上無法反應，氣氛瞬間凝結。

玲萱他們先是神情複雜的看著我，再小心的瞧瞧香香跟陳州樵，只見他們兩人依舊面色呆滯，雙雙僵直著不動。

這種情況下，這場聚會勢必是無法再繼續下去的，於是我慢慢站起來，滿臉尷尬的對他們每一個人歉然說：「那個……對不起，我的朋友對你們不禮貌，我替他向你們道歉。香香，陳州樵，眞的很對不起。還有大家，我眞的很高興還可以再跟你們相聚。我回去後會好好罵那個傢伙的，那我今天就先走了，希望下次還有機會再見到你們，對不起！」語畢，我迅速拎起包包，快步往范莫昇離去的方向奔。

我的心臟差點就要跳出胸口，我幾乎是落荒而逃，完全不敢再繼續多看香香和陳州樵的臉一眼。

回到住處時，我追上范莫昇，在他要進房間前逮住他，喘吁吁的問：「范莫昇，你給我等一下！你是怎麼回事？爲什麼要對我朋友說這些話？」

「每個人都有言論自由，就算妳不贊同我，也該誓死保衛我說這些話的權利。」他故意咬文嚼字。

「你幹麼這樣啦？你是想把我嚇死嗎？你爲什麼會知道香香？」

「不是上次妳在我這裡說的嗎？」

我語塞，完全忘記有這回事：「可是你又怎麼知道另一個人是誰？」

「也是妳上次在這邊講的，妳說回臺北以後就見到國中同學，剛好之前又有看過妳跟那個眼鏡男吃飯，我就猜是他了。妳罹患失憶症嗎？曾經說過的話都不記得了？」

我撫額，簡直快暈倒，我那天到底還跟范莫昇說了多少事？

范莫昇前腳才跨進屋裡一步，人忽然停住，半晌，他開口：「臭三八，我問妳，妳家裡有沒有電磁爐？」

「電磁爐？」我想了想，點頭，「有。」

「有沒有鍋子？」

「也有啊。」

「很好。」他走出來，關門，回頭對我說：「去妳房間，我要吃火鍋。」

「火鍋？等一下，也太突然了吧？我家裡現在又沒有火鍋料，而且再加你一個我房間就不夠擠了，我弟還在上面……」

他往樓上一瞥，隨即跨上樓梯，站在門口要我開鎖。

我不知道他要幹麼，等他一打開我房間門，就看見譽騰高高蹺著腿，躺在床上悠哉聽耳機看手機。

聽到開門聲，他的眼睛也沒有離開螢幕，只說道：「喂，老姊，我肚子好餓，晚餐要吃什麼？我這裡的菜吃膩了，有沒有更好一點的東西啊？」

當他看見范莫昇出現在床邊，嚇了一跳！

「十分鐘。」范莫昇冷冷命令，「立刻去打包你的東西，滾回你原來的家。如果你不聽，我向你保證，等一下你除了我的拳頭，什麼也吃不到。」

譽騰嚇壞了，連忙從床上跳起，滿臉緊張的望我：「姊，這個人是誰啊？」

我正要上前阻止范莫昇，卻反被他怒瞪：「妳給我站著別動！」

我震懾，不自覺眞的停下腳步。

范莫昇繼續對譽騰說：「聽不懂我說的話嗎？再不收，我就把你的東西全部丟到樓下去。」

面對人高馬大，殺氣騰騰的范莫昇，譽騰臉色發白，再度朝我投以求救的眼神：「姊……」

「叫你姊幹麼？要看到我扁她你才怕嗎？」

「什麼？你要扁我姊？」他大驚。

「對，你再不滾，我不只扁你，我連你姊都扁，你現在再給我多說一個字，我就一拳揍在你姊臉上，信不信？」

這下子譽騰再也不敢拖延，立刻手忙腳亂的整理起東西，最後，他先打包一些簡單的，剩下的下次再過來拿。

看到范莫昇充滿威脅的注視，他一收拾好，馬上逃出這裡，再也不敢多待一秒鐘。

等到譽騰離開，范莫昇就變回原來的表情，對我說：「妳可以去買火鍋料了。」

我啞口無言。

十五分鐘後，我們兩個坐在房間地板上，開始煮起火鍋。

我把青菜跟金針菇放進鍋裡時，忍不住怨道：「我剛才還以爲眞的會被你扁！」

「要是我不裝凶一點，妳弟會怕嗎？」他把火鍋料全丟進去。

「你也裝得太過火了吧？你知不知道譽騰剛才跑掉後，馬上就打給我爸媽，告訴他們我交了一個恐怖男友，害我花了一番工夫才跟他們解釋清楚。」我一嘆，然後納悶問道：「對了，你怎麼突然想要吃火鍋？」

「就突然想吃，哪需要那麼多理由？」他白我一眼，低下頭，又問：「我對妳的國中同學說那些話，妳覺得很不爽嗎？」

我頓了頓，悶悶應道：「都已經發生了，就算再不爽也沒用。要是他們生氣，不想理我，我也只能接受。畢竟，其實我還是隱約感覺得到，他們有些人仍會在意以前的事，可能在他們心裡，多少還是有點在怪我的。」語落，我不禁停頓了數秒，直到脣角逐漸失守，噗嗤一聲，忍不住笑了起來。

范莫昇一副我吃錯藥似的表情：「怎樣啊？」

「沒有啦，只是……我想到你剛剛對他們說的那些話，結果發現，你根本從頭到尾都在酸我、罵我，可是不知道爲什麼，我居然連一點點生氣的感覺也沒有，現在回想起來，反而莫名覺得很好笑……」我渾身發顫，笑到整張臉貼在膝蓋上，等過一陣子才能平靜下來。

「妳這女人真的有病。」他涼涼睨我，脣角卻也揚起一彎淺淺弧度。

「對了……范莫昇。」好不容易收拾好情緒，我清清喉嚨，開口：「其實，我有一件重要的事，想要告訴你。」

對上他眼睛的那一刻，我嚥嚥口水，不自覺正襟危坐，深深呼吸後，我認真道：「我跟溫硯洋已經在一起了。」

他臉上沒有一絲表情，也沒有說話，只是動也不動，非常安靜的看我。

我被他看得渾身緊繃，內心緊張，以為接下來他會抓狂，跳起來直接把火鍋給翻了，然而等了好一會兒，他卻始終沒表現出我預期的反應，反而一如既往的平靜。

他淡淡的問：「所以，妳現在是想跟我炫耀，告訴我妳贏了嗎？」

「我不是這個意思啦！」我連忙解釋，「我只是覺得，你必須知道。就算你會生氣，我還是一定要告訴你，因為我不想隱瞞你。不管你相不相信，我從來就沒有半點想跟你炫耀的心情，也從不覺得自己贏過你。我這麼做，不是想跟你證明什麼，我只是認為，你有權利第一個知道這件事……」抿抿脣，我低啞啟口：「對不起，范莫昇。」

他沉默凝視我片刻，然後低頭撈撈鍋裡的食物，再盛進碗裡，仍沒有生氣的樣子。

「妳道歉個屁啊？」他沉沉說：「我也不是沒猜過事情會變成這樣好不好？而且，就算妳不講，我也早就沒打算繼續跟妳爭阿洋，我可不想腳踏兩條船。」

「腳踏……」我呆愣，思緒停滯，瞪大眼睛，「什麼意思？范莫昇你……」

「聽不懂喔？」他冷冷瞥我一眼，刻意加重口氣，每一個字都無比清晰的說：「意思就是，我現在已、經、有、一、個、在、交、往、的、人，所以不會再跟妳搶阿洋，妳儘管放心吧！」

這個消息，猶如原子彈在我腦中引爆。

我震驚不已，不敢置信，好一會兒才確定自己沒有聽錯：「什麼時候的事？我怎麼都不知道？」

「我沒說，妳當然不知道。」他神色自若，「這個月開始的吧。」

我恍然好一陣子：「對方是什麼人？你們是怎麼認識的？」

「他是某間廣告公司的攝影師，曾經幫時尚雜誌拍過照片，也有拍過電影劇照。我剛到臺北的時候，去了一家理髮店弄頭髮，那個人剛好是我設計師的朋友，後來那位設計師介紹我們兩個認識；我跟他認識後，他看我對化妝滿有一手，對服裝造型的眼光也挺精準，就提供一些工作機會給我，把我推薦給他們公司的人，讓我在他身邊慢慢學習。平常我除了上課，其餘時間就是在外頭做這些。我現在正在他工作的地方，開始幫一些模特兒化妝。」

「……」我木然不動，心裡頭滿滿的愕然，覺得自己像是在聽另一個世界的事。

直到現在，我才終於知道，有時候之所以聯絡不上范莫昇是什麼原因，原來他在我不知道的時候都在忙這些。

我看著他，覺得不可思議。

光是想像他替模特兒化妝的樣子，我忍不住欽佩的說：「范莫昇，你好厲害。」

他淡淡睨我，一副沒什麼的語氣：「也是因爲剛好有認識的人介紹，不然怎麼可能會有這個機會？當初我也只是覺得好像挺好玩的，才開始試著做做看，結果漸漸玩出興趣，否則在那之前，我根本沒想過要幫別人化妝。」

「那個人幾歲呢？這樣聽起來，年紀應該不輕吧？」

「二十九，不過他的外表比實際年齡看起來再小一點，所以還好。」

「他是怎麼樣的人？」

范莫昇停頓了一下，沒有馬上回答，看似在思考，沉默須臾才說：「挺會照顧人，說話也滿幽默的。工作的時候看起來穩重可靠，私底下就比較活潑，算是挺風趣的一個人。」

不知道爲什麼，看見范莫昇用這樣的神情，述說著對方的好，我的胸口會忽然有一股麻麻的感覺。

也許是因爲從他此刻的眼睛裡，我發現一道藏不住的淺淺光芒。

那個光芒，我曾經見過，就在范莫昇的家裡，我和他一起坐在陽臺看月亮，問起他的項鍊從何而來的時候，他眼裡一閃即逝的那道光，就和現在是一樣的。

我的視線移到他的頸子：「你的項鍊，就是那個人送給你的嗎？」

「對啊。」

「可是，你這個人平常這麼蠻橫霸道，嘴上不饒人，又老是目中無人，唯我獨尊的樣子。這樣的你，可以和別人和睦相處嗎？那個人能受得了你的脾氣？」

范莫昇瞪我：「誰知道？但他說他就是喜歡我這個樣子，所以沒差吧。」

他說得自然，我卻聽得莫名臉熱，甚至起雞皮疙瘩。

范莫昇這時也低頭直盯鍋裡的東西，久久不動，突然低聲罵道：「妳辣椒是不是放太多了啊？」

「辣椒？哪裡？我沒放啊。」

「明明就有。」

「范莫昇你是不是臉紅了？」

「紅個屁，就跟妳說我吃到辣椒！」

他這種反應，害我也忍不住跟著他一起不好意思，但我真的沒想過，可以看見他現在這個樣子。

在我眼中范莫昇現在是幸福的，只有愛情才會讓人有這種表情。

我也是在眞正跟溫硯洋在一起之後，才深深體會到這份如夢一般，美好到讓人有一絲不安，幸福到不眞實的複雜心情。

看到這樣的范莫昇，我很高興，非常高興他也能擁有這份幸福。

「恭喜你了，范莫昇。」

「怎麼？沒覺得瞧不起我？認爲我之前口口聲聲說喜歡阿洋，結果現在居然這麼快就喜歡上別人？妳鬆口氣了吧？最麻煩的情敵自動消失了，而且還可以不必有什麼罪惡感。」

「你別這麼說好不好？我根本就沒有這麼想，我是眞心在祝福你。」我臉上微熱，有一點不悅，「那個人叫什麼名字？有沒有照片？可不可以讓我看一下？」

「游可崴，可樂的可，山字頭的崴，只是我們都叫他Joe。至於照片……妳想都別想。」

「小氣。」我咕噥，「你有告訴溫硯洋這件事嗎？」

「該說的時候自然就會說，妳想先告訴他也無所謂，只是我現在在做的事別跟他講太多，不然我怕他會以爲我荒廢學業。」他接著想到，「對了，劉宛妡那女人，知不知道妳跟阿洋在一起？」

我聳肩：「我不曉得，不過溫硯洋應該會跟她說。怎麼了？」

「她跟她男友還在一起嗎？」

「沒有，溫硯洋說他們兩年前就分手了，而且還是男方提的，只不過到現在都沒人知道他們爲什麼會分手？甚至連學姊自己都不知道……對了，我現在就和學姊的前男友在同一間咖啡館打工喔，是學姊介紹我去的。」

范莫昇脣角漾起一抹冷笑，他抬眸，對我叮嚀：「妳好自爲之。」

我擰眉，正想再問他，他又說：「還有一件事，妳可先別多嘴，把我跟別人交往的事告訴婆婆，知道嗎？」

「爲什麼？你是擔心她知道你跟男生交往的事，會沒辦法接受嗎？」

「反正先別說就對了。」

「可是……」我嚥嚥口水，「她已經知道了耶。」

「啊？」

我撓撓臉頰，一臉尷尬的笑著：「其實，之前還在高雄的時候，我就已經告訴外婆，你喜歡男生的事了……」

接下來，范莫昇臉上的表情，讓我覺得要不是他還沒吃飽，他是眞的會當場把整鍋湯翻到我臉上。

結束尷尬的國中同學聚會後，隔天我在學校碰到陳州樵，一時之間不曉得該怎麼面對他。

他沒有不高興，也沒有一絲絲生氣的樣子，反而一如往常的友善。他告訴我，昨天我離開之後，大家沒有待太久，很快就回去了。

雖然大家確實有嚇一跳，但是沒有生氣，香香也沒有不開心，還說如果有機會，大家還是想再約我出去。

不管陳州樵說的是不是眞的，當下我還是很感激他的體貼和包容。

當天晚上，經過我同意，他把我加進他們的群組裡，在那裡，大家都很踴躍的跟我聊天，似乎眞的沒有因爲那件事而受到影響，只是對於范莫昇當時說的話，卻沒有人談起，或是私底下再問我什麼。玲萱和嫣婷還邀請我下次去她們的學校玩。

而譽騰，在他被范莫昇趕回家之後，我還是會常打電話關心他在家裡的狀況。當他知道范莫昇原來不是我男友，才願意再回我這兒玩，只是他不敢再住下來，因爲他怕范莫昇隨時又會上樓來轟人，而且爸後來也禁止他再住我這兒。

有趣的是，譽騰雖然害怕范莫昇，卻又被他身上的時尚味深深吸引，有時還會刻意模仿他的穿著，甚至學他化妝，結果每次都被范莫昇狠狠打槍，從頭到腳無不被批評到翻掉，讓譽騰很難過，不過目前依然還在繼續努力。

至於我，開始打工以後，每當學校的課結束，在打工之前，我幾乎都會先去溫硯洋的學校找他；星期日的時候，我們也會一起出去走走，逛遍許多地方。

小諾學長知道我和溫硯洋交往時，還曾經問我咖啡館的工作，會不會占據太多我和溫硯洋相處的時間？

那時的我其實沒有這種想法，畢竟在咖啡館打工的日子，也讓我覺得很快樂，學習到很多事。而且實際上，溫硯洋平時也很忙碌，除了要顧課業，還要顧社團、顧活動，但或許因爲這樣，每次跟溫硯洋見面，我們一直都是甜甜蜜蜜，十分珍惜和對方在一起的時光。

雖然在我心裡，確實很想每分每秒都在溫硯洋的身邊，也希望每天早上醒來第一個看見的人是他，不過對於這樣的日子，我從沒有一絲絲不滿，就算偶爾辛苦，心裡還是覺得很充實，很滿足。

與溫硯洋交往將近兩個月，期末將至，期末考的前一週是溫硯洋的生日，我們約好那天一起慶生。

而范莫昇，自從我們一起在房間煮火鍋吃，從此以後，我們都會不定時來個火鍋之約，順便分享彼此的近況，我也從中得知范莫昇和他男友交往得很順利，而當我問他要不要一起幫溫硯洋慶生，他想也沒想就拒絕，說那天要去約會，沒空。

「你很見色忘友耶！」我忍不住說。

「廢話，妳是第一天認識我？對我來說，當然是自己的事比較重要。」他理直氣壯，沒有半點不好意思，「而且妳少來了，我才不信妳是眞心希望我去當電燈泡。」

「你眞是……」我頓時被他堵得接不了話，只好夾起一顆魚餃，用力咬下去。

「對了。」他抬眸，視線在我身上上下游移，「我很早以前就想問妳了，妳一直都是用這副樣子去跟阿洋約會？妝不化，衣服也俗到爆，他到現在都還不覺得倒胃口？」

「喂，范莫昇，我衣服怎樣了？我這樣子很難看嗎？溫硯洋從來沒有嫌棄過我什麼呀！」我惱羞成怒。

「那是因爲阿洋太善良。妳可別忘了，男人是視覺的動物，這是永遠無法改變的事實，我光是想到阿洋生日那天，還得看到妳這種土裡土氣的樣子，就替他覺得悲哀。」他低頭吞一口肉，對我說：「那天早上到我房間，我幫妳處理。」

我呆愣。

於是溫硯洋生日當天，在出門赴約前，我先去找范莫昇。

我已經從衣櫃裡盡量找出最漂亮，也最滿意的一套天藍色洋裝，然而當我穿著它站在樓下鐵門前，范莫昇一見，馬上深深皺眉，彷彿看到一個品味極差的人。

最後，只聽見他大嘆一聲：「算了，我看妳今天也只能靠脖子以上了。」

我差點要拿鞋子丟他然後走人，他的評語尖酸刻薄到令我抓狂。

我不悅的進到他房間，然而下一幕卻讓我愣住。

范莫昇已經把一些化妝品及化妝工具，整齊的擺放在桌上，準備就緒。

「坐下坐下，把妳的瀏海夾起來，眼睛閉起來，頭抬高，不准給我亂動！」范莫昇下達一堆指令，我根本什麼話都來不及說，只能趕緊照做，而當他冰冷的手指一觸碰在我臉上，我的身子就僵住，連呼吸都不自覺停了一下。

他開始幫我打底，動作迅速俐落，當我想睜開眼稍微偷瞄一下，正好直直對上他的眼睛，而我這才發現，他的臉已經近到只要輕輕吐氣，我就能感覺到他的氣息，驚得連忙再度閉眼，心跳同時漏跳了一拍。

閉上眼睛時，我不時嗅到從他身上傳來的一股淡淡味道，像是茶的香味，聞起來清爽，又有點清甜，想了一下，我發現那像是茉莉花香的味道。

二十分鐘後，他要我坐在另一處的鏡子前，當我看到鏡裡的那張臉，一時之間有點兒呆了。

那是我，又不像是我，我從來沒看過這樣的自己，也從沒被這樣細心裝扮過。范莫昇只是幫我畫了點眼線，就讓我的眼睛比從前還要明亮，他還幫我擦了點偏粉色的口紅，再替我的雙頰上一點腮紅，感覺他並沒有花太久的時間，卻讓我整個人煥然一新，變得充滿精神。

當我還在驚豔范莫昇的化妝技術，他的身影就已經出現在鏡子裡。

他面露煩躁的把我剛綁好的頭髮給拆下，嘴裡碎念：「這種鳥造型妳也敢頂著它出去？到底是不是女人啊妳？爲什麼眼光可以差成這樣？」

「范莫昇，你幫那些模特兒化妝的時候，也都是這麼跟他們說話嗎？他們到現在都還沒把你趕出公司大門嗎？」對於他毫不留情的攻擊，我已經放棄反擊，隨便他怎麼說。

「我就算嘴巴賤，說出口的話也全是事實，他們不信，吃虧的是他們自己，到最後就知道了。」他把梳子、黑髮夾，還有橡皮筋放在身旁，「好人做到底，我順便幫妳換個髮型。」

當他的手指穿過我的髮，接著拿起梳子，那一刻，我靜靜凝視鏡子裡的他不動，心裡覺得不可思議，也有點難以相信。范莫昇現在居然在幫我梳頭髮。

在過去的記憶裡，我唯一有印象的，這輩子特別爲我梳頭的第一個人，是外婆。

而第二個人，是范莫昇。

雖然他依然還是那樣囂張跋扈，但我看著他替我編頭髮時的專注眼神，這才終於有了眞實感，他眞的已經變得不一樣了。

相較於過去的叛逆、任性，還有寂寞，如今的他，眼眸裡不但少了憤怒、脆弱，也不再有將全世界的人都隔闔開的冷漠，反而多了一抹淡淡的溫和，以及一點點的柔軟，還有因爲打從心底眞心喜愛的事物和目標，而綻放出來的光采。

我相信，這一切都是他身邊的那個人帶給他的，是那個人徹底點亮了范莫昇的世界，重新賦予他的人生一個全新的意義。

我也相信，那個人一定是比誰都還要珍惜、呵護著范莫昇，才能讓他有這樣的轉變，甚至擁有這樣的眼神。

現在的他，已經不再是過去寧可一個人跑去挖花圃找班費，也倔強絕不接受任何幫助與同情的那個男孩；也不再是那個只能在家裡的日曆上，用紅筆圈起父親回來的日子，痴痴等待家人的男孩。

他有了另一個眞正的依靠，一個願意包容，全心全意接納他一切的溫暖依靠。

我繼續望著范莫昇的臉，最後忍不住開始在心底深深期盼，從今以後，這個人不會再回到過去那段孤獨的日子，會一直這麼幸福下去，永遠幸福下去。

我眞心這麼希望著。

我和溫硯洋在我的學校門口見面。

他一看到我的裝扮，明顯意外了一下，隨即笑：「妳今天很不一樣。」

「……是范莫昇弄的，他說他看不下去我只能以之前的模樣跟你約會，所以才在今天幫我化妝，不然你就太可憐了。」我悶悶的說。

溫硯洋大笑了，又仔細凝睇我一會兒：「妳的頭髮也是阿昇綁的？沒想到那小子連幫別人綁頭髮都這麼厲害，而且他幫妳化的妝也很適合妳，看來阿昇對妳很用心喔。」

「你不知道，我可是在他毫不留情的羞辱下，才弄好這些的。妝化好，頭髮綁好，心靈也受創了不少。」我再重重一嘆。

他又深深笑了：「明白了，那我們今天就盡情玩，撫慰妳受傷的心靈。」說完他就牽起我的手。

這一天，我們先去看了場電影，中午再去吃大餐。因爲是他的生日，我希望可以陪他去任何他想去的地方，只是他依舊體貼，很多時候還是依我的喜好再做決定，因此幸好，我早就事先把他喜歡的景點給摸透記熟，只要他問我，我就帶他去那些地方。

我們一口氣直接玩到晚上，最後，我帶著特別爲溫硯洋準備的生日蛋糕，到他家去。

他在他學校附近租下一間小套房，之前找他的時候，我就已來過許多次。

當我把蠟燭插在蛋糕上，再放在我和溫硯洋之間，我問他：「結果今天只有我一個人幫你慶生，你會不會覺得很無趣啊？」

「完全不會。」他貼在桌上，托腮莞爾，「過去這個日子，幾乎都是吵吵鬧鬧的過。可是，今年因爲有妳的關係，所以我希望只要跟妳一起過就夠了。」

聞言，我不禁甜笑在心裡，接著說：「好吧，那重頭戲就來嘍！請對著蛋糕，許個願望吧。」

他雙手交疊，然後趴在桌上，下巴再貼在手臂上，視線焦聚在眼前的燭光上。

「我希望我的家人，朋友，身邊所有的人，都能健健康康，平平安安的。」他說。

我擺出和他相同的姿勢，從對面望著他：「第二個願望呢？」

「這個嘛……那就世界和平嘍。」

我忍俊不禁：「那麼最後一個願望，你要說嗎？」

溫硯洋先是想了想，目光隨即自蠟燭上慢慢落到我的眼睛。

他靜靜凝視我片刻，再溫柔的輕輕一笑，開口：「我希望今後都能像這樣和亮亮妳在一起。」

也許是沒料到會突然聽見他說這句話，再加上他認眞注視我的眼神，我的臉很快就熱了起來，甚至有一秒鐘無法正視那雙眼睛。

許完願望，吃完蛋糕，我在他家的客廳晃一晃，發現他家添了幾樣東西。

有一個體型小，造型簡單但別緻的桌上型音響，當我開啓電源，打開音樂，沒多久，一段旋律便從音響流瀉出來，迴盪在屋內。

我再走到客廳的矮櫃前，上方牆壁貼了幾張即可拍照片還有卡片。

我一張一張仔細看過去，都是他從過去到現在的生活足跡，有一些是他與家人以及朋友的照片，其中尺寸較大的一張，是過去在高雄，我和他及范莫昇三人的合照。

除此之外，還有一張是在我國中畢業的時候，他和外婆一起來參加我的畢業典禮，在學校禮堂拍的照片。

當我看這些照片看到入神，溫硯洋就走了過來，我好奇問：「你什麼時候把這些貼上去的？」

「前幾天，我整理出這些照片，就把它們貼在這兒。」他從背後擁住我，「時間過得很快吧？」

「對呀。」我繼續盯著我們在高雄的照片，「那個音響也是你買的嗎？」

「嗯，我之前就想買一個放客廳，剛好那體型小，不占空間，收拾起來也很方便。」他點頭，「我問妳，妳記不記得現在放的這首歌？」

我聽了一下，聽出音響正在播的是〈Tonight I Celebrate My Love For You〉這首西洋老歌，於是回：「這首我知道，小時候就有聽過，怎麼了嗎？」

「我高中畢業的時候，學校有舉辦演唱會，我跟同學在臺下玩大冒險，指派猜拳猜輸的人，要去找一個女生跳舞，而我最後找的是妳，還記得嗎？」他語帶笑意，「那時臺上歌手唱的歌，就是這一首喔。」

經他提起，當年的那段記憶，很快如潮水般一幕幕重回我腦海中。

我先是呆愣半晌，臉再度熱了，因爲我也憶起，當時因爲捨不得溫硯洋即將離開我的身邊，準備到臺北去，結果就一不小心，就在他的面前痛哭出來。

「天哪，那個時候我還在你面前哭哭啼啼的。」我瞬間不敢面對這個回憶，丟臉到只想馬上鑽地洞。

「不會啊，對我來說那可是很棒的回憶，尤其在兩年之後，看到妳來臺北，我眞的很高興。」他問道：「要不要再重溫一下那個時候跳的舞？」

「不要吧？」我笑了出來，但溫硯洋還是將我轉過來，與他面對面，然後摟住我的腰，帶著我跟著節奏走：「妳看，就像這樣，一、二、一、二……」

我笑個不停，覺得彆扭又很不好意思，才想要逃，溫硯洋就在這時低頭吻住我，一段時間後才離開我的脣。

「我愛妳。」他在我耳邊低喃。

我渾身一顫，驀然間有些恍然。

雙頰滾燙，心跳不已，視線漸漸有些模糊。

從在一起到現在，這是我第一次親耳聽他說這句話。

「……我也是。」因爲感動，我覺得很想哭，「我一直都很愛你。」

他莞爾：「我知道。」當他的吻再次落下，我不自禁的將手繞至他頸後。

當年和他跳那場舞，我不敢這麼做，因爲那時的他不屬於我，也從不敢眞正相信有一天他會只屬於我，可是現在，我眞的擁有了他，甚至聽到他說的這三個字。

那一刻，我深深覺得，像這樣因爲美夢成眞，而幸福至極的時刻，今後不會再有了。

溫硯洋的生日過後兩天，我離開家裡要去學校，正巧遇上范莫昇。

我們一起去早餐店吃早餐，吃到一半，他問我：「怎樣？我幫妳化的妝，阿洋滿意吧？有沒有覺得人生有點希望了？」

「有有有，託你的福，謝謝你喔！」我白他一眼。

「妳那天晚上有回來嗎？」

「沒有，我隔天早上才離開他家。」

聞言，他抬眸睇我：「妳跟阿洋睡了？」

我倏地僵住，不小心被含在口裡的奶茶嗆到，咳了幾聲。

我摀嘴叫道：「范莫昇，你在問什麼東西啦？」

「這有什麼？妳這個腦袋可不可以有點進化？做就做了，有什麼好扭捏的？」他鄙夷的瞥我一眼，低頭繼續吃他的蛋餅。

我一個字都吐不出來，只能滿臉通紅的瞪他，默默喝奶茶。

時序進入一月，等期末考結束，學校就要放寒假了。

某個週六下午，我在咖啡館工作，忙到一半，圍裙口袋的手機響了起來。

「臭三八，妳還在上班吧？妳店那邊還有沒有空位？」范莫昇問。

我一聽，抬頭環顧店內一圈，最後在離門口最遠的角落處發現空桌：「有啊，剛好還有一桌。」

「幫我訂下來，我要兩張座位，我現在過去。」

「眞難得，你居然會想來我這兒坐，是特地來探班的嗎？」

「探妳個頭，是我男人今天在妳那附近有工作，他約我在那裡見面，說想吃妳那邊的哈密瓜鬆餅。廢話少說，幫我把位子訂下對了，我十五分鐘就到！」

通完電話，我就從櫃檯拿出「已訂位」的牌子放在那張桌子上，過了不久，范莫昇果然到店裡了。

「歡迎光臨呀，這給你，先看看要點什麼吧。」我把點單遞給他。

「我等他來再點。」他脫掉外套，放下包包，隨即涼涼的看我一眼，「喝妳調的飲料，應該不會拉肚子吧？」

「沒禮貌，你這麼想拉肚子，我等等就調一杯讓你如願。」我沒好氣，倒好一杯檸檬水給他，「你男友什麼時候到？」

「快了吧，他說已經在路上了。」

「這是我第一次見到他耶。」

「我警告妳，等一下不准故意在我們旁邊繞來繞去，不然妳就完了！」他嚴正警告。

「知道知道，我不會打擾你們兩個約會的，你放心吧。」我翻翻白眼，旋即回到櫃檯。

之後，只要掛在門邊的風鈴一響，我就會馬上往店門口望。

畢竟是可以制住范莫昇的厲害人物，因此對於等等就能看到那位「游先生」的廬山眞面目，我心裡其實有點期待。

不曉得他長什麼樣子？給人的感覺又是怎麼樣？

就在我邊好奇，邊幫客人調飲料時，門鈴再度響了，一抬眸，就看見一名穿著長版西裝外套，身材高眺的年輕男子出現。

他先是四處張望，像在找人，沒多久，我就聽見范莫昇朝他喊：「Joe，這裡！」

他一看到范莫昇，臉上露出了笑，接著就繞過櫃檯到他那裡，與他會合。

這名叫游可崴的人，外表比我想像中還要斯文一些，卻又給人一種自信沉穩的感覺。他是個長相好看的男人，而且聲音低沉，很有磁性，他一開口，就給我非常強烈的印象。

我爲他們點餐，游可崴馬上點了份哈密瓜鬆餅，而在他再翻閱點單要挑選飲料時，我跟范莫昇剛好不經意對上視線，那時他還故意朝我投以「怎樣？我男人不錯吧？」的眼神。

我沒理他，等菜單都記下後，就又回去櫃檯。

我和他們的距離並不遠，只要店裡不會太吵，其實可以聽見他們交談的聲音，只不過當我開始要烤鬆餅，范莫昇就突然轉頭，直直的對上我眼睛，用眼神示意我：「妳如果敢偷聽就死定了」！

我不禁在心裡忍笑，幾分鐘後，我把餐點送去給他們，就去忙自己的事了。

其實我也眞的沒想聽他們說什麼，我只是想親眼見見游可崴這個男人，而他給我的感覺也很不錯，似乎眞的是個很好的人，與范莫昇也挺相配，這樣看來，應該是沒什麼問題了。

欣慰之餘，我發現范莫昇後面那一桌的客人剛好離開了。

我帶著托盤和抹布過去收拾，由於我人正好就背對著范莫昇，在他後方清理桌面，因此范莫昇的聲音，也在那一刻飄進我耳裡……

「所以你原本是要跟我說什麼？你早上不是說有重要的事要跟我說嗎？」

我不自覺緊抿脣，極盡小心的放輕音量，不被他察覺。

抱歉，范莫昇，我不是故意要偷聽的，我是爲了要清桌子才站在這兒的。

「嗯……對。」游可崴回應，語氣裡卻有著濃濃的遲疑，像是在苦思究竟該不該啓口。

「什麼事？說啊，幹麼突然擺出這麼嚴肅的一張臉啊？」范莫昇失笑問。

游可崴先是陷入一陣靜默，半晌，又深深一嘆。

「對不起，莫昇。」他艱澀的說，「有一件事，我騙了你。」

「騙我？」范莫昇納悶，「你騙我什麼？」

游可崴深吸一口氣，沉默的時間變得比剛才更久。

最後，他一字一字吐出：「其實……我有家庭了。」他用低沉的啞嗓緩慢述說：「兩年前，我就已經結婚了。」

我正在擦桌子的手驟然停了下來。

頃刻間，我瞠著雙眼，木然的呆站在原地，動也不動。

「對不起，莫昇。」男人用力壓低聲音，口氣流露出強烈的苦楚與愧疚，「是我的錯，是我對不起你，我騙了你。眞的很對不起，對不起……」

我驚愕的瞪視著桌面，腦海空白，思緒停滯。

范莫昇沒有回話。

自男人把話說出口的那刻起，我就再也沒聽到范莫昇的聲音。

彷彿他早已經從這個地方，徹底的消失了。

第七章 迷霧

不見前方的路，走得越遠，越失去方向。

學期結束，寒假開始。

在除夕的前一天，我和溫硯洋一起回高雄。

在客運上，溫硯洋低頭看書，我則倚在他的身邊，靜靜眺望窗外的風景不動。

范莫昇沒有跟我們一起回去。

往年的寒暑假，他都會到宜蘭去找他爸爸，我不曉得今年是否也是如此，還是他會選擇留在臺北。

「兩年前，我就已經結婚了。」

即使已過了一段時間，那個男人說的話，至今仍在我腦海迴盪，揮之不去。

那一天，游可崴對范莫昇坦白道歉，並向他述說一切。

游可崴與他的妻子是大學同學，後來奉子成婚，當時游可崴的事業還在發展中，直到近幾年才開始做出一些成績。

他表示，雖然他與妻子在一起很久，如今也有一個兩歲的女兒，可是他對妻子的感覺只剩下責任，早已沒有任何激情與悸動，這幾年來經常吵架，關係也變得越來越冷漠及疏離。很長一段時間，他都覺得自己活在無力、疲憊，充滿沉重壓力的孤寂日子裡。這樣的他，只能依靠工作來逃避這些心情，用忙碌來填補心靈的缺口。

直到遇見范莫昇，他才覺得自己的人生重新被注入一道陽光，有了新的意義。

自從認識范莫昇，他便再次擁有了愛人的能力，每一天都充滿幸福感，他想將范莫昇永遠留在身邊，極盡所能的愛他、珍惜他，偏偏自己是個已經有家室的人，他害怕范莫昇若知道了，會離開他，所以起初並沒有勇氣向對方坦承。

然而，心裡的愧疚和罪惡感一天比一天重，他一天比一天痛苦，讓他無法再繼續隱瞞下去，更不忍心再欺騙范莫昇，於是最終還是決定開了口。

游可崴乞求范莫昇原諒他，並希望他等自己一段時間，強調他對妻子真的已經完全沒有任何愛情，早已貌合神離，他很早就有離婚的念頭，所以他懇求范莫昇別離開他，不要和他分手，否則他會發瘋，會徹底崩潰。

當時，我聽著那個男人的話，發現他到最後已經說到哽咽，彷彿隨時會哭出來。

他苦苦等著范莫昇的回答，卻什麼也等不到。

范莫昇抓起外套跟包包，頭也不回的步出店裡，游可崴隨後也到櫃檯向小諾學長草草結了帳，跟著跑出去，應該是去追范莫昇了。

我不知道他們後來怎麼樣？也不知道范莫昇最後是選擇原諒他？還是已經跟他一刀兩斷？

我萬萬都沒想到事情會變成這樣，原以爲范莫昇終於得到幸福，有了可以信任，可以依靠的人，現在卻又因爲這殘酷的事實，瞬間從天堂被打進地獄裡。

范莫昇離開店裡的時候，正好就經過我身旁，他一定發現我聽見了。

當晚回家，我想要找他，卻又不知道該怎麼面對他。

該跟他說什麼？

還在想著應該怎麼做，結果隔天中午，他就突然跑到樓上來找我煮火鍋吃，對於昨天的事，隻字未提。

我默默注視他專心吃飯的樣子，好不容易鼓足勇氣，想開口詢問，卻馬上得到他「我不想提這件事」的冷漠回應。

他還愼重警告我，不准告訴溫硯洋這件事，要是我說出去，他就跟我絕交。

也因爲這樣，一直到學期結束，我都還不曉得范莫昇跟游可崴之間究竟變得怎麼樣？只能一直在心裡惦記著范莫昇，想著他現在在哪裡？在做什麼？

對於游可崴的背叛，是否仍然感到無比痛苦？

「怎麼了？在想什麼？」溫硯洋的低喚將我從思緒裡拉了回來。

我搖搖頭：「沒什麼。」

「妳在發呆？怎麼看起來好像有心事？」他輕撫我的額，「若有什麼事，記得告訴我，嗯？」

看著他一會兒，我抿著笑點頭，忍不住再次將頭倚靠在他身上，閉起眼睛。

開始打工以後，平時能回來見外婆的次數，無法再像從前那麼多。

這次回來陪她過年，外婆非常高興，溫硯洋和他的家人吃了年夜飯，隔日上午也上樓來陪外婆。

「婆婆，抱歉，今年很少回來看妳。」

「沒有關係，硯洋你平常就有打電話給婆婆啦，這樣就夠了，你們年輕人好好忙你們的，不用擔心婆婆。而且，看到你跟亮亮一起回來過年，我就非常高興了。亮亮這孩子現在一個人在外頭住，除了上課，晚上還要打工，總覺得她瘦了很多，我擔心她會太累太辛苦，還麻煩硯洋你替我多照顧她。」她面露心疼的握握我的手，「剛才你們出去買東西的時候，莫昇那孩子有打給我，他說最近有工作要做，比較忙，等過完年，會再找時間回來看我。」

「范莫昇有打來？」我微愣，「他有去宜蘭嗎？」

「這個……外婆沒有聽他說呢，莫昇是有告訴我，他現在在臺北，不過我想，那孩子還是會去找他爸爸的。」語落，她欣慰莞爾，「莫昇這個孩子，感覺好像也已經長大了不少，原本還很擔心他一個人在臺北生活會沒辦法適應，沒有親人在他身邊，可能會沒辦法照顧好自己。但現在他好像變得比以前穩重，也更懂事了一些。知道他在臺北過得不錯，外婆就放心了。」

聽完外婆的話，我陷入靜默，沒再開口。

由於在臺北還有工作，我無法待到開學前，可是老闆和小諾學長人很好，願意讓我延後三天再上班，因此這次我可以在高雄待將近十天。

除了陪伴外婆，我和溫硯洋也計劃找一兩天出去遊玩，最後兩人決定去墾丁。

我滿心期待那天的來臨，結果沒想到在出發的前一天晚上，溫硯洋上來告訴我，他們社團裡的電腦今天遭駭，很多重要資料毀損甚至遺失，他現在得馬上回學校處理。

這消息來得突然，我十分錯愕，忍不住哀怨地問：「你一定要回去嗎？」

「嗯，因為平常是我在管理的，除了人事資料，還有很多資金檔案都在裡面，其他社員沒那麼熟悉。要是不趕快處理，損失恐怕會很慘重。對不起，亮亮，我們下次再一起去墾丁。等事情處理好，我再跟妳聯絡。」他歉然不已，最後在我額上留下一吻，再與外婆說了聲，就匆促趕去搭高鐵。

「硯洋這麼快就回去了？」外婆訝然地從廚房走出來，手裡端著水果。

「嗯，他說社團有事，得馬上回去才行。」我坐到餐桌前，心裡難掩失望，也有些悶悶不樂。

外婆看出我的心思，溫柔安慰：「沒關係，你們以後還有很多機會可以一起去墾丁嘛。

如果妳想找硯洋，明天也可以先回臺北唷。」

「不用了啦，外婆，反正也快開學了，我還是會等到預訂時間再走的。」

「外婆是怕妳在這邊會無聊。畢竟莫昇現在也不在，少個人可以跟妳吵嘴。」她忽而深深睇我，「妳和硯洋在一起，開不開心？」

我微愣，點點頭，「開心呀。」隨即好奇，「怎麼了嗎？」

「沒有，只是外婆看到妳和硯洋手牽手一起回來，覺得很感動，也希望你們的感情可以一直這麼順順利利。」

我望著她含笑的眼睛，猶豫片刻，決定開口：「外婆，在妳心裡，有沒有曾經因爲沒有親人在身邊，而覺得孤單呢？」

她迎著我的眼，依舊溫柔可親，「在我心裡，亮亮妳就是親人，硯洋和莫昇他們也是。你們三個一直都是我最親愛的孩子，所以我很希望你們能過得好，不希望你們受到傷害和委屈。只要看到你們三人健健康康，平平安安，過得幸福快樂，外婆就心滿意足了。而且亮亮，外婆其實知道，妳媽媽或許永遠都無法眞正接受我，不過這情有可原，所以我不可能怪她什麼。妳媽媽光是願意讓妳來我這兒，把妳託付給我，就足以讓我感激她一生了。因爲亮亮妳在這裡的日子，就是外婆最快樂的日子。」

「所以……妳從來就不埋怨什麼？」我微啞道。

外婆搖搖頭，「擁有的有這麼多，哪裡還有需要好埋怨的呢？要是這樣還埋怨，可是會遭天譴的呢。」她脣角笑意始終不減，此時卻又發出輕輕嘆息：「只不過，在你們三個裡，外婆最放心不下的就是莫昇。其實那天早上他打電話來的時候，不知道爲什麼，我總覺得他好像有發生什麼事情，雖然聲音沒什麼異狀，問他也沒說什麼，但外婆就是覺得心惶惶的，有點兒難安定。那孩子性情很倔，從不肯在別人面前示弱，從小開始，只要在外頭受了什麼委屈，也很少會說出來的。所以希望只是多心，不是眞的有事才好。」

「其實……我有家庭了。」

我無法繼續正視外婆略顯憂心的面容。

怎能忍心告訴她，范莫昇在不知情的情況下，竟不小心成爲別人婚姻的第三者？

見到游可崴的時候，我完全沒在他手上發現任何戒指，從一開始，那男人就是刻意隱瞞范莫昇的，如今只要想起對方的話，我的心情就一次比一次悶，也一次比一次憤慨。但那是范莫昇和那個人之間的事，就算我再關心，也無法幫上什麼忙，范莫昇更不可能會跟我說什麼。

或許等到有一天，范莫昇願意告訴我，就是他已經做出選擇的時候了。

春節假期結束，回到臺北的當天晚上，我就直接去上班，然後過了幾天，學校開學。

第二學期的生活，依舊是白天上課，晚上打工。只要有時間，或是一到假日，就是和溫硯洋在一起，偶爾也會跟弟弟見個面，也會去看看媽媽跟爸爸，看他們過得怎麼樣。

如此日復一日，不知不覺我也完全習慣這樣的生活。

我打工的咖啡館，幾乎快成爲我在臺北的第二個家，和小諾學長一起工作非常愉快愜意，至今爲止也沒遇上什麼大麻煩，只是這段日子，若眞要說還有什麼令我在意的，就是游可崴這個男人。

自從他和范莫昇曾在這裡不歡而散，直到現在，他居然偶爾還是會來光顧，約莫兩週會來一次，最長三週。三個月之內，我只有一次看見他和一名中年男子在這裡談工事，其他時候就是他一個人，不再見過他和范莫昇一起來，也沒再見過他當時對范莫昇露出的燦爛笑容，某一次幫他結帳，我忍不住瞅住他的臉幾秒鐘，發現他眼裡映著的，只有毫無生氣的黯淡，不見光采。

我沒有將游可崴幾次出現在這裡的事告訴范莫昇，而范莫昇至今也沒有向我透露太多，只說兩人現在還是合作夥伴，有時仍然會一起工作，除此之外很少會再碰面。

當時我一聽到范莫昇這麼說，便隱隱明白了什麼，最後決定將那個人幾次來店裡的事，放在心裡頭就好。

「哈囉，亮亮！」

某個週五，宛妡學姊打開咖啡館的大門，笑容滿面的跑進來和我打招呼，接著溫硯洋以及其他六人也陸續進來。

這天晚上，他們幾個國際志工社的幹部約好一起到這兒討論事情，順便來喝杯咖啡，他們一進來，店裡就立刻變得熱鬧許多。

「我們亮亮越來越有小老闆娘的樣子了，你們看看，這杯咖啡的拉花拉得多漂亮，太可愛了啦，我根本捨不得喝！」宛欣學姊欣賞著我做給她的貓咪拉花，再用手肘推推身旁的人，「硯洋，把妳的女友借給我幾天吧，我要請亮亮天天做拉花給我。」

「那要計費喔。」溫硯洋咯咯笑，「而且這應該多虧有小諾學長的指導。」

「不不不，我只教亮亮一點小皮毛而已，是她自己後來做出興趣，才會越拉越好。現在她可是比我還要厲害，有不少客人就是爲她的拉花專程跑來光顧的。」小諾學長說。

「眞的嗎？所以說亮亮現在就是你們店裡的紅招牌嘍，欸，一騰，你可要好好幫硯洋把關，不能讓一些奇奇怪怪的男生靠近她，知道嗎？」

「知道知道，光是妳這句話，就可以把那些男生嚇跑了。拿去，妳的鬆餅好了，先去吃吧。」

宛岓學姊和溫硯洋一回座位，就開始和其他社員討論社團的事，過程中歡笑不斷，經常可以聽見宛岓學姊清亮悅耳的笑聲在店裡迴盪。

當我將視線轉過去，正好看見學姊和溫硯洋正在讀桌上的一份資料，他們先是神情認眞的低聲交談，沒有多久就突然一起笑了出來，像談到什麼有趣的事，兩人頓時間笑到闔不攏嘴，肩膀不停發顫，學姊最後甚至伸手捶了溫硯洋的肩膀，對他笑罵了一聲。

我動也不動的靜靜凝視他們，半晌，小諾學長喚：「怎麼了？亮亮？」

我一凜，轉回視線，發現他似乎察覺到我在注意那兩人，於是搖搖頭，有點尷尬的笑：「喔。沒有啦，我只是突然覺得……學姊跟溫硯洋兩人的感情，眞的很好耶。」

聞言，小諾學長先是沉默了幾秒，隨即莞爾：「是啊，他們兩個給人的感覺，就像是一對眞正的姊弟，畢竟從國中認識到現在，早就已經是老朋友了，而且他們兩個的個性都很善良，又都擁有一副古道熱腸，對於幫助弱勢的事都非常有熱忱，現在才會一起加入國際志工團隊，或許因爲他們在這一方面是同好，所以才會特別處得來吧。」

我不禁望向小諾學長，他正要開始清洗剛收回來的杯子。

「學長。」我抿脣，忍不住開口：「我可不可以問你一件事？如果你不想回答，也沒關係的。」

「嗯？什麼事？」

「就是……」我嚥嚥口水，「你當初，為什麼會和宛妡學姊分手呢？」

當下，小諾學長沒什麼明顯反應，只是繼續洗杯子，嘴角一勾，「妳覺得是為什麼？」

他這一問反倒令我愣了下，思考片刻，吶吶道：「我一開始原本是猜……會不會是因為個性不合？可是，過去你跟學姊都已經交往這麼多年，所以覺得不太可能。而且，我認為學長其實到現在都還是很關心、很在乎宛妡學姊的，因此也不覺得是因為你們感情變淡，或者是你和學姊其中一方變了心……」我越想越困惑，百思不得其解，「老實說，我真的完全猜不到，究竟是什麼原因，讓你不得不決定跟學姊分開……」

他再度露出一抹輕淺微笑。

只是這次學長的笑，卻讓我心裡微微一怔，他接著擦乾了手，用一貫平靜的口吻告訴我：「我知道，我和宛妡的事，讓周圍很多人都很關心。我現在唯一能夠回應妳的，就是我當初是因為喜歡宛妡，才會跟她在一起；也是因為喜歡宛妡，才會決定跟她分開。」

「……」

「不過，妳怎麼會忽然想問這個？是硯洋有跟妳說什麼嗎？」

「喔，很久以前是有聽他提過一點，只是我後來看到你跟學姊相處的樣子，心裡也不免覺得好奇，所以……」

「原來如此，我跟宛妡的事，確實也讓硯洋擔心了，搞不好他還覺得我這個學長簡直莫名其妙呢。」他呵呵道，「妳跟硯洋還順利嗎？有時候他們社團會比較忙，暑假也會出國去當志工，妳可以接受嗎？」

「嗯，是沒有什麼問題……」我再朝他們一望，發現他們又笑在一起，視線不自覺再度定住，緩緩說：「我知道這是他喜歡做的事，所以我也支持他。只不過，有時候看到他和學姊都那麼熱衷這件事的樣子，心裡還是會覺得可惜。」

「可惜？」

「嗯，就是……好像無法參與他這一部份生活的感覺。雖然我跟他其它時間幾乎都在一起，彼此也會分享很多事，可是在這點上，我就沒辦法幫上他的忙，或是爲他做什麼，尤其發現他還是有些東西是我並不熟悉的，就會覺得有一點點……」

「寂寞。」

我愕然，對上小諾學長的眼睛，他依然用蘊含淺淺笑意的目光看我：「我只是順著妳話裡的感覺推論下來，至於妳想表達的是不是眞是這個意思，我就不知道了。」

我不太敢再正視學長的眼，心裡很難爲情，居然一不小心就對他說出這些話。

他拍拍我的肩，像是明白我的心思，於是說：「放心，我不會跟硯洋說這些。」就將我調好的飲料端去給客人。

這天晚上，溫硯洋特地待到營業結束，要跟我一起回家，而小諾學長依舊相當好心的扛下清潔工作，允許我先走。

「學長，謝謝你。」我不好意思，感激地說：「那我先走了，明天見，晚安。」

「亮亮。」

正要跨出店裡，就被對方喚住，我立即停下，回頭。

學長動也不動，若有所思地專注凝視我一會兒，低語：「有些事情，本來就是我們無論再怎麼努力，也無法控制的。」

他眸光溫柔，嘴角的笑卻淡得宛如隨時會消失，「所以千萬不要太逼迫自己，知道嗎？」

我怔怔然，一時之間，我不曉得小諾學長為何突然對我說這句話？

儘管那時的我無法理解他想表達的真正意思，然而學長此刻的眼神和笑容，卻還是深深印在我的腦海中，無法即刻忘記。

隔天下午，宛妡學姊又來到店裡。

這次她沒和溫硯洋一起來，而是帶著三位她和小諾學長的高中同學來，而且都是男生。他們過去似乎很要好，因此小諾學長一看到他們，非常驚喜，等到店裡已經沒什麼客人，小諾學長就和他們一起坐在最靠近櫃檯的座位聊天，後來當學長向那三人介紹我，我才知道原來他們也認識溫硯洋，他們一得知我是溫硯洋的女友，便十分親切的跟我打招呼。

正當我在櫃檯裡幫學姊的咖啡做拉花，就聽到他們其中一人對小諾學長及學姊說：「你們兩個也真奇怪，明明看起來就好端端的，到底為什麼分手啊？」

「問他呀。」宛妡學姊開口，從她這句話的語氣，可以想像她這時一定還斜睨小諾學長一眼。

「唉，這件事都過了這麼久，沒必要再提了吧。」小諾學長苦笑。

「搞什麼？虧我們以前還賭你和劉宛妡兩個以後一定會結婚的咧，結果才來臺北一年就給我噶屁了，太讓我們失望了你！」當另一個男生開口指責，接著第三個男生也追問：「謝小諾，你最好從實招來喔，你是不是腳踏兩條船？喜歡上別的女生了，說！」

「沒錯，謝一勤，你今天一定要給我一個交代！」宛妡學姊也拍桌助陣。

「我去廁所。」小諾學長立刻起身往洗手間方向快步溜去，暫時躲避這幾些人的攻擊。

看到對方臨陣脫逃，學姊更氣了，忍不住跑到櫃檯前對我忿忿抱怨：「亮亮，妳來評評理，學長是不是很可惡？當年不明不白說分手就分手，到現在都還不肯給我一個理由，氣死我了！」

我不敢多說什麼，只能繃緊神經，沉默噤聲，笑笑的把咖啡端給她。

「他眞的很過份，當時就莫名其妙丟下『我們分手吧』這句話給我，完全沒有半點預兆跟解釋。而且妳知道嗎？那一天正好還是硯洋大學指考分發公布的日子，早上一收到硯洋考上我們學校的消息，當晚他就跟我提出分手。妳看這傢伙有沒有良心？就在我爲硯洋順利考上我們學校的事開心得不得了，謝一勤居然就丟出這個炸彈給我，他怎麼可以這樣？根本就是故意的，他這樣對得起我嗎？」

「算了啦，劉宛妡，妳也知道他這人頑固得要命，一旦決定的事就不可能更改啦，還是息怒吧！」那群男生笑著勸她。

「哼，休想，我這輩子都不會原諒他！」學姊氣鼓鼓地帶著她的咖啡回座位，等到小諾學長從廁所回來，她還是繼續對他生氣，小諾學長招架不住，只能一直默默讓她罵，臉上笑容盡是無奈。

我當下在櫃檯裡呆呆看著學長和學姊兩個人，頓時一動也不動，因為此刻我的思緒完全聚焦在學姊方才說的一段話上，而且耿耿於懷。

得知溫硯洋考上他們學校的當天，小諾學長就向學姊提出分手？

忽然間，我不曉得應該怎麼解釋這句話的意思。

假如小諾學長在那之前就打算跟學姊提分手，為何偏偏要選在溫硯洋考上大學的那一天？

純粹是湊巧？是想減緩她的傷心跟憤怒？還是……

我不停的想，不停試著找尋看起來最合理的解釋，但其實我很清楚，自己只不過是想藉此來忽略掩蓋剛才第一個閃過腦海，卻讓我不敢正視，甚至去認真深思的念頭。

小諾學長是因為知道溫硯洋即將來到臺北，才會跟學姊分手的。

儘管我知道這個念頭就只是念頭，並不代表證據，也不代表事實，而且反而還對這假設充滿許多疑問，卻還是有一絲不安悄然自心底湧起……

「妳記不記得當初阿洋要考大學的時候，我曾經跟妳說過，無論如何都不能讓他去臺北？」

我驀然想起范莫昇曾問我的這句話，同時想起他在更早以前就給我的一番警告。

「如果妳不希望阿洋被搶走，那就最好別讓他去。妳若眞的讓他去臺北，妳就等著最後留在這裡哭，別說我沒有事先警告妳！」

「我現在唯一能夠回應妳的，就是我當初是因爲喜歡宛妡，才會跟她在一起；也是因爲喜歡宛妡，才會決定跟她分開。」

我不知道接下來該抱著怎樣的心情去面對這疑問，在聽到了這件事情以後。彷彿陷入一片不見盡頭的迷霧裡，而且一旦走進去，就再也無法全身而退，只能不斷往前走，不斷摸索，直到看見隱藏在那片霧之後的眞正答案，否則在那之前，這件事將會一直卡在我的心頭上，沒有眞正放下的一天。

「亮亮，亮亮！」

一陣呼喚讓我醒神，等我意識過來，發現眼前的五雙眼睛全停留在我身上。

「妳怎麼了？有什麼心事嗎？」玲萱眨眨眼，關心的問。

「亮亮，妳很不專心耶，大家那麼認真的在問妳事情，結果妳在發呆呀！」嫣婷嘟囔。

「對不起。」我趕緊道歉，喉嚨乾澀，「你們在說什麼？」

「我們在說，暑假就快到了，到時要不要一起到外縣市玩？看是要去宜蘭？還是要去臺中？」

我愣了好一會兒，再度歉然：「抱歉，我現在還沒辦法確定，因爲暑假我可能還是得打工，而且也要回高雄看我外婆……」

「喂，亮亮妳很不夠意思耶，一天到晚都在忙。而且跟妳男朋友約會就有時間，跟我們出去玩就沒時間！」嫣婷再抱怨。

「嫣婷，妳幹麼這樣講？亮亮今天不就跟我們一起出來吃飯了嗎？」香香連忙打圓場。

「對啊，沒有這麼嚴重吧？」阿典納悶睨她，「林嫣婷，妳今天吃炸藥喔？」

「我哪有？就是因爲亮亮平常忙這忙那，好不容易今天終於有辦法聚在一起，結果她還一副心不在焉的樣子，那這樣聚會有什麼意思？感覺完全沒有把我們當一回事嘛！」

「好了好了，那這件事就先這樣，等亮亮看暑假有沒有辦法抽時間再說吧。如果眞的不行，我們也不會勉強。」陳州樵開口，隨即提議：「對了，等一下大家要不要去唱歌？我們六個人自從在臺北重聚，到現在都還沒有一起去唱歌吧？」

聽到這個意見，大家很快就贊同，於是吃完飯之後，就一起前往KTV。

星期一晚上，難得與香香他們再次聚會，我的思緒卻特別沉重，即使跟他們在一起，也融不進他們的歡樂氣氛，就像嬿婷說的，這天的我眞的完全無法專心。

而會讓我如此心神不寧的原因，起由於昨天發生的一場意外。

我和溫硯洋原本要一起出去吃午飯，兩人也一如往常約好在我學校的校門口見面。

平常都會提早到的他，這一天卻沒有準時出現，讓我有些驚訝，因爲自我認識他到現在，他從來都沒有遲到過，但我還是站在原地繼續等待他一會兒，結果沒想到過了整整十五分鐘，他都還沒有出現，當我打手機給他，他也沒有接，響沒幾聲就進語音信箱。

這實在太反常，我不禁緊張，擔心溫硯洋是不是發生什麼事？聯絡不到他的三十分鐘後，我決定到他家去看看，結果就接到他回撥給我的電話，他告訴我，他現在人在醫院。

我趕到醫院去，眞的在急診室發現溫硯洋，但他並不是生了病，或是受到什麼傷，而是爲了送宛炘學姊過來才會出現在這裡。

上午學姊騎車出去辦事情，騎到一半，不愼被一部突然變換車道的小客車擦撞到，害她瞬間重心不穩，當場摔車，人也因此受了傷。

「因爲當時我的腳痛得不得了，完全沒辦法動，只好打電話麻煩硯洋來幫我一下。」學姊坐在床上，精神抖擻，看起來沒受到什麼太大驚嚇，「抱歉，亮亮，因爲今天急診室的病人有點多，才會耽誤妳跟硯洋到現在，不好意思！」

「……不會，沒關係。」我怔怔看著學姊被固定住的右小腿，「學姊的情況現在怎麼樣？」

「嗯，就是小腿輕微骨折，其他的也只有一些小擦傷，不嚴重，已經沒事了。我剛才只是順口問一下硯洋今天跟妳有沒有約？結果他居然還眞的馬上想起來說跟妳有約吃飯，把我嚇死了，叫他趕快聯絡妳！」她滿臉歉然：「亮亮，眞的很抱歉，搞砸了你跟硯洋的約會，是我不好，一定害妳急壞了吧？妳趕快帶硯洋走，我剛剛就已經叫他先離開，可是這個臭小子就是不肯聽。我沒事了，你們趕快去吃飯吧！」

我這時望向溫硯洋，發現他仍然認眞的在注意學姊的傷勢，神情也像在顧慮著什麼，最後他看著我，用一貫溫柔的口吻對我說：「抱歉，亮亮，我們今天的事先取消好嗎？學姊腳這樣，應該會有一段時間行動不方便，等我送她回家再聯絡妳，好嗎？」

宛465學姊一聽，立刻又罵了溫硯洋一番，然而我一接觸到溫硯洋的眼神，發現他是非常堅定要留下來。

在那種情況下，我除了同意，想不到還能做出什麼回應。

只是從醫院回到家裡的途中，我紊亂的思緒卻始終無法平復，覺得十分茫然。

我明白，這只是一場意外，是突發狀況，因此溫硯洋會不小心遲到，失去聯繫，這些都是情有可原，我願意理解，也可以接受。

但，我想不通的是，爲什麼學姊在發生意外的當下，第一個想到要找的人既不是小諾學長，也不是自己叫救護車，而是找溫硯洋？

雖然學姊和小諾學長早已經分手，但從兩人過去的互動來看，比起溫硯洋，小諾學長應該才是學姊最親密的人，而這天小諾學長是晚上才有班，如果學姊要找學長，不可能找不到人才對。

除此之外，我後來也察覺到，學姊被送進醫院是在十一點多，而我抵達醫院是十二點半左右，到了那邊，我卻遲遲沒看見小諾學長。假如在這一個小時半內，學姊有通知學長，照理說對方應該早就飛奔過來，可是當我到了那裡，卻發現學姊似乎並沒有這麼做，甚至連溫硯洋都沒有主動聯繫小諾學長。

我很疑惑，非常疑惑，縱然理智上知道應該爲學姊的平安而放心，不該這時候吃她的醋；但情感上，我無法控制自己不去在乎這些不合理之處，就算我知道學姊跟溫硯洋的感情本來就非常好，但我心裡還是很受傷，難以接受溫硯洋竟會因爲學姊的事，而完全忘記我的事，而且還是經由學姊提起才想起來的這件事實。

那天晚上，溫硯洋打電話給我，在我離開醫院約莫八個小時以後。

他告訴我他已經將學姊順利送回家，並且表示學姊已經沒什麼大礙，不需要再住院觀察，要我別擔心，並且為這天放我鴿子的事向我道歉。

然而當時我腦海第一個想到的，既不是學姊的狀況，也不是他累不累？而是這整整八個多小時，他一直都待在宛炘學姊的身邊，寸步不離。

對於等待他電話許久的我，這個事實，讓我覺得再度受到打擊，但我什麼也沒說，只是深呼吸，緊抿脣，用平靜的口吻回應：「是嗎？那學姊這樣……明天可以上課嗎？」

「嗯，我這幾天會先載她上下課，畢竟都在同間學校，學姊家離我那也不算太遠，我想應該不會有什麼問題。」

「……」

「亮亮？」

「小諾學長……」我緩緩啟口，「他知道學姊受傷的事嗎？」

「沒有，我沒有跟他說。」他不覺有異的自然語氣，讓我的心登時涼了一半，我輕咬下脣，低聲道：「可是我覺得，應該讓學長知道。」

溫硯洋聞言停頓了一下，半晌，他用帶著淡淡笑意的口吻說：「如果是一般的正常情況，我確實會馬上告訴小諾學長，可是我會選擇先不通知學長，主要是有一個特殊的原因，而這也是我跟學姊從很早以前就有的『默契』。」

「默契？」

「嗯。」他開始娓娓道來：「國中的時候，小諾學長的家境其實不是很好，他那時候就已經過著白天上課，晚上去打工的日子。而宛妡學姊從以前開始個性就有點迷糊，也有點笨手笨腳，像今天這樣騎到摔車其實不是第一次，以前她光是騎腳踏車上學就常會不小心摔車，也因此常被我們笑手腳不協調，不過小諾學長很疼她，在學姊因爲類似狀況，沒辦法自己走路或是騎腳踏車上課的時候，小諾學長就會每天親自載她上下學，那個時候的他們，眞的非常甜蜜喔。」

溫硯洋繼續說：「小諾學長高一的時候，他的父親生病倒下了，除了醫療費，當時家裡的重擔幾乎都落在他和他母親肩上，而且還有一個年幼的妹妹要照顧，非常辛苦，但幸好不到兩年，他爸爸就恢復健康，家裡的經濟也漸漸開始好轉，學長自然不用再過著從早忙到晚，那充滿壓力的生活，而在他最艱辛的那段期間，學姊也都沒有離開他，一直默默在他身邊支持著他，但有時候她自己也會有不知道該怎麼解決的問題，或是遇上什麼麻煩事，每當那個時候，她就會尋求我的協助。

「因爲學姊心疼學長，不忍心讓學長在忙碌之餘，還必須操心她的事，所以從那時候起，只要學姊發生像是摔車受傷，或是生病發燒，甚至嚴重到無法自理生活的一些事，我就會幫她的忙，而且除非學長眼尖自己發現，否則在那之前我跟學姊都不會先告訴他，希望能在學長注意到前大事化小，小事化無，這是學姊一直以來的本意，也是我們那時沒有明講，就自動培養出來的默契，因爲我們都不希望學長再爲其它事傷神，哪怕是到他們已經分手的現在，我跟學姊的這份默契也還是在，是爲了不讓學長擔心而存在的……可以說是一種習慣了。」

「……」

「我能明白對妳來說，可能會覺得我們刻意隱瞞他這件事，是很奇怪的，但這對我跟學姊而言已經是很正常的事。不過我想，學姊應該今晚就會把這件事告訴學長，畢竟她這次的傷可能短時間不會好，而且明天他們在學校也會碰到面，不如先讓學長知道自己已經無大礙，這樣就算對方隔天看見，也不至於會這麼擔心或緊張了。」

聽完，我拿著手機動也不動，久久不語。

溫硯洋說的這段故事，讓那天晚上的我躺在床上無法即刻入眠，而在睡著前，我還收到宛妡學姊的訊息，她再度爲今天的事情，對我慎重道歉，希望我不會不開心。

我一直沉浸在這件事裡，一直到隔天上完課，我和陳州樵一同離開學校，和香香他們會合。六人再聚首的這一刻，我的思緒卻依舊被桎梏住。

想要停止，卻怎樣也無法控制自己不去想。

「香香，這首歌我們一起唱！」

在包廂裡，嫣婷的歌一來，她馬上抓起麥克風，拉著香香一塊合唱。

一陣動感強烈的節奏之中，她們開心的唱著歌，陳州樵和阿典在點歌機前專心點歌，我喝著茶，沒多久玲萱就坐在我身邊，小聲說：「亮亮，妳還好吧？」

「嗯？什麼？」

「因爲剛剛妳被嬿婷罵，我怕妳會心情不好。」

「喔，不會啦，是我不對，是我一直心不在焉的，破壞大家的興致。」

「其實……」她這時偷瞄嬿婷一眼，確定對方沒在注意這裡，才又再湊近我說：「我覺得嬿婷好像在生我們兩個的氣。」

「爲什麼？」我訝異。

「因爲我跟妳都有男朋友了呀，雖然我沒有明確證據可以給妳看，但我發現她似乎很在意這個，我只要稍微提到我男友的事，她就會變得很暴躁，非常不開心的樣子，還會不斷酸我，可能她不甘心在這點上輸給我們，而且嬿婷之前也有在臉書上看過妳男友的照片，發現亮亮妳的男友長得很帥，心裡就更不平衡了，所以我在猜，嬿婷很有可能是因爲這樣，剛才會對妳發脾氣的。」

玲萱說這些話時，沒有一絲炫耀或驕傲的口吻，反倒十分認眞嚴肅。

我滿臉愕然，難以置信：「這也未免……嬿婷眞有可能會因爲這樣？」

「不信妳看，她現在不就只顧著找香香，完全不理我們兩個嗎？之前就有幾次這樣，每次我跟她碰到意見分歧的時候，吵到最後她就會生氣得叫我去跟我男友說，然後就不跟我說話；我要是因爲跟男友有約，結果沒辦法跟她出去，她就會罵我見色忘友。像之前的情人節就是這樣，她整整三天都不跟我說話，那天本來就是跟情人一起過的日子呀，而且我跟我男友之前就約好要一起過了，嬿婷她這樣，眞的讓我覺得很無辜，每次都要小心不踩到她的地雷。唉。」

我啞口無言，最後不禁望向嬿婷，發現她繼續勾著香香的手在唱歌，過程中從沒有注意我和玲萱兩人。

唱著唱著，嬿婷似乎興致來了，心情也好了，她點了一壺葡萄酒進來，豪邁大喝幾口，轉頭對我說：「欸，亮亮，妳怎麼都不點歌？妳該不會只是想坐在這邊喝東西吧？」

姑且不論嬿婷是不是眞的因爲這理由不開心，但當下我也不想再惹她生氣，於是盡量順著她的意，也不再繼續一個人胡思亂想。

「范逸臣的〈情書〉是誰點的？」

「我我我！」阿典馬上舉手，下一秒玲萱也高喊：「這首歌我會，我也要唱！」

當那兩人開始高歌，香香問我：「亮亮，妳還不點嗎？」

「我太久沒唱歌了，一時不知道要唱什麼，而且我剛剛看最近的新歌單，發現自己居然沒一首會唱。」我苦笑。

「喔，我懂，那種一打開新歌排行榜，卻一首歌都不認識的感覺，我覺得上大學之後就越來越常見了。」陳州樵馬上附和。

「眞的，所以我打算直接從歌手的名字裡去找了。」

「哈哈，我也是。」

見我們兩個相談甚歡，嫣婷默默喝完一杯葡萄酒，接著喚：「欸，亮亮。」

「嗯？」

「我看到現在這首歌，就忽然想問妳一件事。」她指指眼前的螢幕，也就是阿典和玲萱還在唱的〈情書〉，再來看我，「妳的男友知不知道，妳以前曾經偷改過別人的情書啊？」

我們四人之間的氣氛霎時凝結，而阿典和玲萱因爲還在專心唱歌，所以沒有聽見。

我前一秒露出的笑容僵在臉上，陳州樵跟香香也當場傻了，完全沒想到嫣婷竟會在這時候提這種問題。

「妳有跟他說過嗎？告訴我嘛，說嘛說嘛！」她繼續用撒嬌的口吻說。

「嫣婷，妳是不是喝醉了？」香香慌了，立刻想制止她。

「拜託，我酒量可是很好的，才不會喝這麼一點就醉咧。」她嫣然一笑，「亮亮不回答，那就是表示對方不知道？妳沒跟他說？」

我緩緩吸口氣，輕輕搖頭：「我沒說。」

「爲什麼？我還以爲亮亮妳跟妳男友感情很好，什麼事都會講，完全沒祕密的，熱戀中的情侶不都是這樣？」她眨眨眼，「妳是怕妳男友知道後會瞧不起妳，或是討厭妳嗎？」

「林嫣婷！」陳州樵面色凝重，眉頭深鎖。

這是我第一次看到向來溫和好脾氣的他露出這樣的表情，因此不只是我，就連香香和嫣婷當下都有點嚇到。

嫣婷咬住下唇，一臉不甘心，咬牙丟下一句：「我有說錯嗎？要不是因爲亮亮，你跟香香會到現在都還只能是朋友嗎？我說的明明就是實話，幹麼對我凶？莫名其妙！」她說完就抓起包包迅速走出包廂，讓阿典跟玲萱都愣住，驚訝的回頭看我們。

結果那一天的聚會，又是在這種尷尬凝重的情況下結束。

我和陳州樵一起回去，兩人先是經過一段沉默，他才開口：「我不知道……嫣婷她今天究竟是怎麼搞的？爲什麼突然這個樣子？結果害妳變得比一開始更不開心了，抱歉。」

聞言，我看他：「一開始？」

「嗯……就是吃飯的時候，還有今天上課的時候，我發現妳好像有什麼心事，一直都是悶悶不樂的樣子，而且我怕要是突然上前關心，更會影響妳的心情，所以我就沒馬上問。」

他對上我的目光，謹慎注意我的臉色，「……跟妳男友有關嗎？」

我沒有回答，原本已被我暫時拋到腦後的事，如今又再次牽動我的心情。

「嫣婷說的話妳不要在意，我覺得是她今天本來心情就不好，妳也知道她若不開心，說話就是比平常更衝。至於暑假，如果妳沒辦法抽空跟我們去玩，也不用勉強，不管怎麼說，本來就是該先把自己的事處理好比較重要，所以妳不用感到壓力，或是顧慮嫣婷，我們大家都能體諒的。」

他體貼的話語讓我一陣語塞，他踏上階梯，準備進捷運站時，我出聲：「陳州樵。」

「嗯？」他回頭。

「嫵婷到現在還會這樣說，或許並不是無憑無據。」我艱澀開口：「是我當時把你跟香香傷得太重，才會讓你們錯過最好的時機，結果變成這樣，對不起。」

陳州樵專注凝視我，有幾秒鐘焦距都沒從我臉上移開。

「我跟香香沒在一起，起因確實是妳，可是直到最近我才發現了一件事，眞正導致這種結果的人，可能並不是妳，而是我。並不是因爲亮亮妳當初那麼做，我跟香香才一直不敢在一起，或是無法在一起，而是那時的我就已經『選擇』這麼做了，所以妳眞的不需要再把責任推到自己身上，那件事對我跟香香來說老早就已經過去，如今我們也是用朋友的心情看待彼此。現在的我只希望，我們可以繼續像從前那樣相處，因爲我還是很喜歡亮亮妳這個朋友。」語落至此，他莞爾改口：「應該說，是一直以來都很喜歡，我從來就沒有因爲那件事情，而討厭過妳。」

陳州樵的那句「選擇」，讓我先是怔了好一會兒。

他由衷誠懇的回應，讓我鼻頭漸漸嗅到一抹酸。不曉得是不是因爲這兩天都處在鬱悶之中，當我聽到這番溫暖的話，原先緊繃已久的心，就這麼稍稍獲得一絲舒緩。

放鬆之餘，我的眼眶也在此時有些溼潤了。

當春天逐漸走遠，夏季隨即來臨。

宛圻學姊和小諾學長在今年六月中畢業了，不過學姊因爲師長們的推薦跟請託，決定在系上任職一年，擔任他們身邊的祕書，所以基本上還是留在學校。

而小諾學長也繼續在咖啡館上班，並且由兼職轉爲專職，等於上一整天。對於是否要再另外找個正職的事，他並不心急，反而希望可以再多點時間做自己喜歡的事，在這點上，他表現出來的態度就相當隨遇而安，也許是因爲他以前經歷過不少辛苦的日子，因此在如今生活跟經濟都安穩的情況下，他更珍惜眼下可以做的事情。

今年暑假，溫硯洋的志工活動在柬埔寨，而這是宛圻學姊在大學時期最後一場社團活動，因此她也去了。

當發現自己已經無法再用單純簡單的心情來看待溫硯洋和學姊，我就算不開心，再難過，再生氣，也不知道該對誰發脾氣？甚至從何發起？

溫硯洋對我的態度始終沒變，依然對我很好，很溫柔，我的心卻還是一天比一天不安，尤其想到他和學姊現在就在我看不見的地方，無論到哪裡都一起，天天朝夕相處，我的情緒就開始起伏不定，難以平復，覺得焦躁，煩悶，也越來越嫉妒學姊。

儘管知道她把我當妹妹一樣看待，但我還是無法控制這樣的心情。甚至當暑假結束，她跟溫硯洋回國，只要我在打工，而溫硯洋或是學姊也剛好沒來店裡的時候，我就會反射性的想，他們兩個現在是不是在一起？

等到我有天終於意識到這樣的自己，已經是光從溫硯洋口中聽到「學姊」這兩個字，就疑神疑鬼到難以忍受的程度。我不知道自己怎麼變成這個樣子？如今只要一想到溫硯洋，我就會同時想到另一個人的臉；當他們後來在我面前述說著在柬埔寨發生的種種趣事，或是在那邊的生活點滴，各式各樣我不曉得的事，那兩人每一次的異口同聲，每一次的相視微笑，都讓我覺得心像在淌血，連呼吸都在痛，可是我依舊什麼話都說不出來，最後只能露出一個連我自己都不忍去看的僵硬笑容。

如果不是當時不小心聽到小諾學長跟學姊分手的內幕，也許直到現在我都還不會這麼敏感，更不會將一件明明只是再簡單不過的小事無限放大，甚至不斷聯想，而讓自己越來越惶恐，越來越神經質，也越來越脆弱，但要不是這份敏感，我最後也不會猛然發現，其實宛妡學姊在很久以前就已經不知不覺滲入我跟溫硯洋的生活裡。

我和溫硯洋聊天，宛妡學姊經常會出現在我們的話題裡，而且幾乎都是溫硯洋主動提起的；我們一起去哪個著名景點遊玩，回程買紀念品的時候，他也從不會忘記幫學姊買一份；和他約會看電影的時候，他會笑著告訴我，學姊要他先來瞧瞧這部好不好看，等聽完他的意見，她再決定之後要不要找小諾學長去看？

雖然那只是我們在一起的一小部分，但對於宛妡學姊的事，溫硯洋每次都會認眞看待，並且仔細留意，更別說學姊先前受傷時對她的細心照顧。

現在的我會那麼無法接受這一切……究竟是我的問題？還是溫硯洋的問題？

「只要妳還喜歡阿洋，也一直待在阿洋身邊，就會慢慢知道我爲什麼討厭那個女人了。」

等我想起范莫昇的這句話，我才發現自己已經有一段時間沒見到他了。

打完工回去，我站在范莫昇家的鐵門前，想看看他最近過得怎樣？順便問他一些事，卻發現他不在家。

等到我終於見到對方，是在隔天的課結束，我準備去找溫硯洋，在公車亭下等車的時候，看到他獨自站在對面的身影。

由於他站的並不是公車站牌的方向，因此身邊的人不多。

他沒有注意到我，正低頭動也不動的專心看手機，還在想要不要叫住他，一台黑色轎車就在這時停在他面前，下一秒，范莫昇收起手機，直接上前打開車門。

我當下木然看著這一幕。

范莫昇坐上副座，我同時看見駕駛座上的男人，很快就認出那張側臉，是游可崴。

一直到那台黑色轎車完全消失在視線裡，我都還無法即刻回神。原以爲范莫昇早已經沒有跟游可崴見面，想不到竟又被我撞見他們在一起。

所以，范莫昇已經決定原諒他，甚至還願意繼續跟他在一起嗎？

茫然的我，無法理出一個頭緒，只能怔怔對著對面的人群發呆，覺得腦子裡，已經亂得再也裝不下任何東西……

我曾不只一次問自己，對這種情況可以忍耐到什麼時候？

畢竟嚴格說起來，宛姸學姊和溫硯洋其實並沒有做出什麼踰矩的行爲，他們只是感情好，而且是在認識我之前就已經這麼好，我唯一不解的是，我明明是願意相信他們兩人的，因爲我認爲學姊至今對小諾學長仍割捨不下，而溫硯洋也很珍惜我，可是爲什麼我內心的不安還是這麼深？我到底在怕什麼？這樣的情緒讓我漸漸快負荷不了，也快發瘋了。

某天下班，我到溫硯洋的家去找他。

平常我都是回到家再和他通電話，可是那一天不知道爲什麼特別想見他，於是也不管下班時間不早，直接就往他家去，到車上時再傳訊息通知他。

抵達他家門口，我按下門鈴，等了一會兒，發現他沒開，再按一次，確定他不在家，不禁訝異了一下。我拿手機出來看，心裡又是一陣愕然，將近快一個小時前傳給他的訊息，他居然到現在都還沒有讀，直接打給他，也沒有回應。

平常的這個時候，溫硯洋都會打給我，確定我是否已經平安到家，可是偏偏這天他沒有打來，而且也找不到人。

我整個人呆站原地不動，因爲這種情況似曾相識，並不是第一次。聯絡不到他，我沒有馬上回去，而是坐在樓梯口，打算等他回來。

我看著手機，最後慢慢升起一個念頭，猶豫片刻，我鼓起勇氣，撥了宛妡學姊的電話，只是另一頭先是沒有聲音，沒多久，就傳來對方關機的回應。

我的腦海再度一片空白。

繼續等待的這段時間裡，我不曉得自己是怎麼度過的。只覺得整個人彷彿被掏空，無法思考，無法動彈，什麼都不敢想……

一段音樂響起。

聽見是手機在響時，我慢慢抬起埋在雙臂裡的臉，螢幕上的時間是十一點半。

「喂？亮亮？」溫硯洋喚道，語氣有些急促，「妳在家嗎？」

「沒有，我還在你家門口。」我低聲問：「……你去哪裡了？」

「對不起。」他喘一口氣，滿是歉然，「因爲臨時有急事要處理，來不及打給妳，抱歉！」

「什麼急事？」

「是學姊，她突然發高燒，燒到快四十度，她原本要去自己去掛急診，但我不放心，所以親自送她去，她今天會在醫院待一晚。」

那一瞬間，我的耳朵彷彿失聰，什麼聲音都聽不見。

我沒有思考，幾乎想也沒想就脫口而出：「難道宛妡學姊今後發生什麼事，你都要跑第一個？學姊一有什麼狀況，幫助她的人也一定非你不可？」

溫硯洋微愣：「亮亮？」

「之前學姊出車禍的時候也是，爲什麼非得要等那麼久，你才會記得要打給我？爲什麼偏偏都是在我最擔心的時候聯絡不到你？學姊的事，眞的有那麼重要到讓你連其他事都看不見了嗎？」我沙啞的問，口氣也漸漸急促了起來：「你知不知道我等你等了多久？電話打不通，訊息也沒讀。這段時間內，你眞的連抽空看個手機都沒辦法？所以才可以順便連我的事都忘得一乾二淨？哪怕只是最簡單的一句通知，你也沒想過要給我，難道都不怕我會擔心？你有沒有想過我的感受？」

「對不起，亮亮，是我不對。」發現我眞的生氣，他再度道歉，「我已經離開醫院，現在正要回去，妳再等我一下，我馬上——」

「不用了！」我悲憤的喊，眼眶泛紅的切掉通話，迅速跑下樓梯離開大樓，直接在路上叫了輛計程車回家。

那是我第一次掛溫硯洋的電話，後來他再打過來，我也沒有接。

我忍不住在車上掉眼淚，覺得自己難過到就快要喘不過氣，快要窒息。雖然我的心裡早有預感，然而當從他口中證實這件事，我終究還是無法再忍住那些情緒，排山倒海的悲傷和憤然向我襲來，淹沒我的理智。

我不知道接下來該怎麼繼續面對宛妡學姊？怎麼壓抑心裡對她一天比一天多的厭惡，因爲我知道自己再也無法接納這一切，無法容忍自己和溫硯洋之間始終存在著另一個人的影子。

現在的我，連聽到溫硯洋提起她的名字都變成一種折磨，令我痛苦不堪。

由於我不接電話，溫硯洋原本要來我家，但我堅持不見他，只傳訊息告訴他想冷靜一兩天，請他暫時別來找我。

隔天上班，我面色黯淡，心事重重的樣子，很快就被小諾學長注意到了。

「怎麼了？」他仔細端詳我，「妳的眼睛有點腫腫的。」

我低著頭，一時沒有回答。

他沉默幾秒：「是不是跟硯洋吵架了？」

「……」

見我等同默認的反應，學長便沒再追問下去，拍拍我的肩，就去忙他自己的事了。

我並不想對小諾學長抱怨學姊的事，要是眞的這麼告訴他，那實在太傷感情，我不希望讓學長也變得尷尬。

但這一刻，我想要向他確認一件事，幾經掙扎，我決定喚住他，問他知不知道宛忻學姊昨晚發燒的事？

「發燒？我不知道。」他面露訝然，「我今天上午還有跟宛忻通過電話，但沒有聽她說，而且她的聲音聽起來也好好的，不像生病的樣子……亮亮妳怎麼知道的？」

「這個……我也是今天偶然間聽說的啦。」我乾笑，沒有說是溫硯洋親自送學姊去掛急診，「聽你這麼說，應該就表示學姊已經康復了，太好了。」

我試著自然的說這些話，卻還是被小諾學長注視了好一會兒，之後他端著客人用過的杯盤回到櫃檯，開始清洗。

「宛忻這個人，平時身體很健康，很少生病，可是只要一病起來，就會很嚴重，尤其最容易在深夜的時候突然發高燒，每當這種時候，她只要去醫院打個點滴，然後再睡一覺，很快就康復了。」

學長的話讓我聽得有些心驚，我總覺得他似乎知道我想隱瞞他什麼，又故意省略哪些話不告訴他，後來他也沒問我知不知道學姊昨晚是怎麼去醫院？又是誰陪她去醫院？

在我又陷入靜默，沒過多久他忽而說：「亮亮，妳還記不記得，我曾經跟妳說過，有些事情我們沒有辦法控制，所以不要太逼自己？」

我頓了頓，仔細思索，點點頭，「有……我記得。」我不解，「可是，學長你那時爲什麼要對我說那些話呢？」

他對上我的視線，然後淡淡一笑，目光再回到洗碗槽裡，一字一字低沉地應：「因爲我不希望看到妳受傷。」

在我從他這句話反應過來前，店門被打開了，接著溫硯洋走進來，我愣了一下。

小諾學長見狀，又拍拍我的肩，在我耳邊莞爾：「店裡我來顧，好好跟他談一下吧。」

其實我的心情仍然沒有完全平復，但經過一天，也稍微冷靜了點。

我和溫硯洋後來在咖啡館附近的騎樓下交談，在那裡，他又一次誠心向我道歉，而我無法再隱藏眞正的心情，也不想再繼續維持這種狀況，於是鐵了心明白的告訴他，希望他可以和宛斪學姊保持距離。

溫硯洋起先對我的要求感到十分意外，也很訝異，疑惑的說：「亮亮，我和學姊之間並沒有……」

「我可以相信你和學姊沒什麼，可是我還是無法再接受這樣的情況了。」我喉嚨乾澀，聲音發顫：「之前我沒有跟你說，但其實我很不安，對學姊一直都感到很不安，我知道你們的感情很好，可是有些事看在我眼裡，還是很不舒服。你不認爲你對學姊的事太過關心？幾乎已經把照顧學姊的責任，全扛在自己身上了嗎？」

「我當然關心學姊，那是因爲我們認識很久，從以前就是這樣，我只是單純的想幫助她；我也關心亮亮妳，很在乎妳，這點一直都沒有變啊。」他解釋。

「以前是以前，現在是現在，我從不懷疑你對我的好，可是我是你的女朋友，跟學姊是不一樣的，我實在不想每天去計較你到底是在乎學姊比較多？還是在乎我比較多？因爲這樣子很奇怪，問題是我就是沒辦法這麼大方，沒辦法騙自己這一切其實沒什麼。我不要求你事事都把我放第一，也不會要你完全不能去關心學姊，但我希望有些事你可以考慮我的感受。不管你以前跟學姊是怎麼相處，感情有多好，又存在著什麼樣的默契？什麼習慣？現在也都應該要懂得保持適當距離，而不是學姊一有什麼事你就變了。我不想有一天又看到你突然一聲不響的丟下我，直奔到學姊的身邊去，你知不知道這樣我很難過？也很害怕？怕我在你心裡的地位其實根本不如學姊？」

溫硯洋動也不動的看著我的淚，最後張開雙臂緊緊擁住我，柔聲道歉：「對不起，亮亮，是我不好，眞的很抱歉。我答應妳，以後我不會再這樣了，原諒我，好嗎？」

我在他的懷裡，沒有再說一句話，只是閉上眼睛，深吸口氣。

那天坦白把話說開，我和溫硯洋便和好，回到原來的樣子。

從那之後，每當我們在一起，就很少再談到學姊的話題，雖然有時溫硯洋還是會不小心帶到，發現我沉默下來，就會很快帶過。

有一次，我們打算安排十二月的週末假期，一起到臺中去玩兩天，討論的過程中，我告訴他：「我前幾天看新聞，剛好那個時候是花毯節，我想去看看！」

「喔，在新社吧？我知道，三年我就有和學姊他們一起去過，親眼看眞的很壯觀，我也很想再去看一次呢。」他翻閱手中的旅遊書，莞爾的說。

我脣角的笑意在那刻慢慢凝結。

溫硯洋看到我的神情，也先是一頓，隨即又笑：「除了花毯節，妳覺得清境農場怎麼樣？妳應該沒去過吧？那裡應該也不錯。」

「嗯，好呀。」我點點頭。

不知不覺，「宛妡學姊」這四個字，就像變成我們之間的禁忌，是能夠不去碰，就別去碰的地雷。

明知道溫硯洋是無心的，我卻還是無法抑止住這份敏感，連帶使得溫硯洋說話都必須小心翼翼。只是在過去的那些歲月裡，宛妡學姊早就已經是他生活中的一部分，要完全不提起，本來就是不太可能，因此後來幾次說話，我多多少少能感覺到彼此的不自然。提了，怕會介意；不提，又太刻意。

這樣的相處下，逐漸讓我再度深深迷惘，也很茫然。

那些始終籠罩在我面前的霧，即使看似散去一些，仍讓我無法看清後面的路……

「亮亮！」週六晚上，宛妡學姊一個人走進店裡，對我打招呼。

那天的客人不多，因此忙到告一段落，我把咖啡端給學姊，就和她面對面坐在一起。她把一個包裝精美的金色盒子給我：「這個送妳。」

我低頭瞧了瞧，吶吶問：「這是什麼？」

「巧克力呀，我上禮拜回高雄一趟，我朋友請我吃這家的巧克力，我覺得非常好吃，就想多買幾盒回來送給你們，但不小心買太多了，最後只好用寄的。」她吐吐舌，「硯洋的我早上已經先給他了，我原本想請他幫我拿給妳，但想到這陣子都沒時間過來，所以最後決定親自拿來送給妳，順便來喝杯咖啡。」

學姊的燦爛笑顏，讓我覺得她並不像是因爲察覺到什麼，才會特地過來，於是當下也沒那麼緊繃了。

「謝謝。」我收過巧克力，之後問：「學姊最近在忙什麼？」

「喔，我在準備留學考，白天在學校忙，晚上在用功念書。」

「妳要去留學？」我訝然。

「對呀，我很早以前就有這個打算了，我會在學校留一年，就是爲了一邊存錢，一邊準備考試，學校的老師人很好，他們當初知道我有這個打算，馬上就推薦我做系祕書，讓我一畢業就有工作，除此之外，在那裡我還可以隨時請教他們，非常幸運。」

突然得知這個消息，讓我不禁呆了一陣：「那……學姊是想去哪裡？小諾學長知道嗎？」

「嗯，他一直都知道呀，結果這傢伙居然只擔心我出國後會不會一個月內就把伙食費全花光了，眞可惡，我有那麼會吃嗎？」她朝在櫃檯內烤鬆餅的學長怒瞪，再對我一笑，「我想去加拿大，那是我最喜歡的國家，未來可以去那裡生活、讀書，是我從國中時就有的夢想喔。」

我啞口，整個人還在愕然中，學姊接著就對我開口：「對了，那麼亮亮妳呢？之後跟硯洋分開，妳沒關係嗎？」

「咦？」我一時不懂她的話，「跟硯洋分開……什麼意思？」

「硯洋明年畢業，不是也打算出國遊學嗎？」學姊見我一臉震驚，也不禁錯愕：「亮亮，妳不知道？之前我跟硯洋聊的時候，他就有告訴我，畢業後有意願去海外遊學一兩年的。」她滿臉納悶，越想越不解，「不對呀，這麼重要的事，照理說硯洋應該會告訴妳才對，還是他改變心意了？眞奇怪……」

我動彈不得，再也說不出話，甚至連學姊之後說什麼都聽不清楚。

當天下了班，我馬上奔去溫硯洋的家，當面向他質問。

他起初愕然，彷彿沒料到我會從學姊那兒聽到這件事。

他沒有否認，點頭：「我確實有這個想法。」

宛如晴天霹靂，我眼前幾乎一片黑，我的聲音發顫：「那你爲什麼不告訴我？」

「因爲我還在考慮，想等時機成熟再跟妳說，我怕影響妳的心情……」他伸手想要拉我，我立刻退後一步，拒絕他碰我。

「等時機成熟再跟我說？你知不知道現在已經幾月了？你打算等畢業那一天再告訴我嗎？」我的情緒潰堤，當場控制不住的吼了出來：「我到底是你的什麼人？就算我聽到會生氣會難過，你也不該隱瞞我到現在，爲什麼要讓我經由宛妡學姊才知道這件事？你爲什麼要讓我當最後一個知道的人？」

我眼淚掉下，憤怒地朝他大喊：「在你眼中，我就這麼不值得信賴？這麼不理性？讓你寧可跟學姊說，也不肯跟我說？假如你眞的有這個目標或理想，可以跟我商量，我並不是一定不會讓你去啊，因爲我有信心可以等你回來，可是現在你卻讓我覺得自己一點都不被你信任，像個笨蛋一樣只能從別人那裡知道你的事。你明明早就決定了，卻讓我現在才知道！」

我又後退一步，點點頭：「既然這是你的決定，那我尊重你，你現在想怎麼做，就怎麼做。隨便你，我不管了！」

我奪門而出，一直到回家，臉上的淚都不曾乾涸過。

我哭了一整夜，哭到連聲音都啞了，淚還是無法止息。

心痛不已的我，萬念俱灰，覺得自己根本就是個徹頭徹尾的大傻瓜……

「青蛙女，衛生紙給我。」

放下碗，我拿起身邊的一盒面紙朝對面扔去，沒好氣的道：「誰是青蛙女啊？」

「在這房間裡誰的眼睛腫得跟核桃一樣，就是青蛙女。」范莫昇抽出一張擦擦被湯汁潑到的手，幽幽的說：「可別吃到一半突然間哭出來，破壞了我吃火鍋的好興致。」

「冷血的傢伙。」我忿忿咕噥。

已經很久沒有和范莫昇一起在房間裡吃火鍋了。

事實上，他是在我和溫硯洋鬧翻之後的隔天，突然打給我說要吃火鍋，因此我原先猜溫硯洋有可能跟他聯絡，請他上來關心我的情況，因爲到目前爲止我完全不接溫硯洋的電話，也不跟他見面，只把自己關在房間裡。

幸好今天沒有上班，否則以我這副糟糕模樣，就這麼出去恐怕會嚇到人。

「早就警告過妳劉宛妡那個女人很危險。怎麼樣？有沒有上了寶貴一課的感覺？」范莫昇問得雲淡風輕，沒有一絲同情的態度。

「是是是，我佩服你，行不行？」我瞪他，嘟嚷：「所以你當初才會要我好自爲之？」

「對啊，我已經好心勸告過妳，結果妳還是堅持要跟阿洋在一起，那麼後果當然得自己承擔。」他嘆一口氣：「唉~悽慘哪！」

「范莫昇，你還敢說我，你自己還不是一樣！」我忍不住反擊。

「我怎樣？」

「你……」我登時住口，硬生生將之前看見他坐上游可崴的車的事給嚥了下去。

我不想再跟他爭這些，更沒必要弄得兩人心情都不好，一點意義也沒有。

見我吞吞吐吐，他臉上沒什麼表情，低頭默默吃東西，良久才出聲：「臭三八。」

「幹麼？」

「告知妳一件事。」他吞了口青菜，「這個學期結束，我要休學。」

「休學？」我嚇一大跳，「爲什麼？」

「我要去當兵。」他的聲音聽不出一絲情緒，「我決定休學一年，先去當兵，等回來後再把書念完。」

「可……」我滿頭不解，「爲什麼突然決定這時候去當兵？」

「反正早晚都要當，我只是選擇先這麼做而已，到時這裡的房子我也會先退租。」

我呆愣，心裡先是猶豫一陣，終究還是鼓起勇氣開口：「是因爲游可崴嗎？」

范莫昇沉默，沒有馬上回答，但最後還是給我一個篤定的答案：「是我自己的決定，跟任何人都沒關係。」

我沒有再說話，聽到范莫昇突如其來的決定，我不禁怔怔然望著他的臉，什麼也無法再繼續問他……

第八章　展飛

和你一起，從此海闊天空。

聽到下課鐘響，我才恢復了神思。

同學們揹起包包魚貫走出教室，喧嘩聲不絕於耳。

平常週一，我會去找溫硯洋，但今天我打算直接回家，才一起身，就有人叫住我。

陳州樵走到我眼前親切的問：「妳等等有事嗎？」

「……沒有。」我頓頓，好奇，「怎麼了嗎？」

「喔，是這個。」他拿出兩張的小小長方形紙券，「妳知道後校門新開的那家義大利餐廳嗎？這是那家店的免費招待券，我的直屬學姊下午的時候送給我的，妳應該還沒吃過吧？聽說它的義大利麵跟焗烤飯很好吃。這張的免費招待期限是今天，我想到妳星期一好像剛好沒打工，所以就想來問問妳，要不要一起去吃吃看？」

「……」我動也不動地看著他手上的餐券。

見我不語，他以為我在為難，馬上接著說：「妳不想去也沒關係，假如妳沒興趣，或是怕男朋友不小心生氣或誤會……那也不要緊，不用勉強，我可以明白的。」

在那雙眼睛裡，我可以清楚看見屬於陳州樵的體諒與誠意。

無論是過去，還是現在，這個人永遠都是這麼善解人意，時時懂得爲別人著想，從未改變。

「不會，沒關係。」搖搖頭，我回他一個笑容，「那就一起去吧，我也想吃吃看他們的焗烤飯。」

當時的我，發現自己也許需要的並不是沉澱，而是轉換一個心情。

那些將我壓得動彈不得的事，如今我需要一個可以躲開它們的空間；逃避也好，忽略也好，只要是可以讓我暫時忘記那些事的地方，我都會去。

因爲要是不這麼做，我不曉得接下來該怎麼繼續面對自己？怎麼繼續面對溫硯洋？繼續面對至今仍不敢面對的那些事……

「好吃！」我一手捂脣，盯著眼前的晚餐，驚喜不已，「這裡的奶油焗烤好好吃，比我以前吃過的都還要好吃！」

「眞的嗎？」

「嗯，味道非常香，飯也超級好吃！」我連連點頭，笑得滿足：「以後我一定會常來這裡光顧，眞的太好吃了。陳州樵，你要不要嚐嚐看？」

「呵呵，我不用了，妳吃就好。」看到我的反應，他也忍俊不禁，「我記得妳以前就很喜歡吃奶油焗飯，沒想到這裡焗飯可以得到妳這麼大的評價。」

「你眞厲害，居然還記得我以前喜歡吃什麼。不過這眞的很好吃，多虧有你我才有機會嚐嚐，謝謝你！」

「不用客氣啦，看到妳心情變好，這一餐就值得了。」

我微愣，不好意思地，「我的臭臉眞的那麼明顯？」

「也不是臭臉，但就是感覺得出來妳心情不太好，而且沒什麼精神，不過幸好，妳現在看起來有好一點了。」

直到這時，我才知道他很有可能是看我近日悶悶不樂，才會決定提議找我一起來吃東西。

我當下爲他的這份心意有些感動，深深覺得他眞的是一個很好的人。

「這次寒假妳也會去高雄嗎？」

「嗯，大概兩個星期左右，我要陪我外婆過年，怎麼了？」

「也沒什麼……只是突然發現，我幾乎沒去過高雄，硬要說的話，也只有國小的時候去旗津喝我親戚的喜酒，而且喝完就馬上回來了，根本沒在那裡好好玩過。」

「是喔？」我啣著叉子，沒多久靈光一閃，「對了，等我這次回高雄，我寄一張明信片給你好嗎？」

「什麼？」

「你不是很喜歡收集明信片？以前還曾想要收集從全臺各地寄來的明信片，可是你並不是每個縣市都有認識的人，所以有一年暑假你跟家人去花蓮玩，就在那裡寫一張明信片寄給自己，不是嗎？」

陳州樵當場先是呆滯不動，最後臉慢慢紅了起來。

他低咳一聲，尷尬的壓下視線，看起來相當難為情，也不敢置信：「妳怎麼會記得這件事？」

「就是記得啊，你不是也記得我喜歡吃奶油焗烤？」

「……我真的沒想到妳還有印象，搞不好連其他人都不記得了。那個時候我還被阿典笑，說哪有人會特地寫那麼多張明信片寄給自己？天啊，現在想起來突然覺得好糗，真丟臉！」

「我不覺得丟臉呀，當初我就是覺得你這個想法很新鮮很有趣，印象才會特別深刻的。那你現在已經收集到幾個地方的明信片了？」

「唉，這難度對當時的我來說實在太高，國二之後就放棄了，要不是妳提起，我自己都忘了曾經有過這種想法。」他撓撓臉，臉仍微紅，還忍不住吐口氣，「呼，好驚悚，沒想到想起以前曾做過的事，居然這麼容易讓人冒冷汗！」

「我覺得這是很值得做的事啊，感覺很有意義。等我去高雄，我就馬上寄一張明信片給你。還有，以後有機會的話，就來高雄走走吧，我可以當你的導遊，介紹你去一些好玩的地方。」

「眞的？」

「嗯！」

陳州樵先是靜靜凝視我好一會兒，然後點頭，燦笑：「沒問題，那到時就麻煩妳了。」

那頓晚餐，我們吃得暢快，也聊得很愉快，愉快到讓我到最後不禁好奇，自己已經有多久沒有像這樣發自內心，毫無煩憂地開懷笑了？

多虧陳州樵，我才覺得這天的自己終於得到一絲喘息，胸口的壓迫感也不再像之前那麼重，連腦袋瓜也輕了一些，舒坦不少。

這一刻，我打從心底深深感謝他。

「妳現在還是這樣白天上課，晚上打工，不是就很少有什麼休閒活動了嗎？」吃飽飯，我跟陳州樵一邊繼續閒聊，一邊往回家的方向走。

面對他的疑問，我聳聳肩，回道：「其實還好耶，我平常的休閒活動本來就不多，而且我已經習慣這種生活了，假如有幾天沒有勞動身體，還會覺得不舒服呢！」

「怎麼聽起來有點勞碌命的感覺？」

「哈哈哈，可能有一點了。」

這天我們聊得太盡興，不知不覺就忘了時間，光是在餐廳就待了快三小時。

雖然就住在學校附近，但由於時間也不早了，因此陳州樵堅持送我一段路，確保我的安全，只是兩人繼續聊著聊著，等我意識到，他已經差不多送到我家大樓門口了。

就在我準備感謝他並且向他道別，站在一樓鐵門前的某個身影，讓我倏地停下腳步！溫硯洋背著包包站在那兒，從手機裡抬頭看見我時，同時也看見我身旁的陳州樵。

發現我面色有異，陳州樵先是安靜望向溫硯洋，很快就察覺到了什麼，於是對我說：「汪玟亮，那我走了，再見。」

在溫硯洋面前，他不像平常一樣叫我「亮亮」，而是直接叫我的本名，口氣也平穩淡然，沒什麼多餘的情緒。

我點點頭，看著他的眼睛，由衷的回：「今天謝謝你，再見。」

陳州樵嘴角微揚，沒有跟我揮手，也沒再開口，下一秒就頭也不回的離開。等到我再度和溫硯洋對上視線，就看見對方眼眸裡的一抹笑意。

發現有男生送我回來，溫硯洋的臉上沒有出現一絲不悅，或是像是吃醋生氣的神色，依舊一如往昔的溫和、平靜。

面對這個曾經讓我心動不已的笑容，驀然間，我只感到深深的茫然，彷彿無論發生什麼事，這個人都會一直用這樣的溫柔對待我，包容著我，永遠不變。

當我走上前，溫硯洋立即喚我一聲：「亮亮。」接著再問：「剛剛那個人是誰？」

「你在乎嗎？」我冷然的回，用鑰匙打開鐵門要進去的那一剎那，他拉住我的手：「亮亮，我們談一談。」

「我不知道要跟你談什麼。」

「妳一直不接我的電話，也不回我的訊息，我眞的很擔心，拜託跟我談一下，好嗎？」

「我眞的不知道還能跟你談什麼了！」我掙開他，直直瞪著他的眼，啞聲道：「我問你，你有把我放在你的未來裡嗎？」

溫硯洋靜默，沉沉開口：「我想跟妳在一起，這點一直都沒有變，我是說眞的。」

「是嗎？」我鼻頭一酸，「可是你所做的一切，並沒有讓我有這種感覺，我只覺得自己除了有『女朋友』這個身份，其他什麼也沒有。你心裡有什麼決定？什麼煩惱？什麼規畫？全都不會跟我說，我不想只是當個陪在你身邊，卻什麼都不知道的娃娃。我也想參與你的世界，你的人生，想知道你內心眞正的感覺，就算是不好的，我都想知道。我沒有那麼脆弱，任何狀況都需要你爲我考慮。」

「我知道，我也很想告訴妳。」他聲音更低，「我眞的想早點跟妳說。」

「那究竟是爲什麼？你到底怕影響到我什麼？」

他再次沉默，緊抿住脣，彷彿在斟酌如何開口。

而他的神情，沒多久就讓我腦中閃過一個念頭，幾乎是瞬間出現的直覺。

「難道……」我緩緩啓口，「跟宛忻學姊有關？」

溫硯洋睇著我，沒有回答。

「學姊曾經跟我說，她想留學的地方，是在加拿大。」我動也不動，「那你呢？」

「……」

「你……」我聽見自己的聲音在顫抖，「打算跟學姊去同一個地方，對不對？」

「對不起，亮亮。」他終於回應，口氣沉重，「我不是故意要隱瞞妳，但這其實是湊巧，因爲我和學姊都剛好喜歡那個地方，我也是在大一的時候就已經有這種想法，所以……」

「好了，你不用說了。」我恍然搖頭，用近乎呢喃的口吻說：「我明白了，就先這樣，我有點累，想上去休息了。」

溫硯洋牢牢握住我的手：「我明天再打給妳。」

我不知道該做什麼反應，只想快點離開這裡，於是匆匆點頭，迅速進屋關上鐵門，直奔房間。

一個星期後，學校進入期末考週。

考試結束，寒假來臨的前一天，范莫昇也向學校提出休學申請，並且辦理退租的事宜。

我坐在他的房間，看著他所有的東西都已搬得差不多，只剩下原有的幾個傢俱，頓時間什麼話也說不出口，只能靜靜見他把最後一包垃圾清走。

「今天晚上我就會先回高雄，明天去看看婆婆，然後後天到宜蘭去找我老爸。妳是三天後才回去，那大概就沒辦法在那裡碰到面了。」他說。

我靜默片刻，「你什麼時候去當兵？」

「二月中到成功嶺受訓，之後再看看會被分發到哪邊服役了，如果可以，我倒是挺希望抽到金馬獎的。」他撇撇嘴角，隨即問：「妳現在怎樣？真的要讓阿洋跟那女人一起去加拿大？」

「……」

「妳看著辦吧。」他不多作意見，「有一年不會妳在那裡吃火鍋了，自己保重啦！」

我深深看他。

「幹麼？」

「我只是發現……」我喃喃，若有所思：「這好像是我第一次即將跟你分開這麼久。」

范莫昇靜靜回望我，「討厭鬼消失了，覺得輕鬆很多了吧？」

「對呀，普天同慶呢。」我故意這麼回，然而臉上卻完全沒有露出半點輕鬆的表情，反而依舊恍恍然的呆滯不動。

當視線突然被擋住一半，頭頂也傳來一股重量，范莫昇將右手放在我頭上，下一秒立刻將我的頭髮狂揉一番，非常用力，幾乎到讓我覺得痛的地步。

「范莫昇，你在做什麼啦？」我連忙要掙開，卻在抓住他的手那一刻，看見漾在他脣角的一抹笑。

「言行要一致，臭三八。」他淡淡說，「等我回來，再一起回高雄找婆婆，在那之前，可別讓我知道妳還一直是這副德性啊！」

我不禁傻傻盯著他的臉，范莫昇此刻的話和笑容，使我的心沒來由的一陣發酸，胸口隱隱發疼。

我眼眶微熱，莫名覺得想哭。

這次回高雄過年，我和溫硯洋之間的氣氛變得和去年不太一樣。

倒不是會冷戰，也不是會吵架，只是當外婆關心我們的事，我們都會不約而同語帶保留，不會說太多彼此的事，就怕外婆擔心。

在高雄的那兩個星期，當我跟溫硯洋獨處，我都沒有開口問關於他畢業後出國的事，而他也理解我需要一點時間思考這些事，因此同樣不曾提及。

有時候我跟他會突然間變得沉默，我會在看見他的臉時忽而語塞，什麼話也說不出來。

面對我一直深愛的這個男人，我的心裡只剩迷惘，明明想說話，吐出來的卻是沉默。

我知道，接下來是我自己的問題，我必須要一直追問自己，直到逼問出答案出來。到底我是在意溫硯洋決定離開我一段時間？還是在意他要和宛妡學姊去同一個地方？也許兩個答案都有，不過眞正讓我停滯不前，還遲遲無法勇敢面對的理由，又是哪一個？

之後的日子，我和溫硯洋的生活看似沒變，相處一樣平穩順利，只是隨著他畢業的日子越來越近，我的心情還是出現起伏。

我開始浮躁焦慮，尤其看到溫硯洋和學姊一起來咖啡館，對彼此微笑說話的樣子，我就覺得快不能呼吸，胸口快要碎裂。

我無法再看著學姊的眼睛說話，她臉上每綻放出一次笑容，每發出一聲笑，對我來說都已經是刺激，聽到她叫出「硯洋」兩個字，我甚至好幾次都想對她尖叫，拜託她離開我們之間，請她離開我們的世界。

可是我做不到，我知道自己永遠做不到，所以只能不小心把氣發在溫硯洋身上，連一點點的小事都能輕易引起我極大的反應，他離開的日子越逼近，我和他爭執的次數就越多。

我知道溫硯洋心裡同樣痛苦，同樣疲憊，而我早已身心俱疲，覺得自己已經變了一個人，變得一點都不像是我自己，我找不到原來的她，徹徹底底把過去的汪玟亮給弄丟了。

我想念從前和他在一起的美好與幸福，卻怎麼找也找不回它的足跡……

春天一到，學校周圍成群的樹木便開出株株新芽，和煦陽光也帶走冬天的冷冽，捎來片片綠意。

星期日的午後，我和玲萱他們約好在鄰近學校的連鎖蛋糕店喝下午茶，五人坐在露天席上聊著彼此最近的事情，這天陳州樵臨時有事，會晚一點到。

「亮亮，妳怎麼了？」香香關心，「妳的臉色有點蒼白，是不是不舒服？」

「嗯？沒有，我沒有不舒服，可能是最近沒睡好，才會看起來精神不太好吧！」我笑笑，視線飄向對面的嬿婷時，她沒有看我，低頭吃著自己的蛋糕。

自從上次在KTV的聚會不歡而散，她好一陣子才肯在群組裡跟大家聊天，而對於我，她不再像從前那樣熱絡，冷漠了許多。

有時我主動關心招呼她一些事情，她也僅回應個一兩句，甚至是一兩個字，不太想理我，似乎還是對上次的事耿耿於懷。

嬿婷態度的轉變，大家都看在眼裡，爲了讓我們兩人關係破冰，玲萱才會提出這天的聚會，我感覺得出她的用心良苦，所以還是答應她這次的邀約。

然而偏偏，前天晚上，我和溫硯洋再度鬧不愉快，甚至陷入至今爲止最嚴重的冷戰，直到現在都還沒聯絡。

這兩天我睡不好，明明很累，卻無法闔上眼睛，導致現在仍感到頭重腳輕，但畢竟已事先答應這次聚會，我不想讓大家失望或不開心，因此即便覺得累，我還是來了，只是到目前為止，嬿婷還是不肯跟我說半句話。

「嬿婷，妳幹麼都不說話啊？」玲萱忍不住開口。

「你們自己聊就好了啊，幹麼管我？我吃我的蛋糕，把我當隱形人就好。」她頭也不抬的繼續吃。我們四人面面相覷，香香他們臉上表情更是充滿無奈。

為了不讓現在氣氛更尷尬，我決定暫時離席，去一趟洗手間，除了喘口氣，也想趕走腦海中的渾沌，讓自己提起一點精神。

在洗手臺前，確定自己看起來沒那麼糟糕後，我才鬆一口氣，並順手拿出手機看了看，螢幕滑到一半，我的手指驟然一僵，停住了！

宛妡學姊在十五分鐘前在臉書上發布一則照片訊息，標註地點是「國際留遊學展」，除此之外，她還另外標記三個陪同的友人，其中一人，正是溫硯洋。

雖然溫硯洋沒有入鏡，但在不久之前，他也在這則訊息底下留言，和其他留言的人對話，語句讀起來輕鬆愜意，完全不會讓人感覺出任何異狀……

從一開始到現在，不管我跟溫硯洋之間因為宛妡學姊的關係而變得多麼嚴重糟糕，溫硯洋也從沒有讓學姊知道半分，也不曾為了我所介意的事，而向學姊透露，或是商量什麼。他可以和學姊分享討論任何事，唯獨和我之間的事，他什麼也不會說。

在宛妡學姊面前，他始終是可以隨時隨地在她身邊幫助她的人，然而他卻從不是會開口向學姊尋求協助的人。他一直以來都是以這樣的方式守在學姊身邊，不會讓她看到自己任何不開心的一面，更從不會讓對方為他表現出一絲絲擔心的樣子。

看見這訊息的這瞬間，我的腦海完全淨空，什麼都清楚了。

這段日子以來，我想破了頭，拚了命不斷在思考的問題，結果就在學姊的這則訊息裡，得到了答案。

五分鐘後，我回到香香他們身邊。

這次嬿婷對我的態度，不再是視而不見，也不再是冷漠以對，反而對我露出笑瞇瞇的表情。

「欸，亮亮。」她雙手靠在桌上，並且向我一傾，口氣親切地問：「說眞的，上次陳州樵在KTV裡幫妳說話，妳心裡其實很開心吧？」

嬿婷這一問，讓大家先是一頭霧水，接著她再說：「假如妳以前是喜歡陳州樵的話，那麼上次他為妳出頭，妳應該也非常得意吧？以前就算妳故意整他跟香香，陳州樵從頭到尾也都沒生氣，更沒有怪妳，或是說過一句妳的壞話，而且到現在都還站在妳這一邊，妳是不是覺得很開心？很感動？」

「嬿婷！」香香叫道。

「喂，林嬿婷，妳也夠了吧？這種事爲什麼要一直拿出來講啊？汪玟亮不是早就已經道過歉了？」阿典擰眉，似乎有點受不了了。

「因爲她到現在都還沒給香香一個交待呀，至少也該解釋當時這麼做的理由是什麼？這樣才是眞正有誠意的道歉。不然，你們敢說自己從來就沒有好奇過她的動機是什麼嗎？」

嬿婷把他們問得一時啞口，玲萱簡直慌了，趕緊滅火：「好了啦，嬿婷，拜託妳不要這樣，我們好不容易才可以六個人重新聚在一起，妳爲什麼一定要——」

「我就是覺得生氣，難道她看到香香跟陳州樵還是這樣，都不會覺得不好意思？把我們大家搞得亂七八糟，再拍拍屁股一走了之，自己在高雄過得好好的，也沒看到她爲香香和陳州樵彌補過什麼，以爲表面上道個歉就什麼事也沒有了。費盡心思拆散香香跟陳州樵，結果自己馬上就交了一個高雄男朋友，還故意在香香擺出一副甜蜜的樣子，我光是想到這點就覺得她可惡至極，僞善到讓我想吐！」

「亮亮哪有故意在香香面前擺出甜蜜的樣子啦？妳別一直這樣針對亮亮好不好？有什麼話好好說嘛！」玲萱幾乎跳腳。

面對嬿婷毫不留情的激烈謾罵，我從頭到尾都不發一語，低頭盯著桌面。

聽著他們的爭執聲一會兒，我最後開口：「嬿婷。」

他們霎時間安靜下來。

「我知道自己現在說再多抱歉，都於事無補。我也不曉得該怎樣讓妳消氣。妳能不能告訴我，到底要怎麼做，妳才肯原諒我？」我面無表情的緩緩問：「是不是我現在在香香面前下跪，向她道歉，妳就願意原諒我了？」

嬿婷他們還沒說話，我就從座位上起身，然後往一旁站，面向滿臉錯愕的香香。我俯身，接著就要彎下一邊膝蓋，右手臂卻驟然被人從後方用力抓住。我頓時無法再動彈，一回頭，就對上一雙嚴肅微慍的眼睛。

「妳不需要做這種事。」陳州樵冷聲低令：「快點起來！」

我愣然，還沒反應過來，他一把拉起我，直接將我帶離現場，完全不顧香香他們還在那裡。

等到離蛋糕店已經有一些距離，我趕緊喚他：「陳州樵，等一下，你要去哪裡？」他終於放開我的手，同時鐵青著臉回頭看我，質問：「妳為什麼要那樣？」

陳州樵生氣的樣子，讓我先是木然一陣，直到這時才真正回神：「對不起，我也不曉得我剛剛是怎麼了……只是我看到嬿婷這麼生氣，腦中就突然一片空白，結果……」

「妳不用再管她，今後她們約妳，妳也不必再去，沒必要一直這樣委曲求全看她的臉色。林嬿婷不想原諒那是她的事，隨便她想怎樣就怎樣，妳不需要再把她的話當一回事！」

「陳州樵，你怎麼這樣說？嬿婷她也只是——」

「因為我不想看到妳這個樣子！」他幾乎是吼出來，「我不想看到妳繼續用愧疚的心情面對我們，我們不需要妳的彌補，也不需要妳的虧欠。我只希望亮亮妳可以好，可以像我們上次一起去吃飯那樣，笑得開開心心的，我只要這樣就夠了，除此之外妳什麼也不必再做。我只要妳快樂，因爲妳傷心難過的樣子，我看了也會很難過，很不好受！」

我呆若木雞，當下因他的話而震驚不已。

好一會兒，我才能反應，卻動不了，「陳州樵……」

他深吸口氣，平復前一刻的激動情緒，慢慢回到原來的語氣，低啞道：「……我知道我現在說這些，對香香很過份，妳聽了也會覺得很刺耳。可是老實說，現在的我，並不會因爲當年的那件事而覺得遺憾，反而還有點慶幸。」

「……」我愕然。

「今天的事，就到此爲止，妳不要再過去了，直接回家吧，我會幫妳和阿典他們說一聲。」

陳州樵說完，就調頭往回走，我的雙腳一時還定在原地，無法移動。

我依舊發不出聲，喉嚨乾澀，心跳紊亂，腦海也再度深陷一片空白之中……

晚上，溫硯洋打給我。

如果是之前，看到他在我們冷戰的情況下，還跟學姊一副沒事樣的開開心心去看留學展，我一定早就發怒，馬上跟他吵起來。

然而這一次，我什麼都沒提，也沒怪他沒告訴我。我沒有生氣，更沒有激動，反而從接起手機的那一刻起，就相當的冷靜。

「溫硯洋。」我開口：「從今以後，我不會再爲你去留學的事不高興，我尊重你的選擇，也支持你，因爲那是你的理想，所以我什麼都不會再說，你想要去加拿大，就去吧，我可以等你。」

「亮亮？」他有些意外。

「但是。」我隨即接道，「有一個條件，我希望你可以先答應我。」

「好。」他溫柔說：「妳希望我怎麼做？」

「我要你離開宛姸學姊。」我告訴他，一字一句說得清晰，「從今以後，不管她做了什麼，發生什麼事，你都不會再管。就算她找你，你也別回應，連電話都不要接。我要你完完全全離開學姊身邊，同時向我保證，就算你們一起去加拿大，也不會再和她有任何瓜葛。你想跟她說什麼理由都可以，也可以直接跟她說是我的關係，說我不希望你們再見面，說我介意她，這些都沒關係，只要你肯對學姊開口，並且從她的世界徹底離開，我就什麼都不會再說。」

我淡淡問：「你做得到嗎？」

溫硯洋聽完，當下陷入一片長長的沉默，彷彿從另一邊消失了般。

沒多久，我的耳朵聽見另一個聲音。

一道輕輕雨聲從窗口邊傳了進來，淅淅瀝瀝，迴盪在我和他之間……

咖啡館打烊後，我一個人站在櫃檯裡，緩慢清洗著杯盤。

感覺到小諾學長出現時，我頭也沒抬，始終靜靜凝視洗碗槽裡的水。

「學長……我已經明白……你當時對我說的那些話，是什麼意思了。」深呼吸，我沙啞道：「我眞的完全懂了。」

小諾學長不語，只是安靜地來到我身旁，然後伸出手，溫柔地將我摟進他懷裡。

我眼眶溼潤，沒多久眼淚就撲簌簌地滾落下來，浸溼了我的臉，模糊我的視線。

那一天，我問溫硯洋，是否能答應我這唯一的要求。

在經過一段漫長無比的沉默，最後，我聽到他用著近乎肯定，斬釘截鐵的語氣，低聲說出三個字——

「不可能。」

溫硯洋並不是說「我不要」，也不是說「做不到」，而是給一個絕不退讓，沒有餘地的那三字。

之前小諾學長告訴我，在這世上有些事無論再怎麼努力，也無法控制，在我聽到溫硯洋的這個答案後，我便懂了，也終於知道學長當時說那些話的時候，為何臉上的微笑會是如此悽然。

無論再怎麼努力，我都無法改變宛妡學姊在溫硯洋心中的地位，無法占據她的位置；無論我再怎麼努力，只要溫硯洋不願意，學姊還是會一直存在我和他之間，就算是由我向學姊開口，溫硯洋也絕對不可能接受。

那是我從一開始就進不去的世界。

我以為，只要和溫硯洋在一起，只要他愛我，不管發生什麼事，他都會是最在乎我的那一個，也會把我看得最重的那一個，可是現在，我才終於發現自己錯了，這一切都只是我自己一廂情願。是我執迷不悟，一直欺騙自己，我太過天眞，以為自己眞的可以改變什麼。

以為他終究會願意為我捨棄些什麼……

在小諾學長溫暖的臂膀中，我泣不成聲，淚流滿面，當場渾身顫抖的痛哭起來。

學長慢慢加重擁緊我的力道，深深嘆息：「對不起，亮亮。」他沉著嗓，微啞的聲音低到宛若呢喃：「結果還是讓妳受傷了……對不起。」

我說不出話，依舊只能一直哭，所有的心碎和悲傷全在這一刻化成淚海，讓我深陷其中，無法自拔。

那天晚上聽到的雨聲，至今彷彿仍在耳邊迴響，連同溫硯洋的聲音，清晰不已。綿綿不絕，無法止息。

我和溫硯洋一起來到學校附近的河堤。

四周沒什麼人，只有幾個騎單車經過的學生。那天陽光普照，風也十分涼爽，矮坡上的青草香隨之飄散，還可以不時聽見鳥鳴聲，是個讓人感到舒適的天氣。

看到灑落在溫硯洋身上的陽光，我不禁回想起初次遇見他的那一天。

我獨自搭高鐵到高雄，他代替外婆來接我，幫我揹包包，然後再帶我去坐捷運。

當時在車廂裡，站在門邊的他，臉上的笑容因從窗外傾洩而進的光影，而十分耀眼。他就像是太陽，從此照亮我的世界，爲我的生活帶來溫暖，成爲了我的光。

那段回憶，彷彿還停留在昨日，歷歷在目。

「溫硯洋，我問你。」我看著他的臉，「你當初爲什麼決定考現在這所學校呢？」

他深深回望我，卻不語，似乎不解我爲何這麼問，於是我再接著：「是因爲有宛妡學姊在？還是她要你去考的？」

「一半一半。」他緩緩應：「因爲過去國中、高中，我們都同校，也經常相處在一起，很早就習慣有彼此的生活。因此學姊確實是問過我，畢業後要不要乾脆去考他們的學校？繼續當他們的學弟？那時的我，其實就曾想過換個新環境，到別的地方念書看看。當學姊和小諾學長後來都到臺北，學姊再跟我建議，我就覺得若這樣應該也不錯，畢竟有熟悉的人，加上我自己也很喜歡這所學校，所以就決定考來這裡。」

「我明白了。」我點頭，「那你還記得學姊跟小諾學長是什麼時候分手的嗎？」

「嗯，在他們要升大二的時候，怎麼了？」

我依舊專注凝睇他的眼，「是在聽到你考上他們學校的那一天，他們就分手了。」

語畢，他很快聽出我話中有話，呆愣片刻，面色凝結，「亮亮……妳想問什麼？」

「小諾學長明明那麼愛學姊，爲什麼卻那麼堅決要跟她分手？你想不透，對不對？」我深呼吸，「那是因爲，小諾學長已經沒有辦法再談一段無論何時都有『三個人』的感情，他沒有辦法再這樣一邊看著你跟學姊，同時一邊繼續和學姊走下去，才會忍痛跟她分手。」

溫硯洋神情驚愕，當場整個人動也不動。

「雖然小諾學長從來就沒有告訴過任何人，可是我還是知道，因爲我的心情就和他是一樣的。不管是從前還是現在，你爲學姊做的，遠比學長做的還要多，所以學長很早以前就已經看透這一切，才會捨得放手，決定讓學姊自由。」

「……」他仍啞口。

「其實有一件事，你完全做錯了，而且從一開始就錯了。」我輕語：「也許你是爲了不讓小諾學長替學姊擔心，所以有些事情你選擇不告訴他，因爲你覺得這樣才是爲學長著想，才是爲他好，可是事實並不是這樣。假如我是學長，不管學姊發生什麼事，心裡有什麼煩惱，有什麼不開心的事，我都希望她可以第一個跟我說，就算當時的我再累、再辛苦，還是希望她可以跟我分享，而不是爲了怕我擔心，所以什麼都不說，直到事後才告訴我之前曾經有過什麼事。

「假如我是學長，發現學姊出了狀況，卻沒辦法立刻趕到她的身邊，反而每一次都看到你在她身旁替她分憂解勞，陪她度過困難，我並不會覺得安心或是高興，反而會覺得自己很沒用，會開始生自己的氣，氣自己什麼也沒辦法爲學姊做，而且也會覺得很寂寞，原來早在不知不覺間，你們就已經發生過這麼多我不知道的事，也有許多我不曉得，只有你們兩個才知道的祕密。久而久之，我就會開始懷疑自己，也會問自己，是不是比起我，溫硯洋你才是眞正適合劉宛妡的人？是不是其實你比我還要更適合待在宛妡身邊？

「我相信小諾學長也很早就看出來，學姊其實已經相當依賴你，甚至已經離不開你。過去在高雄的那幾年，你一直都在他們的身邊，無時無刻不滲透他們的生活，雖然你並沒有做什麼，可是你的存在，到最後對小諾學長來說已經是最大的威脅，就像我始終覺得學姊威脅到我和你一樣，學長也同樣是這種心情。

「其實他大可以像我一樣，向宛妡學姊清楚表明對你的介意，要她別再接近你，可是他沒有這麼做，反而選擇用這種方式默默退出。我認爲，那是因爲學長他覺得對你和學姊有虧欠，所以就算他嫉妒你，甚至再恨你，也沒辦法怪你，他知道你跟學姊是爲他著想，不是故意這麼做的，而他也自認無法爲學姊做更多。他不說出眞相，就是因爲不想傷害到你和學姊，才絕口不提，寧可自己當壞人。」

再次深呼吸，我告訴他：「事實就是，假如你當初沒有決定來臺北，沒有考進他們的學校，或許直到現在小諾學長都還不會跟學姊分手，學長是不想再受這種心情所苦，不想看到他和學姊之間始終還有一個你，才會在知道你即將來臺北之後，立刻跟學姊分手，結束這麼多年來的感情。在其他人眼裡，也許會認爲小諾學長很狠心，很無情，可是我完全可以明白他的心情，因爲如果是我，大概也會做出跟學長一樣的決定。」

溫硯洋聽完，先是將臉埋入手心，然後再抬頭，深深吐一口氣。

他面色難看，似乎因我的話而受到不小打擊，卻什麼也說不出口，僅閉上了眼睛。

我淡淡望他：「你覺得很委屈嗎？」

聞言，溫硯洋看我，對我漠然冰冷的語氣略感訝異。

「是不是覺得，你和學姊明明是清白的，卻得背負害他們分手的罪名？是不是覺得我在騙你，或是報復你？」

「亮亮！」他眼神裡閃過一抹痛苦。

「如果你眞的和學姊沒什麼，那爲什麼從不敢讓學姊知道我們的事？是怕學姊會離開你嗎？還是怕她從此眞的不再跟你說話？我相信當年要是小諾學長叫學姊這麼做，學姊應該眞的會離開你，只是學長人太好，太善良了，才能容忍你一直介入他們之間。」

「……」

「你捨不得讓學姊受到傷害，卻捨得讓我受傷。你以爲小諾學長什麼都不知道嗎？他一直都看在眼底，也早就知道總有一天我跟你會因爲同樣的理由而走到這一步，只要你還是只專注看著學姊一個人，其他什麼也不看，結果就不會改變，而你確實還是這樣，所以過去你可以介入學長和學姊之間導致他們分手，現在也可以讓學姊介入我們之間，害我們變成這樣，若眞要追根究柢，最大的主因就是你。要是學姊知道小諾學長當年跟她分手，居然是因爲溫硯洋你，你認爲學姊會怎麼想？她還會用什麼態度繼續面對你呢？」

「夠了，汪玟亮！」溫硯洋臉色鐵青，再也按捺不住，失控朝我吼了出來：「妳爲什麼要這樣？我爲妳做得還不夠多嗎？妳到底爲什麼要這樣對我？無論我怎麼解釋，妳全都不相信。我怎麼做，就怎麼錯，妳知不知道其實我也很累？我受夠妳的疑神疑鬼，也受夠跟妳說話都必須小心翼翼，爲什麼一定要逼我做選擇？妳跟學姊是完全不一樣的人，可是妳們對我來說都很重要，我誰都不想失去！

「我在乎學姊，可是也在乎妳，這樣不行嗎？這樣眞的會很貪心嗎？我並不是同時愛著兩個人，我愛的人確實是妳，這樣還不夠嗎？只是因爲我對學姊好，我對妳付出的那些就都不算了？爲什麼一定要這樣？我眞的很痛苦，到底要我怎麼做妳才肯相信我？怎麼做妳才會滿意？」

當他咆哮完這些話，我們兩人頓時間陷入一片靜默。

我深深望他，最後臉上掛的不再是先前的淡漠，而是一抹微笑：「你終於肯對我發脾氣了。」

溫硯洋一愣。

「我想你可能不記得了，以前還在高雄的時候，你曾在你家的門口說過，無論我做了什麼再壞、再不好的事，你都不會對我生氣，因爲你想像不到那樣的情況，那時我心裡很感動，一直把這句話記到現在。而你確實也沒有眞正生過我的氣，一直都是對我這麼的好。

「可是，當你跟我在一起，就算碰到不開心的事，或是心裡有什麼煩惱，也還是只會對我溫柔微笑，看到這樣的你，其實我有點難過，覺得自己好像不能幫你分擔什麼，也沒辦法清楚知道你眞正的心情，所以，我其實反而希望你可以偶爾對我鬧個彆扭，吐吐苦水，有什麼不滿就對我說出口，甚至是像現在這樣對我大發雷霆，跟我大吵一次，這樣我才覺得可以看到眞正的你，聽到你的眞心話。在那之前，就算你因爲我而痛苦不堪，你也只是沉默，從不會大聲對我說話。」

我脣角笑意變深：「謝謝你肯對我生氣，並且說出你的眞心話。要不然，我會懷疑你不是眞心喜歡我，而是因爲我外婆的關係，才會對我這麼好的。」

發現我是要激他發怒才故意那樣說話，溫硯洋立刻就冷靜了下來，臉上卻也同時閃過一絲懊悔的神色。

他看著我的笑容，眸裡盡是歉疚，眉頭深鎖，眼眶漸漸有些泛紅：「對不起……亮亮。」

「沒關係，我也有錯，因爲是我讓你這段日子這麼痛苦。」我輕輕說：「你放心，我不會告訴宛炘學姊這些事，小諾學長會選擇隱瞞眞相到現在，我相信是不希望看到學姊痛苦。或許有一天，學姊她會自己慢慢發現到，但是現在我不想辜負學長的用心良苦，所以我什麼都不會說。

「我知道我剛剛的話，對你的傷害和衝擊很大，我也不希望你痛苦，可是你必須要知道眞相，因爲要是不這麼做，等到將來某一天，你或學姊的身邊出現了另一個人，這樣的事情還是有可能會再發生。不管你是因爲習慣對學姊好，還是心裡其實早就對她有另一種情感，只是你不曉得，這些問題，都是你接下來眞正要去深思和面對的事。是要適時放手，還是要緊緊抓牢，今後只能由你先決定。」

他默然。

「我知道我這段日子很神經質，很疑神疑鬼，不光是你，連我也很討厭這樣的自己。我也受夠每天不斷猜忌懷疑的生活，但只要我繼續跟你走下去，我們還是會回到原來的狀況。所以，我想放過你，也放過我自己，讓我們都海闊天空；雖然我喜歡你，可是我並不想成爲你的束縛，更不想綁住你，你本來就是個適合四處翺翔的人，而宛炘學姊可能才是眞正能陪你一起這麼做的人。

「雖然我沒辦法留在你未來的藍圖裡，但我不後悔跟你走過這一段。能和你在一起，是我最快樂的事，因爲那是從我遇見你的第一天起就有的夢想。你是我第一個愛上的人，也是我的初戀，我很慶幸我當年能到高雄，不然我不會遇見你，也不會有這麼快樂的時光。」

溫硯洋深深望我，眼裡泛著淚光，乾啞地喚：「亮亮……」

「這樣就夠了。」我抿出笑意，卻還是不小心哽咽，「我不想再繼續討厭自己，也不想再看到我們兩人繼續痛苦，以更糟糕的情況走到結束。與其那樣，我寧可現在好好的跟你說結束，笑著跟你說再見。」

溫硯洋的淚靜靜淌下。

深吸一口氣，我伸手抹去溢出眼角的溫熱，再直直凝視他的眼。

我努力露出最燦爛、最明亮的笑容，對他說：「溫硯洋，我們分手吧！」

春天還拖著尾巴，夏天就急著來報到，才五月中旬，飆高的氣溫已有初夏的感覺。

六月，溫硯洋畢業，等到暑假，他就會和宛妡學姊一起離開臺灣。

他即將展飛，而我雖然還停留在原地，但也重新在自己的世界裡自由翱翔，回到許久未有的平靜。

沒有溫硯洋在身邊，儘管還是會寂寞，卻讓我開始懂得聆聽心裡的聲音，學會和自己相處，重新找回自己，也更加了解自己。結束了這段戀情，一開始還是會有點無所適從，但對於內心眞正想要的東西，畫面也變得清晰許多。

學習適應沒有溫硯洋的那段日子裡，唯一讓我感到強烈落寞的，就是過去在身邊的人，那些徹底習慣的一切，如今都已經不在我身旁，光是想找范莫昇說說話，都變成是一種奢望。

休學去當兵前，他曾經說過，希望可以抽到金馬獎，想不到果眞讓他如願，成功嶺的新訓結束，他就被分發到外島馬祖，已經離開四個多月。這段期間，他都沒有和我聯繫，連一通電話也沒有，所以我不知道他在馬祖過得好不好，只能祈禱他可以時時控制好自己的臭脾氣，別在軍中到處發作，能夠安安份份，順利地撐到退伍。

回到一個人之前，我沒有想到，少了他們兩人的生活，竟會是這麼單調、空蕩。少了他們的聲音，我的世界，竟會變得如此寂靜。

今年暑假，我一如往年回到高雄。

唯一和往年不一樣的，就是今後家裡只剩我和外婆兩人。

自從知道我和溫硯洋分手後，外婆一直很掛心我，但我從沒有在她面前表現出一點點難過的樣子。我不希望在難得回來看她的這段期間，都還要對她哭哭啼啼，讓她更擔心。

爲了給自己的心放一個長假，這次我也向店長請了長假，打算直接在高雄待到八月中。

一日，我和外婆到外頭出遊，她在捷運上問我：「今天亮亮妳生日，卻只能和外婆出來，很無聊吧？」

「不會呀，爲什麼？我覺得很開心，而且也對妳覺得很抱歉，這半年我幾乎都沒辦法回來看妳。今年生日，有外婆妳陪我過就夠了，就算沒有溫硯洋和范莫昇，我們還是可以玩得很盡興啊，而且要是范莫昇在，他八成又會搞破壞，所以就偶爾讓我霸占一下外婆妳吧！」我勾住外婆的手，將頭靠在她肩上。

外婆咯咯笑，握住我的手，溫柔的說：「外婆不要緊，只是很心疼妳，妳平常上課上班那麼忙，我擔心妳把身子弄壞，而且現在硯洋和莫昇都已經不在這兒，剩妳一個人在臺北，外婆當然怕妳太辛苦，擔心妳若生了病，沒人照顧妳該怎麼辦？妳千萬不要太勉強自己，知道嗎？」

「嗯，我知道。」我點頭，鼻頭微酸，「對不起，外婆，讓妳擔心了。我以後一定會常回來看妳。」

「沒關係，妳和硯洋分開的這段日子，心裡一定很不好受，外婆只要妳好就好了。只要亮亮妳不開心，想要回來，外婆都會歡迎的。」

我再次點頭，繼續緊勾著外婆的手一會兒，接著抬頭對她提議：「對了，外婆，妳有沒有什麼喜歡的地方？等我下次回來，我們就一起去。妳應該很久沒有離開高雄了吧？我們找個漂亮的地方度個假好嗎？妳有沒有特別想去的地方呢？」

「這個呀……」她想了一下，搖搖頭，「外婆還好，沒有特別想去什麼地方，由亮亮妳決定吧，妳想去哪兒，外婆就去哪兒。」

「那怎麼行？這是我想送給妳的禮物，當然要以妳的喜好爲主，不然，外婆有沒有喜歡看的東西？像是花呀，山呀，海呀之類的，比起熱鬧，外婆應該更喜歡可以親近大自然的地方，對不對？」

聞言，外婆又仔細思索了片刻，最後頷首，露出靦腆的笑：「外婆有一個朋友，以前曾經去過日月潭，她告訴我，那兒的日出非常漂亮，她還有拍照片給我看，眞的很美。外婆當時就想，如果可以親眼看一次，應該很不錯……」

「日月潭嗎？好，那等我下次安排好假期，我們就一起去那裡看日出，也在那兒玩個一兩天，就我跟外婆兩個人，好嗎？」

外婆臉上笑意更深，又一次點頭，眸裡閃爍著光采，看起來非常高興。

就在這時，我的手機響起，看到螢幕上的名字，我很快接起：「喂？」

「喂？亮亮。」陳州樵清朗的聲音傳來，「好久不見，妳在高雄嗎？」

「是呀，我在高雄，怎麼了？」

「喔，我是想對妳說一聲生日快樂。原本打算傳訊息給妳，但後來想想，還是覺得親口跟妳說會比較好。」

「謝謝。」我心裡湧起一陣暖意，「你最近好嗎？暑假有沒有去哪裡玩？」

「呵呵，也沒專程跑去哪裡，我昨天才跟阿典去世貿看資訊展，過得還挺愜意的。那妳呢？最近……還好吧？」

自從和溫硯洋分手，陳州樵看我下課不再是去校門口搭公車，而是直接回家，然後等待上班，之後也沒在臉書上看到我跟溫硯洋的照片及訊息；而臉書本來就是很難有祕密的地方，只要動動手指，透過連結，就可以輕易得知溫硯洋出國念書的消息，只是陳州樵從未開口向我詢問這件事。

「嗯，我很好。」我低哂，「謝謝你今天特地打給我，我很高興。」

「不用客氣啦，其實……是我自己也很想跟妳說說話。」他緩緩說，「原本我還很擔心，妳會不會之後就不想再跟我走得太近，會不會因爲我上次說的那些話，而開始對我有所顧忌，甚至開始躲避我。」

我微怔。

「我喜歡妳，亮亮。」他開口：「除了祝妳生日快樂，我這次打來，也是想在這一天親口跟妳表白。但妳不必回應我什麼，我只是希望可以把這句話清楚傳達給妳，所以妳聽聽就好，不用放在心裡，也不需要太介意，只要像平常一樣對待我就行了，因爲我並不是想讓妳困擾才決定這麼做，而是不想再讓自己留下遺憾，更不想因爲說出口，就害我們的友情生變。」

「……」

「希望這些話，不會影響到妳今天的心情，因爲我希望妳可以開開心心的過完生日。」

陳州樵語帶笑意，「我們開學見。」

我拿著手機不動，最後不自覺緩緩將目光落向車門。

一對年輕男女正站在門口兩端互相暢談著，窗外灑進的和煦陽光照亮他們的身影，也照亮他們的笑容。

驀然間，我彷彿看見十五歲的自己。

那一年的今天，我和溫硯洋就是站在相同的位置，他親口祝我生日快樂，還送我一個巴黎鐵塔的吊飾，作爲我的生日禮物。如果當年的我沒有帶著逃避的心來到這裡，這一切我都不可能遇到。

此時此刻，我感激那一段回憶，也感激現在在耳邊對我說喜歡我的這個人。因爲曾經深深愛過溫硯洋，所以我才知道這份心意是多麼的珍貴，多麼難得，多麼值得讓人感謝。

這是今年的我，收到最美好的生日禮物。

「好。」我熱淚盈眶，露出微笑，對手機的另一頭說：「我們開學見。」

時間流逝得飛快，暑假結束，我就成了大三生。

開學後，我依然繼續過著在學校及咖啡館兩邊來回跑的日子。

忙碌之餘，我不忘和外婆的約定，和店長商量過後，確定十月中可以排到假。

由於禮拜四是國慶日不用上課，而禮拜五的課也不多，於是我心一橫，決定蹺掉週五的課，連續四天都陪伴外婆。日期一確定好，我馬上通知外婆，並且訂好日月潭的民宿，再上網搜尋看看那裡還有什麼景點可玩，規畫好行程，在國慶日前一天晚上，我就坐車回高雄，準備隔天上午和外婆一塊出發去南投。

出發當天，外婆在檢查行李時，發現少了溼紙巾，而離我們預定出發的時間還有一個多小時，因此我先出門到便利商店買了些東西，再特地繞到藥局去，就怕外婆在車程中會覺得不習慣，或是身體不適，因此事先幫她買一點藥，以防萬一。

十五分鐘後，我帶著期待的雀躍心情回到家裡，開門就喊：「外婆，我回來嘍！」然而客廳沒人，也沒有人回我，我打開外婆房間，她不在裡面，再到廁所敲門，也沒有回應。

我納悶，接著大聲喚道：「外婆？妳在家嗎？」發現廚房還沒找，我便以為她是在廚房後面的陽臺，所以才沒聽見，於是立刻走過去，再喚：「外婆，妳在陽——」

踏進廚房的那一刻，我沒有看見陽臺的門被打開，也沒有看到外婆和藹的笑容。

只看見一個倒臥在地，動也不動的身影。

第九章　珍愛

我的後悔，遺落在來不及說出口的那一句，我愛你。

外婆的告別式結束，所有在這天前來家裡上香致意的人，一個個離去。

在外婆所有的親人當中，只有她過去與前夫的兒子，也就是我從未見過面，在很久以前就移民到國外的舅舅，特地回來奔喪，並在告別式的隔一天就離開臺灣。

除此之外，我就沒再看到她的其他親戚。事實上，我不曉得除了這位陌生的舅舅，外婆在臺灣還有哪些親人，就算有，我也沒有他們的聯絡方式，外婆生前從來就沒有跟我說過這些，我完全不知從何找起。

雖然沒什麼親人來送外婆最後一程，可是主動前來幫忙處理葬禮的人非常多，全是住在這社區的居民，由於外婆生前的人緣非常好，幾乎與住在這一區的每戶人家都認識，尤其與許多年齡相仿的爺爺奶奶都有多年的情誼，感情非常好，因此他們來到家裡上香時，幾乎都哭乾了眼淚。

告別式的準備工作以及善後，全是靠住在附近的叔叔阿姨們的協力幫忙下，才順利完成，他們擔心我一個人應付不來這些複雜的程序，到最後甚至還不肯讓我做太多事，只要我好好照顧身體，不要太辛苦，也不要太過悲傷，在那之後還有幾位熱心的阿姨，會煮一些東西專程送來家裡給我，就怕我餓著，用她們的方式替外婆照顧我，關心我。

這些不求回報的滿滿溫情，全是外婆生前所結下的善緣與福報。

那天早上，外婆在我離開家後沒多久，就到廚房倒水喝，沒想到因此出事。當我發現她倒在地上，她的杯子就碎裂在身旁，水灑滿一地，等到救護車將她送去醫院，還是來不及，最後確定死於心肌梗塞。

從外婆去世一直到告別式結束，我的精神始終都是一片恍然，等到晚上屋子裡剩下我一人，我也只能動也不動的呆坐在椅子上，看著外婆笑得和藹溫柔的遺照，像個沒有靈魂的空殼，任憑時間一分一秒在昏暗裡流逝。

告別式當天，媽原本要來，之後卻又告訴我，公司臨時有急事，無法過來了。

聽到媽的話，我登時再也無法忍耐積累在心底多年的情緒，徹底爆發出來。

有生以來第一次，我失控地朝另一頭的媽憤怒咆哮：「急事，急事，妳永遠都有急事，永遠都有那麼多的不得已，所以妳就是因爲『不得已』才會在我每一次重要的時刻裡缺席，也是因爲『不得已』才會把我丟到高雄以後就不管。假如妳根本就不想要我這個拖油瓶，從一開始就可以明說，不需要故意在爸面前做樣子，我無所謂；但她畢竟是無條件幫妳養女兒六年多的人，就算妳不在乎我，心裡對外婆再不滿，妳也不能夠這樣對她！」

吼完，我切掉通話，當場蹲在地上抱住膝蓋痛哭失聲。

「妳媽媽光是願意讓妳來我這兒，把妳託付給我，就足以讓我感激她一生了。」

「因爲亮亮妳在這裡的日子，就是外婆最快樂的日子。」

我徹底潰堤，悲慟到不能自已，至今仍不能相信外婆是眞的已經離開了我，我眞的失去在這個世界上最疼愛我的人，我眞的再也見不到她了。

我還沒完成她的願望，還沒帶她去想去的地方，還沒帶她看她最想看的日出，甚至還沒來得及告訴她，我有多愛她。

光是想到外婆永遠離開我，我的心就痛到像被撕裂，裂成粉碎，沒有辦法呼吸，就要窒息。

我承受不住這樣的事實跟打擊，只能一直不停的哭，直到哭啞了聲音，整個人癱軟在地，再也施不出一絲力氣。

失去了外婆，我該怎麼辦？

失去了最重要的避風港，心裡唯一的歸屬，從今以後我該何去何從？

我要如何習慣沒有外婆的日子……

「亮亮，妳還好嗎？」

睡前，我接到一通讓我有些意外的電話，是宛妡學姊。

「嗯……我已經沒事了。不好意思，還讓學姊妳特地打越洋電話過來。」聽見手機裡的喧嘩和廣播聲，我好奇，「溫硯洋他在妳旁邊嗎？你們在哪裡呢？」

「我們還在機場，硯洋去買一些東西，等等就回來，我趁這時候打給妳。」她口氣盡是深深無奈，「我們這邊已經連續下好幾天的暴風雪，交通幾乎全部癱瘓，飛機也完全沒辦法飛，機場裡一片混亂。原本是希望能夠在妳外婆告別式的這天趕回去，想不到終究還是來不及……」

「是嗎……」我斂下眸，低語：「那麼溫硯洋……他現在還好嗎？」

「他很難過，而且已經很多天都沒能好好闔眼。」學姊沉嘆，柔聲：「他非常擔心妳。」

我緊抿唇，強掩鼻酸，緩慢調整呼吸。

半晌，我吸吸鼻子，沙啞地說：「宛妡學姊，不好意思。這段期間，麻煩請妳多多陪在他的身邊，替我關心他，告訴他不用太擔心我，我這邊不要緊，我已經沒什麼事了。若趕不及回來也沒關係，畢竟再過幾天我就得回學校，我怕他回來的時候我不在家，等我下次回高雄，他再回來就好，我相信我外婆可以理解的，所以請他不要太過勉強，一定要好好保重身體。」

和學姊通完話，我把手機放到一旁，深深吐口氣，眼眶再度溼成一片。

無法入睡的我，坐在床上發呆許久，最後離開房間走到客廳，打開燈。看著廚房外那四人座的餐桌，我靜靜站立不動，直到視線模糊。

過去與外婆、溫硯洋，還有范莫昇四人在這間屋子裡的光景，這一刻不斷在我腦海裡清晰重現。

那段熱鬧歡樂，充滿溫暖的美好時光，今後不會再回來，也無法再看見；過去在這裡的人，如今一個都不在身邊，只剩下我。

面對此刻空蕩蕩，熱鬧不再的屋子，那些畫面也將永遠烙印在我心底最深處，變成我最思念的一段回憶……

告別式結束的兩天後，我整理好外婆房間裡的東西，並且將屋子裡清掃一遍，將近忙了一個上午。

等清掃完畢，我整個人虛脫地躺在沙發上，思緒放空，呆滯的稍作歇息，沒多久家裡的門鈴聲響，我起身去接對講機，一聽到話筒裡的聲音時，我原本渾沌的腦袋瓜，驟然間清醒不少。

我馬上下去一樓，看到一個背著包包，站在公寓外的熟悉身影，當場睜大眼睛：「陳州樵！」我跑到他面前，驚訝不已，「你怎麼會……你爲什麼我知道我住在這裡？」

「妳寒假回高雄的時候不是有寄明信片給我嗎？我是直接照妳寫在上頭的地址找的，幸好沒找錯地方。」陳州樵莞鬆口氣的笑，手裡還拿著那張明信片。

「你是爲了找我，特地從臺北過來的？」我不敢相信。

「嗯，抱歉，沒有通知妳一聲就跑來了。因爲我有點擔心妳，才決定趁放假的時候來看看妳，希望不會讓妳覺得困擾……」語落，他專注凝睇我的臉，關心：「妳現在還好嗎？」

我一時仍訝異得說不出話，只能怔怔點頭。

請陳州樵上來家裡坐時，我倒一杯紅茶給他，問：「你是早上過來的嗎？明天回去嗎？住在哪裡呢？」

「喔，我沒有要留下來，今天晚上我就會回臺北，明天我家裡還有事情。」

「這麼趕？」我一愣，頓住片刻，歉然道：「不好意思，你難得來高雄一趟，我卻沒辦法帶你去走走。」

「沒關係，我這次來本來就不是爲了玩的，我只是想看看妳好不好，而且是我自己突然要跑過來的，妳不用在意！」他體貼微笑，望望屋子一圈，「所以……現在只有妳一個人在這裡？」

「嗯。」

「這樣啊……」他喃喃，看著我，語帶擔心，「妳好像瘦了，氣色也不是很好，這幾天要忙這麼多事情，很累吧？」

「還好，有很多鄰居都有來幫忙，我反而覺得自己沒做什麼呢。」我勾勾脣角，眞摯地說：「抱歉，讓你擔心了，我這邊的事已經差不多告一段落，兩天後我就會回學校了。我眞的沒想到你會專程來看我……謝謝你。」

「不用客氣啦，因爲我明白這種感受。我奶奶過世時，我也是很痛苦，所以我非常能了解妳現在的心情，也知道妳這幾天一定很不好受。」他緩緩道，低哂：「當年我因爲奶奶離開我，悲傷到忍不住哭出來的時候，是亮亮妳在我身旁。妳那時不是叫我不要哭，或是叫我不要難過，而是要我好好發洩，之後就默默的在我身邊，並且幫我保密，不讓阿典他們知道我哭了。其實我的心裡一直都很感謝妳，妳當時的陪伴，眞的給我非常大的力量，讓我直到現在都還是覺得很感動。就因爲妳曾經那樣支持我，所以我很希望現在可以爲妳做些什麼，希望自己也能給妳相同的力量，陪妳度過這次的傷痛。」

「……」我喉嚨滾燙。

「也許是因爲妳過去那樣安慰我，所以就算後來妳對我跟香香做那件事，我也無法生妳的氣，後來妳離開我們，我跟香香心裡就有了疙瘩。老實說，起初我也認爲是妳的關係，我跟香香才沒能走在一起，但是奇怪的是，當後來仔細回想，那時的我，似乎也沒有太多覺得遺憾可惜的心情，只是覺得很悲傷、很難過。一直到聽見妳的那位高雄朋友……也就是大家第一次在學校裡重逢，姓范的那個男生，對我跟香香說的那一席話，我才恍然大悟。

「原來當年並不是眞的因爲妳，我跟香香才無法在一起，而是我自己其實已經沒有那麼想跟香香在一起，妳只是我跟香香停滯不前的藉口，到後來我沒有主動向香香表明心意，也不是因爲有疙瘩，或是有什麼陰影，而是我心裡早就已經『選擇』不和香香在一起，所以遲遲沒有繼續前進。直到聽見妳朋友的那些話，我才猛然發現，比起當年妳背叛我們，妳最後選擇離開我們，對我的打擊反而更大，只是我從來沒有察覺到，直到大學和妳在臺北重逢，跟妳再次相處，那種感覺才越來越清楚，於是最後發現，原來我對妳的在乎，早在很久以前，就已經不知不覺超過香香了。」

我啞然，面容呆滯。

「眞正的原因並不在亮亮妳，而是在我，多虧妳那位朋友，才讓我發現這個眞相，所以我不希望妳繼續爲這件事耿耿於懷，可以眞正的放下它，因爲就算回到過去，香香直接再跟我告白一次，我也未必會接受。」

言及此，他對我深深一笑：「我知道亮亮妳不會喜歡上我，也知道妳只能把我當好朋友，但對我來說這樣就夠了；我不曉得現在跟妳說這些能不能讓妳釋懷一點，但我現在眞的想要讓妳知道，不管過多少時間，我們的友誼都不會變，我會一直是支持妳的好朋友，我相信香香跟玲萱，還有阿典也是這麼想，要是妳遇上什麼煩惱或困難，我們都會幫妳，也會在背後支持妳，所以千萬不要覺得自己是孤單的喔，好嗎？」

我木然望著陳州樵，有很長一段時間都說不出話，雙脣微微發顫。

那天他待到七點多，爲了表示誠意，我還是請他出去吃了一頓晚餐。

他要去坐車時，我原本打算送他去車站，卻被他回絕了。

「我自己去坐車就行了，妳早點回家休息吧，記得要照顧好身體，不要太累了。」他嘴角一揚，「下週在學校見嘍！」

「嗯，下禮拜見。路上小心。」

「好，拜拜。」當他準備進捷運站，我馬上叫住他：「陳州樵！」

「嗯？怎麼了？」

我抿住脣，深呼吸，抑住聲音的不穩，發自肺腑地對他感激道：「眞的很謝謝你。」

聞言，陳州樵又笑了，他朝我揮揮手，旋即從我的視線中離去。

看到他爲我所做的這一切，我感動不已，不自覺又有些鼻酸起來，打從心底深深感謝他。

那天深夜，我托著腮坐在房間的窗口邊，遼望遠方的燈火通明。

也許還需要一點時間，我才能走過這一段時期，不再那麼沉溺於悲傷之中。

當發現原來身邊還有這麼多人在關心自己，並且支持著自己，我的心便沒有像一開始那樣沉重，反而漸漸恢復了一絲生氣。

有了這些溫暖的鼓勵，我相信自己今後不會有問題。就算外婆不在了，未來的我也會好好過，不讓她繼續爲我擔心，並將她給我的愛放在心裡，一生思念她，懷念著她。

這樣，才是我能夠真正報答外婆，永不遺忘她的方式……

一道清亮的狗吠聲，讓我的思緒慢慢回來。

不自覺往樓下一望，發現對面住戶的狗兒在汪汪叫的同時，卻也發現一道人影出現在公寓外。

我登時呆住不動。

一名身穿綠色迷彩服，背著黑色運動包的高眺男子，就站在大樓下不動，並且朝我的方向仰望著。

看到我發現他，那人的臉上便浮出一抹笑，接著還脫下頭上的帽子，對我揮了一下。

心跳驟然加快的這一刻，我雙脣顫抖，用力瞪大眼睛。

我不敢置信，腦海乍然空白，什麼都來不及思考，下一秒就奪門而出，離開家裡！

在電梯門前，我心急的按著電梯鍵，希望電梯能快點來，一抵達一樓，我馬上打開公寓大門，發現對方仍然站在那兒。

一身阿兵哥裝扮的他，在這樣的寧靜巷弄中十分醒目，直到現在我才確認自己沒有看錯，不是幻覺！

對方有些疲倦的笑容清晰的映進眼簾，我喉嚨一哽，再也壓不住內心的激動，還沒開口，雙腳就已經先自動朝對方奔去，我張開雙臂，幾乎是用跳的到他身上，用力抱住他！

范莫昇回擁住我，在我耳邊低聲哂笑：「看到我這麼感動啊？臭三八。」

我緊緊環抱他的頸，眼淚在一瞬間布滿臉頰，說不出話。

看到回憶裡的其中一人回來，讓我原本已平復的心情再度潰堤，久久不能自已，而且我怎樣也沒想到竟然會是范莫昇，整整八個月不見的范莫昇！

回到這裡的他，第一件事就是爲外婆上一炷香。

范莫昇站在外婆的遺照前久久不動，從頭到尾都沒有說話，只是專注的凝望她慈祥的臉，不見任何表情。

也許是因爲之前就在馬祖得知外婆過世的消息，因此此刻的他看起來很平靜，應該在回高雄前的這段期間，就已經沉澱過了心情。

我們一塊坐在沙發上時，我問他：「你什麼時候從馬祖回來的？」

「六點左右，搭八小時的船到基隆，然後再到臺北坐高鐵下來。好不容易才盡早排到假。」

「你會放幾天？」

「十二天。」語畢，他看我，「阿洋回來了嗎？」

「沒有，宛妡學姊說他們那邊天氣不好，已經下好幾天的暴風雪，飛機根本沒辦法飛，趕不及參加告別式，所以我要他等下次再回來看外婆，因爲我也要回學校了，怕等不到他回來。」

「妳什麼時候回臺北?」

「大概後天晚上，我的假都已經請得差不多了，再不回去不行。」

他不語片刻，隨即說：「好，那明天早上出發，行李整理一下，衣服記得多帶一套。」

「出發?去哪裡?」

「宜蘭。」

「啊?爲什麼突然要去宜蘭?」我一頭霧水。

「廢話很多耶，反正就是要去就對了，到時候就知道，然後後天妳再直接從那裡回臺北就行了。」說完他就站起來，拎起運動包。

我一愣：「你要去哪裡?」

「回家啊，不然咧?」

面對他的反問，我啞然，尷尬的搖搖頭說：「沒有，沒事，你回去吧!」

范莫昇靜靜睇我一會兒，嘆息似地道：「我要先回去洗澡換個衣服，在船上待一整天，快悶死了，而且我一到高雄就直接過來，還沒有回家，我要去看我爺爺是不是又跑出去打麻將，然後再整理明天要帶的東西。妳這裡若有什麼吃的就幫我弄一下，我晚飯還沒吃，一個小時後我再過來。」

他離開公寓，一個小時後果然換了一套便服出現，我煮了一份水餃給他吃。兩人就這麼在客廳待一整夜，連睡覺都是直接躺沙發，沒有回房，結果導致我睡眠姿勢不良，隔天起來差點落枕。

我們很早就起床，不到七點就出門去坐車，到達宜蘭時已經是下午了。

范莫昇首先帶我到一間規模相當大的塑膠工廠，但是沒有帶我進去，僅在門口對我說：「我老爸就在這裡上班，不過他今天剛好到別的地方辦事，所以不在。」

由於過去他每逢寒暑假都會來這裡，對這裡已經是熟門熟路了，他接著到工廠附近的修車廠，跟老闆租了一輛摩托車，就載我去別的地方。

我沒有問他要帶我去哪裡，只默默在他身後望望四周景色，頭頂上的藍天白雲，以及溫暖陽光和涼風，都讓我的心情不知不覺變得開闊不少。

當車子最後停在一間木頭屋門口，我不禁睜大眼睛張望著，看到入迷。

眼前這棟屋子宛如蓋在一座森林中，門上還掛著一個花圈。房子四周皆是綠蔭，一道道從樹梢穿透進來的陽光灑落在我身上，也將地上的樹葉染成一片片金黃；房子外圍還有許多各式各樣的繽紛花朵。

這種像是在宮崎駿電影裡才會出現的場景，讓我驚艷不已，掩不住雀躍地問：「范莫昇，這裡是民宿嗎？」

「妳有看過這麼小間的民宿嗎？這裡是一般住家。」他白眼瞥我，「是這裡的屋主喜歡弄成這樣子，他跟我老爸認識，我老爸也帶過我來這裡好幾次，以前的寒暑假，我都會跑到這邊來等我爸下班，後面還有一座小湖，等等再帶妳過去看，我昨天晚上已經打電話跟他們說要來了，我去跟叔叔打聲招呼。」

我跟著范莫昇走進木頭屋裡，坪數不大，裡頭傢俱簡單，卻布置得相當溫馨。屋主是一對中年夫婦，沒有小孩，兩人住在這裡已經十多年。

他們看到我時非常開心，以爲范莫昇帶女朋友來玩，結果這傢伙卻說自己的眼光沒那麼差，立刻被我怒瞪一眼。

「我已經幫你們把客房整理好了，你們行李放一放，然後再過來，我有準備茶點給你們。你們到房間後，如果發現還需要什麼，再跟我說就行了。」阿姨親切地說。

我莞爾向她言謝，又跟著范莫昇離開屋子，這才發現他們口中所謂的客房居然不在室內，而是在隔壁另一間更小的木頭屋，必須從外面走過去。

小客房裡的環境很乾淨，沒有電視，沒有桌子，或是其它傢俱，只有一間衛浴，以及一張雙人床。

我當下對著那張床僵住幾秒鐘，開口：「欸，范莫昇，這個……」若是兩張單人床也就罷了，但這雙人床也太讓人尷尬，枕頭中央居然還擺了個愛心抱枕。

卸下行李的他，回頭發現我在顧慮的事，反而不以爲然，當場朝我投以白眼：「還嫌啊？有床可以睡就要偷笑了，不然妳自己再另外找間民宿睡。以爲睡覺時我會朝妳撲上去嗎？我胃口還沒這麼糟，想太多。」

我差點把那愛心抱枕朝他扔過去！

回到主屋，享用完阿姨招待我們的點心後，范莫昇就帶我到木屋後面的小湖去，當我發現的驚喜越多，就越是深感這對夫妻是生性浪漫的人，他們甚至還在湖面上搭建了一座小木橋，除了很適合釣魚，也可以讓人站在橋的盡頭，更貼近地欣賞這片湖光景色。

當我跟范莫昇坐在一片綠茵上，一起眺望湖對面的山頭，他喝著水果酒，說：「對了，我昨天在臺北車站，有碰到以前跟妳很好的那個袁珍眞，她跟我打招呼，要我向妳問好，旁邊還帶著男朋友。」

「眞的？我好久沒見到她了，她有男朋友了呀？」我驚喜。

「嗯，妳猜是誰？」

「誰？」我停頓，搖搖頭，「我猜不到。」

「以前高二的時候，不是有某班的體育股長跟妳告白？就是那個傢伙。」

我呆愣好一會兒，喊道：「眞的假的？」

「騙妳幹麼？兩個都手牽手了。」

「我眞的完全沒有想到耶……」我怔怔然，沒多久噗嗤一聲：「我想起來了，你後來還在走廊上警告他，說跟我交往會變得不幸，超過分的！」

「不是嗎？阿洋最後不就是被妳嚇得跑去國外？而且還是跟劉宛妡那女人一起跑。」

「喂，范莫昇！」我氣極，用力拍他的肩，「說些好聽一點的話好不好？」

「等到哪一天妳已經能拿這件事調侃，就代表沒什麼事了啦！」他撇撇嘴角，又啜幾口酒。

我默默瞪他半晌，忍不住悶悶咕噥：「眞不甘心。」

「什麼？」

「眞想讓我外婆看看你這個樣子，老是愛說些刺激人的話。之前她曾跟我說，在你跟我還有溫硯洋三人裡頭，她最放不下心的就是你，說你個性硬，擔心你在外頭受了委屈不肯說；但你就是這樣子才會容易讓別人誤會嘛，那些被你冷嘲熱諷的人才覺得委屈呢！」

聞言，范莫昇當下默然一陣，隨後淺笑：「所以妳是在吃我的醋，嫉妒婆婆擔心我勝過擔心妳？」

「少得意了，你以爲一直被擔心是好事嗎？那表示你長不大，在別人眼中永遠都無法讓人放心，沒辦法放任你不管！」我哼道。

「這樣很好啊。」他淡淡問：「能被人一直掛念在心上，有什麼不好？」

他這麼問，反而讓我頓時語塞了，與他對視片刻，才又望回前方的湖。

「那你現在呢？」

「啊？」

「你跟游可崴還有在聯絡吧？」我問：「你這次放十二天假，等我回臺北之後，你也會去找他嗎？」

范莫昇沒有即刻回答，把水果酒喝完：「可能吧，他知道我回來了，就算我不去找他，他應該也會來找我。」

「所以……你們現在怎麼樣了？游可崴和他老婆又是怎樣？你曉得嗎？」

「我不確定他們現在怎樣？但是上次和他聯繫的時候，他告訴我，他和他老婆已經分居了。」

「……」

「不管怎麼樣，都無所謂，這種事就等我退伍後再說吧，反正我跟他現在也不是經常都能聯絡。」他站起來，用力伸個懶腰，再低頭看我，瞇起眼睛，「臭三八，我今天可是好心帶妳來這邊喘口氣的，別再擺這種死人臉行不行？嫌妳的臉還不夠臭嗎？」

「你的嘴巴才臭好嗎？」我沒好氣，才沒兩三下，他又回到原來的那副嘴臉。

「給妳一個建議，妳現在到橋的盡頭那邊對著山頭大吼三聲，應該就會暢快多了，怎麼樣？」

「聽起來不錯，可是有點丟臉，我要是眞的在那邊大吼大叫，被叔叔阿姨聽見，他們會以爲我有病吧？」

「那簡單，怕吵到別人的話，那改跳湖，包準讓妳腦袋瞬間清涼，什麼事都忘了。」

「范莫昇，你是講認眞的嗎？」

「廢話，這又沒什麼，我以前夏天還在這裡游泳過咧。」他挑眉，「妳敢不敢？」

「你瘋啦？這很危險吧？我才不要！」我傻眼。

「所以妳不敢？」

「才不是！」

「那就跳啊。」

「不行啦，要是感冒怎麼辦？我只帶一套換洗衣服耶！」

「那再跟我阿姨借就好啦。」

「可是——」

「妳煩不煩？哪來那麼多的可是？」他擰起眉頭，一臉不耐，「感冒又怎樣？沒衣服又怎樣？這些會要妳的命嗎？做什麼都要擔心這顧慮那，是能完成什麼事？想說什麼就直接說，想做什麼就直接做，怕屁啊？妳這顆石頭腦袋可不可以開通一點？老是活得那麼嚴肅死板，把自己搞得緊繃兮兮，不累嗎？妳到底是在幹麼？」

他的話宛如一道雷打進我腦中，讓我當場渾身僵直，木然不動！

是啊，我到底爲什麼要擔心這麼多呢？

爲了不給別人添麻煩，過去我一直逼自己要懂事，不能任性，就是怕會讓對方不高興或是難過，所以心裡有什麼感受，什麼委屈，從來不敢在第一時間坦然說出口，只能不斷地忍，將苦全往心裡吞，自以爲這麼做對彼此才是最好的。

我處處擔心，處處忍耐，卻讓自己越來越不快樂，越來越不自由，結果終究還是讓我失去了溫硯洋；以爲別人的時間還有很多，從沒想過要即刻將心裡的感受和渴望說出口，才來不及親口對外婆眞摯地說一聲謝謝，來不及告訴她我對她的愛。

就因爲失去了，發現有很多事都還沒能來得及做，我才會這麼難受，這麼痛苦。

這樣的自以爲是，這樣拚了命的隱忍和顧慮，到底讓我得到什麼？

我究竟擁有了什麼？

緊咬下脣，我忍住鼻頭的酸楚，深呼吸，站了起來。

「好吧，跳就跳，有什麼了不起的。」我挺胸，兩手叉腰，再一手指他，「不過只有我一個人跳不公平，范莫昇你也要跳！」

他嘴角一勾，接受挑戰，「誰怕誰？那就比看看是誰跳得遠，輸的人，就對山頭學狗叫三聲。」

「沒問題，范莫昇你趕快先潤潤你的喉嚨吧，我跳遠可是很厲害的！」

「少臭屁，我去馬祖當兵可不是當好玩的，論體能妳想贏我，作夢！」

等到我們兩個最後光著腳丫，站在橋上暖身，準備開始的那一刻，我才發現自己的話有點說太滿，畢竟不是陸地，等到我親身站在定點上望著那一片遼闊湖面，一絲恐懼便悄悄油然而生。

「害怕了？」范莫昇賊笑。

「才沒有！」

「等我數到三就開始，不准偷跑。」

「好，知道了。」

當兩人就定位，范莫昇一數到三，我們兩人就瞬間朝橋的盡頭一同衝刺！眼看橋頭的距離縮短，我緊張的情緒更加強烈，明明是比賽，我跟范莫昇卻在最後不約而同握住了彼此的手，下一秒便同時縱身跳進湖中，當場掀起一大片的水花！

我將頭探出水面，很快就看見范莫昇，我們溼漉漉的互望對方，還沒搞清楚究竟是誰贏，就先忍不住大笑，我無法抑止，當下開懷地大笑起來！

這一跳，這一笑，彷彿也將我的心徹底打開，整個腦袋和身體變得無比輕鬆，呼吸也暢快不已。

當我浮在一片波光粼粼的湖面上，我甚至覺得自己這一刻是自由，是無拘無束的。

玩開之後，我跟范莫昇的瘋狂沒有極限，當天晚上，屋主送給我們一瓶葡萄酒，讓我們拿到房間喝。瓶口上還特別繫上一個小巧精緻的鑰匙圈，結果我們兩個都想要那個鑰匙圈，兩人在客房裡爭得你追我跑，想不到悲劇就此發生，范莫昇搶到酒瓶後一時沒站穩，不慎跌在床上，葡萄酒就這麼全灑在枕頭和棉被上，連床單都慘遭波及。

於是那晚，我們不只沒酒喝，也沒有床可以睡，只能把棉被反鋪在地板上，各自占兩邊乾淨的空位並肩躺著，沒有枕頭，也沒被子蓋，所幸現在不是冬天，不然今晚鐵定真的無法睡了。

我動也不動，在黑暗中忍不住說：「喂，范莫昇，我們一定要這麼克難嗎？問叔叔阿姨還有沒有乾淨的薄被，應該沒關係吧？」

「拜託，現在都幾點了？我可不想讓他們知道我爲了搶鑰匙圈結果把床毀了，不然會讓他們覺得我很幼稚。」

「你本來就很幼稚啊。」

沉靜裡，我們聽著風吹動窗子的聲音。

不知道過了多久，我的意識還清醒著，當我隱約聽見范莫昇規律的呼吸聲，正想開口問他睡了沒，沒想到他就先出聲了。

「臭三八。」他開口，「妳之後畢業是會繼續在臺北，還是回高雄？」

聞言，我想了一下，「我還不知道。」接著反問：「你呢？」

「我還早，等退伍後，還得先回學校把書念完，除此之外我也打算考丙檢，雖說之前的工作還算穩定，但未來我還是想靠自己搞起來，而不是繼續靠著那間公司。」他吁一口氣，「如果順利的話，可能會留在臺北吧。」

我沒有問游可崴是不是他眞正想留在臺北的理由，但知道他有這個念頭，還是讓我陷入沉默，沒來由的深深感嘆。

「眞奇怪。」我喃喃：「從前你在高雄，我在臺北，現在卻在討論未來你可能在臺北，而我在高雄，有一種好不容易有交集，結果又錯開的感覺。」

「喔。」他沉應，聲音聽起來也像在回憶，「現在想起來，我們兩個應該算是『不打不相識』吧？」

「對耶。」我忍俊不禁，再度若有所思了起來，「那個時候，因爲和臺北的朋友鬧不和，我到高雄後還不敢太認眞的交朋友呢，結果你就說我有問題，有交友障礙，還說我以前一定是做了什麼對不起別人的事，才會被臺北的朋友拋棄，再逃到高雄去。」我噗嗤，「現在想到我當時的心態，眞的就是傻傻的，可是沒想到居然全被你說中了，害我即使想生氣也氣不起來，不過還是覺得你這傢伙眞的很可惡！」

「我是聰明好嗎？而且妳那副裝模作樣的樣子本來就是讓人火大，我當然看不順眼。」

「喂，就算我再怎麼讓你不順眼，後來還不是特地陪你一起挖花圃找班費？而且最後還是我找到的，結果你連句『謝謝』也沒說，好心沒好報，害我那天鞋子上都是泥土，回家洗了好久。」我抱怨。

「謝謝。」

突然從范莫昇口中聽到這兩個字，我怔忡好一會兒，才說：「你……吃錯藥了？」

「誰叫妳還在提這件事，我現在跟妳說了，用不著再記恨了吧？」他語氣平淡。

「天啊，雖然現在才等到這句話，但我還是很驚訝，范莫昇你居然會跟我道謝，你剛剛是不是把葡萄酒喝光了？目前意識是清醒的嗎？」我難以置信。

他嘖了一聲，似乎覺得我不知好歹：「你這女人眞的很難搞，道不道歉都有話講，浪費我的口水！」

我忍不住笑了出來。

兩人一言一語聊著過去的事，當夜變得更深，我的意識也終於漸漸模糊，不過嘴上還是在和范莫昇搭著話，結果連自己什麼時候睡著了都不曉得。

再度睜開眼睛時，一道光芒照進我的視線。

發現眼前一片明亮，我才發現天已經亮了，清晨陽光溫柔地從窗外流瀉而進，將整個房間籠罩在一片溫暖顏色裡。

范莫昇和我面對面，但他還沒有醒，依舊睡得很熟。

我的目光一時定在他的臉上，沒有移動，發現這是第一次這麼近距離看著他的臉。

正當我深深凝望著對方的五官，腦海深處的某一段記憶，也在這時浮現、清晰起來。

「外婆其實覺得，說不定莫昇那孩子，比硯洋還更適合妳呢。」

「爲什麼？」

「妳和莫昇雖然常鬧不開心，也常常吵架，可是就因爲這樣，妳有什麼話，反而都會直接跟莫昇說，外婆覺得這樣很好。」

我不知道爲什麼會在這時候想起這段回憶。

也許是因爲范莫昇昨天對我說的那些話，才讓我慢慢有了印象，只是當時的我還不明白外婆的意思，現在仔細回想起來，卻似乎有那麼一點懂了。

在范莫昇面前，我從來就不需要刻意隱藏自己的想法，或是害怕讓他知道什麼；不高興的時候就不高興，想生氣的時候就生氣；對於我過去和陳州樵他們發生的事，一般人也許都無法苟同，可是范莫昇卻能以同樣的立場，相同的角度來看待我的這些行爲，因此他不曾爲這件事瞧不起我，或是對我失望，反而還「贊同」我的動機，哪怕那個理由有多麼荒謬，多麼自私幼稚，他也完全可以理解。

那時的我們，只是不希望自己在乎的事物有任何改變，希望自己珍愛的東西都能一直在身邊，就是因爲太害怕失去，這份執著才會這麼深，所以明知這麼做不對，我們還是爲了自己的渴求而自私了。

當年爲了填補家庭帶給我的寂寞和空虛，我才會將自己的心全寄託在香香他們身上，不想讓這些平衡被破壞；而范莫昇同樣是因爲溫硯洋和外婆，爲了不讓他們對自己少了份關注，最初才會對我那麼有敵意，就是怕他本來擁有的一切，會因爲我的出現，而有所改變。

我們都曾有無論如何也不想妥協跟放手的東西，才能這樣感同身受，並且互相坦承，甚至成爲最能明白對方的人吧？

當我繼續專注凝望范莫昇的臉，眼眶漸漸有些酸。

因爲在這一刻，我心裡其實是對他這次一回臺灣，就馬上到高雄找我這件事，而覺得感動的。

正因爲了解他，所以就算他先跟游可崴見面，也是很正常的事，並不會讓我感到意外，然而這次他卻是一到臺北就直接坐車趕回來，連衣服都來不及換，就跑來家裡找我，光是知道這一點，居然就已經能讓我這麼感動，甚至到想哭的地步。

我不自禁露出淺淺微笑，打從心底深深慶幸現在，感謝此刻有范莫昇在我的身邊，眞的太好了。

回到臺北以後，我再度開始兩邊跑的生活。

范莫昇後來只來家裡找我吃過一次火鍋，其他時間就不見蹤影，直到他收假回馬祖。

那次的宜蘭行，將我的心注入更多能量，心情和心境也已經變得不太一樣，很快就走出前幾日的陰霾，重新振作起來。

四個月後，原來舒爽的秋天，也轉入了冬天，范莫昇也在二月正式退伍。

回到學校後，他還是租學校附近的房子，與我這兒距離不遠，他除了繼續上課，也開始準備考丙檢，就爲了朝造型師和化妝師之路邁進，其認眞用功的程度，與過去我認識的他宛如天壤之別。

不曉得是不是因爲經過當兵的磨練，加上有了明確的人生目標，他看起來變得比過去沉穩成熟許多，不再是最初那個橫衝直撞，貿然衝動，脾氣火爆的范莫昇，只是偶爾還是會不經意流露出一抹因自信而有些跩的神韻，唯一幾乎完全沒改變的，就是他那嘴上不饒人的毛病。

小諾學長將在今年七月離職，回到高雄去，繼續他接下來嶄新的生涯規畫，因此到時候就換我變成裡頭最資深的員工，但距離那時候還有一段時間，因此我也可以趁這時思考，是否要繼續做這份工作到畢業？

偶爾，我還是可以看見游可崴來店裡光顧。

現在他和別人談公事幾乎都是在這裡，但有次我看到他一個人在座位上打手機，嘴裡還喚著范莫昇的名字，那時我才發現，他正在跟范莫昇講電話。

游可崴臉上笑得燦爛喜悅，站在櫃檯裡的我，還不時可以聽見他的笑聲。

雖然我當時很少再主動問過范莫昇與對方的進展，但當我看見那一幕，心裡便有了底，看樣子他們兩人的感情至今依舊穩定，並沒有因為范莫昇之前離開去當兵，而有半絲減退。

之前在宜蘭，范莫昇說游可崴已經和他的妻子分居，那應該就表示兩人關係已經到了相當惡劣的地步了。

假如游可崴最後真的離婚，那麼范莫昇對現在這種狀況能夠接受，沒有意見，我也無法多說什麼。

只是不知為何，心裡會有一股悵然，無力的感覺……

五月，某個週六晚上，范莫昇不曉得是生病，還是吃錯藥，居然打電話跟我說有兩張電影票，要約我明天和他一起去看電影。

「愚人節應該已經過了吧？」這是我當時第一個反應。

「喂，臭三八，本大爺難得邀請妳，妳居然給我這種態度啊？」

「因爲這實在很反常，根本就不像你……是游可崴臨時有事沒辦法陪你去了，對不對？」

「廢話，不然我找妳幹麼？」

「就知道。」我咕噥，無奈嘆息：「好啦，那約在哪裡？」

「華納威秀，下午一點半，不准遲到，到了打給我。」說完他就掛掉電話。

於是翌日，下午一點十五分，我抵達華納威秀。

放眼望去，處處是人潮，我走在人群中不時左顧右盼。

不曉得范莫昇到了沒？

正想打給他，卻在拿出手機的同時，聽到一陣激烈怒罵聲從前方不遠處傳來。

我走過去，看見兩名年輕女子站在一起，其中一名短髮女子，正在對眼前的一名男子放聲怒罵，旁邊的女子似乎是她的朋友，拉住她的手想阻止她，但那名女子尖銳的叫罵聲，還是引起周遭不少路人的側目。

發現那名男子的背影十分眼熟，我一陣愕然，不禁又往前跨了幾步，慢慢靠近他們。短髮女子雙頰漲紅，激動的怒瞪對方，像是看到不共戴天的仇人，距離一拉近，女子的聲音清楚的傳進我耳裡。

「你以為沒有人發現嗎？早就有人偷偷告訴我你跟我姊夫在亂搞，都在公司裡傳開了，你還敢繼續跟我姊夫私底下見面，不知羞恥也該有個限度！你真以為游可崴會為了你跟我姊離婚嗎？你做夢！要不是我姊在背後支持他這麼多年，他哪會有今天？你這小鬼算什麼東西？居然敢破壞別人的家庭，到底要不要臉？你爸媽是這樣教你的嗎？教你可以隨便搶別人家的老公嗎？」

我震驚不已，當場僵直不動。

望向男子的背影，他沒有出聲，始終靜靜的接受女子的飆罵。

這時，女子伸手指向他，狠戾的說：「我警告你，最好給我離游可崴遠一點，要是再讓我知道你靠近他，甚至跟他聯絡，你就等著吃官司！我姊現在懷有身孕，什麼都還不曉得，假如因為發現你跟我姊夫的事，結果害她跟肚子裡的小孩不小心出了什麼事，我絕對不會放過你！我一定會告死你，讓你畢業以後沒辦法出來混，讓所有認識你的人都知道你有多不知廉恥，多下三濫，是個破壞別人婚姻的第三者，你等著瞧好了！」

女子吼完，現場氣氛徹底凝結。

面對女子的警告與羞辱，我原以爲范莫昇會毫不客氣的反擊，但他沒有。

良久，我聽見他用毫無起伏的語氣，淡淡開口：「對不起。」

我的耳邊驟然一片寂靜。

聽到那三個字，我的心口裡彷彿有什麼東西，碎裂了。

面對范莫昇的道歉，女子瞪視他不語，怒火稍稍平息了些，卻仍是一臉不悅。

她冷冷開口：「這次是口頭警告，你最好記清楚我說的話，今天被我在路上碰到，已經算你走運，如果是在公司，我才不會這麼輕易放過你！我會繼續盯著你，你最好把皮繃緊，不准再接近我姊夫，滾遠一點！」

最後，她又上上下下打量了范莫昇一遍，眼裡盡是鄙夷，不屑一哼：「好好的正常人不當，當什麼男人的小三，噁心死了！」

女子說完，就甩頭與朋友一塊離去，消失在人群裡。

對方離開後，范莫昇還站在原地沒有移動。

看著他的背影，我的胸口像被壓了一塊沉重的大石頭，鬱悶的感覺讓我快不能呼吸。

視線被眼裡湧出的溫熱弄得一片模糊，那道身影成了斑斑碎片，我再也無法看清楚……

最終章 時光

有你的日子，就是我最想停駐的時光。

至今，我依然清楚記得初次遇見范莫昇的那一天。

轉學第一天，他以爲我偷走溫硯洋送他的吊飾，跟我打了一架，最後發現是誤會一場，他還倔強的不肯跟我道歉，只是，爲了不讓溫硯洋不理他，才心不甘情不願的向我屈服。

他堅決相信任何事情都要靠自己爭取，無論是夢想、重要的人，或是愛情，他不曾輕言放棄，更不會苦等別人給他；他不相信有人可以不勞而獲，他也不相信命運、奇蹟這類遙遠虛幻的名詞。

他只相信自己，在這個世界上，幸福只有自己能掌握。「幸」與「不幸」都是個人選擇後的結果，與他人無關，所以不管最後結局如何，他都不曾爲自己辯解，或是怪罪任何人。

他勇於追求任何他想要的東西，心無旁騖，只專注在目標上。爲了讓自己更接近幸福，哪怕眼前一路顚簸，充滿荊棘，他也不在乎，就算他的行爲不被他人接受，甚至傷害到別人，他也不後悔，因爲在很早以前，他就已經領悟到，任何決定都會有代價，所以他無所畏懼，堅定不移。

對他而言，一件事情無法成功，除了不夠努力，其他的理由都只是藉口。

我所認識的范莫昇，一直是這樣的人。

哪怕路多難走，過程多難熬，會被傷得有多重，他都絕不會輕易妥協……

「喂。」

范莫昇站在房門口，看見我杵在房裡，瞇起眼冷冷的問：「叫妳一點半去華納威秀，結果妳給我坐在這裡，知不知道我等妳等多久？手機打了幾百通也不接，到底是怎樣？」

面對他的質問，我沒有回答，自顧自的坐在床上，靠著牆壁，面無表情的雙手抱膝不動。

見我毫無反應，范莫昇更加不悅：「妳聾了嗎？臭三八，沒聽到我在叫——」

他一踏進房間，我就抓起枕頭，朝他用力砸了過去！

范莫昇看著滾落在地的枕頭，還沒反應過來，我就已經跳下床衝到他面前，伸手朝他肩膀猛力一推：「你不是很行嗎？」

他抬眸，目光在我臉上聚焦。

「你不是驕傲自大，蠻橫跋扈，永遠唯我獨尊，從不會讓自己吃虧，那個不可一世的范莫昇嗎？」我又推了他一把，追問：「就算知道是自己的錯，卻要賴裝死，絕不開口道歉，那個自尊比天還高，有仇必報，而且自私自利，眼裡只看得見自己，只要自己好，就算犧牲掉別人也在所不惜的范莫昇，現在在哪裡？跑到什麼地方了！」

我越說越激動，胸腔裡塞進滿滿的狂怒和悲憤，讓我渾身發抖：「不是說早就已經分居了？分居了還可以懷孕？還可以有小孩？從一開始，那個姓游的就在欺騙你，讓你以爲他跟他老婆已經沒有感情，眞的快要離婚。他不斷對你洗腦，說他有多可憐、多悲慘、多不幸，有多想離開他老婆，製造一堆假象把你耍得團團轉！結果呢？現在連第二個小孩都有了，你還像個笨蛋一樣傻傻的在這裡等他！爲什麼不反擊？爲什麼默默的讓別人羞辱你？爲什麼只有你要道歉？」

我眼眶發熱，淚水滾落的同時，我哽咽著吼了出來：「這是范莫昇你一個人的錯嗎?!」

他不發一語，深深凝視我的眼，平靜的面容上不見任何情緒起伏。

「你還有什麼話說？還要繼續相信他嗎？對一個從頭到尾都在欺騙你的人，你還要愛嗎？還期待這個人可以給你幸福嗎？」我啞著嗓子繼續吼他：「就算你願意相信他，我也不可能接受，我沒辦法眼睜睜看著你的尊嚴被這樣踩在腳底下！你如果執意要繼續跟游可崴在一起，那我們的友誼就到此爲止，我不要這麼痛苦的看你繼續被騙，更不想看到這樣的范莫昇。但假如你本來就不希罕我這個人，那就無所謂，我無話可說！」

「臭三八。」他低聲喚，瞳仁中沒有慍色，只有專注深沉。

我一把抓起鑰匙要衝出房間，卻被對方拉住手臂。

他抓得很牢，我無法再前進，抬手想要掙脫，卻因爲太過用力，反而不小心失足跌在對方身上。

然後，我整個人被禁錮在范莫昇懷裡。

他不說話，也沒有動，擁著我的力道很重，就是不肯讓我離開。

我緊咬唇瓣，眼睛像關不緊的水龍頭，任憑淚水嘩啦啦的落下。

但最終，我還是使盡全力，奮力推開他，接著頭也不回的奪門而出。

我想要……一個人靜一靜。

那時，聽到范莫昇親口說出那句「對不起」，我的心也跟著破碎了。

胸口很痛，眞的很痛，比我聽到他說的任何一句話都還要痛。

我沒想到看見范莫昇承受別人的侮辱與謾罵，竟會如此難以忍受，甚至比自己遭遇到相同的事，還更加令我痛苦！

我沒有辦法面對這樣的范莫昇，也無法接受這樣的范莫昇。

見他什麼也不說，我除了氣他，更想爲他大哭一場。

付出所有眞心，結果卻等到一場騙局，而且是接二連三的欺騙，這幾年來，那個人從來就沒有對范莫昇說過眞話！

一想起范莫昇那時的背影，內心的酸楚就會瞬間化成滔天巨浪，又一次將我淹沒。

我無法不想哭，無法不爲他心痛……

那日之後，整整三天，我都沒再見到范莫昇。

我不曉得他後來有沒有找游可崴談判？

還是談過之後，他選擇原諒，繼續相信對方？

這些問題一直干擾著我，和他分開的時間越久，我反而感到越來越侷促，一顆心七上八下無法平靜。

就這樣，沉悶的心情伴隨我度過一個禮拜。

週六晚上，一位讓我意想不到的稀客到咖啡館光顧，是香香。

她一進店裡，就笑瞇瞇的向我揮手。

我很驚喜，帶著點單到她桌邊時，忍不住好奇問道：「怎麼只有香香妳一個人？」

「今天晚上我跟大學同學一起到附近聚餐，想到亮亮妳就在這裡上班，所以結束後就直接過來找妳了。」

我莞爾微笑：「好，那妳想吃什麼？我請客，妳難得來，一定要讓我好好招待一下！」

由於香香到店裡的時間，剛好在我下班前一小時，於是，她留到我下班後，再跟我一起前往捷運站，但我們沒有馬上各自回家，反而坐在捷運站外頭繼續聊天。

「對了，亮亮。」香香開口，神情卻有些遲疑，「下星期五……是嫣婷的生日，我們想約那天晚上去唱歌，妳要不要一起來？」

我看著前方，沉思片刻，最後還是苦笑著搖搖頭：「不了，還是你們去就好，嫣婷生日，我不想讓她不開心。」

「可是，我覺得嫣婷應該沒有在生妳的氣了。」

「就算她沒有生氣，但我想，她心裡還是不太想看到我的。雖然和她撕破臉很難過，但我也不想繼續勉強相處，所以謝謝妳，看到我們這樣，香香妳很爲難吧？」

聞言，她嘆息一聲，滿是無奈：「我也不曉得該怎麼跟嫣婷說才好。不過，問題其實出在我身上，因爲嫣婷似乎到現在都還認爲我依然喜歡陳州樵。」

我看著她的側臉，緩緩問道：「所以……妳眞的還喜歡他嗎？」

香香輕哂，搖搖頭：「對現在的我來說，州樵就是一個很重要的朋友，過去那種心動的感覺，很早以前就淡化了。而且……其實我現在有一個很在意的對象，只是我沒有跟嫣婷說，所以她才會一直誤解，可是我至少應該跟亮亮妳解釋清楚，不然害妳一直被嫣婷責怪，我覺得很過意不去。」

「在意的人？」

她頷首：「是我的直屬學長，大一就認識了，大我一屆。」她牽起嘴角，淡淡一笑，「雖然那時他就已經有一個同班的女朋友了，但我們的感情還是很好，他很照顧我。現在……該怎麼說？就是曖昧吧，儘管沒有說開，我們私底下已經牽過幾次手，甚至接吻過一次……我不敢跟嬿婷說，她愛恨分明，性情那麼激烈，肯定沒辦法接受這種事，所以我只跟玲萱透露過一點，從沒打算讓其他人知道，只想把這件事當作我一個人的祕密……

「至於最後會怎樣，我也不曉得，或許等他今年畢業，我們就會分開，即便是這樣，我也會接受，因爲他跟他女友都是很出色的人，所以我沒奢望能眞的跟他在一起，只希望在他畢業前，能向他清楚的表明一次我的心意……」

說到這裡，她迎上我的視線：「還有一件事，我也想跟亮亮妳坦白。」

「什麼事？」

「以前我跟州樵曖昧的時候，我之所以遲遲沒有向他表白，是因爲我一直在等他主動，可是到最後，我決定寫信告訴他……不過不是因爲等不及，也不是覺得不耐煩，而是因爲害怕。」

「害怕？」我不理解的看著香香閃著微光的眼睛。

「嗯，因爲那時候我發現，州樵好像喜歡上亮亮妳了。」

她娓娓道來：「每次我和他一起出去，他常跟我聊妳的事，提到妳時，臉上總會露出開心的笑容。我發現他越來越關心妳，也越來越在乎妳，所以覺得很不安，最後要妳幫我把信交給他，其實也是有點故意的心態。在妳去高雄之後，就算州樵早就知道那封信原本的內容，但都沒有再跟我說什麼，從那時起，我就知道跟他大概已經沒什麼機會了……

「剛開始，我也怨過妳，也跟嫣婷一樣，懷疑妳是不是喜歡州樵，才會把我的信改掉，直到妳跟他在大學重新碰面，並告訴他當初那麼做的理由，他後來全部轉述讓我知道，我才明白事實不是我想的那樣。現在回憶起來，我們確實經常忽略妳的感受，讓妳累積了很多不開心，印象最深的是五月天演唱會那次，妳好不容易幫我搶到票，結果卻因爲嫣婷、玲萱臨時找州樵跟我去看電影，害妳不得不一個人去聽演唱會。妳是太生氣了，才會這麼做的吧？」

「……」我默默低下了頭。

「如果要說那件事爲我帶來什麼影響，我想就是……假如未來又喜歡上某一個人，我不會再猶豫，不會再等待別人來告訴我，而是由我先主動向對方表白心意。若能回到過去，我希望自己一開始就向州樵表白，不再錯失良機，要是我能早點拿出勇氣，或許就不會留下遺憾，而亮亮妳也不會走了。」她遠望著馬路上的車潮，若有所思的微笑，「所以這一次，就算學長已經有女朋友，我還是想自私一次，告訴他我喜歡他，假如他接受了，卻還是決定跟他的女友在一起，我就會離開他，至少我不會覺得後悔，不會再優柔寡斷，害自己留下遺憾。」

我深深凝望香香許久，最後說：「要不要我幫妳把信拿給對方？」

「什麼？」

「如果妳想寫信給那個人，可以告訴我，我再幫妳送信一次。」

香香怔怔盯著我認眞的臉，幾秒後，她意會過來，忍不住掩嘴發出噗嗤一聲。

我們兩人交換了一下眼神，然後旁若無人的大笑起來。

「我這次不寫信了，會親口跟他說，不靠別人幫忙。」香香笑到雙頰通紅，半晌，她對我投來一道好奇目光，笑問：「那亮亮妳呢？妳心裡還有沒有覺得遺憾，或是感到後悔想要彌補的事？如果能回到過去，妳最想要改變的事情是什麼？」

我一聽，脣角的笑意淡去一些。

垂眸，望著地面，專注思考了一段時間，我喃喃道：「我想要改變……」霎時，眼眶浮起一股溼熱。

假如能回到過去改變什麼……我腦海中閃過的第一張臉，不知道爲什麼，竟然不是外婆，也不是溫硯洋，而是范莫昇。

若時光能倒轉，現在的我最想回去的時間點，就是范莫昇和游可崴初次一起來咖啡館的那一天。

在得知游可崴已婚的那時候，我就應該阻止范莫昇，不管用什麼方式，都要讓他徹底離開那男人身邊，不讓對方有機會再傷害他。

我沒有及早將他拉出那片泥沼，沒有適時阻止他們聯絡、見面，我感到很後悔……就算會被范莫昇怨恨，我也不該讓他陷得更深。

當時，離他最近的人明明是我，我卻沒能這麼做，眼睜睜看著他懷抱希望墜入絕望地獄。

假如能夠回到那一天，不論如何，我都不會讓范莫昇走上相同的路，絕不會讓他重蹈覆轍。

我最怪罪自己的，就是沒有在那個時候拯救他。

如果能重來一次，我不會讓他做出那個選擇。

不管要付出多少代價，這一次，我都不會再放開他的手。

「欸，我說老姊，難得出來玩，爲什麼是來這裡啊？」

隔天中午，譽騰兩手叉腰，垮著一張臉，站在木柵動物園的入口處，連聲抱怨：「從國小到現在，這裡我至少來過八百遍了，早就逛膩啦！」

「汪譽騰，你很囉唆耶！是你自己說課業壓力大，要我帶你出來紓壓一下，我才犧牲假日陪你的，還嫌！」

「但妳也應該找個有趣一點的地方吧？姊，妳眞是太沒創意了，如果想不到，請我去吃大餐也行嘛！」

「是我想逛動物園可以吧？」我賞他一記大白眼，踏步走向售票口。

星期日上午，這小子突然心血來潮，從家裡跑過來找我，要我帶他出去玩，我難得想賴床多睡一會兒都沒辦法。

已經是高三生的他，看起來還是一副悠哉清閒，完全沒有一點身爲考生的緊張，他聲稱自己每天都讀書讀到很晚，也不知道到底是眞的還假的。

有幾年都沒來這裡玩的我，一入園就搶先去看最火紅的貓熊。

假日的動物園十分熱鬧，幾乎每個動物展區都充滿人潮。

明明才五月，臺北的氣溫已經高到令人頭暈目眩，陽光相當刺眼。譽騰逛沒多久就滿頭大汗，熱到哇哇叫，我卻一臉愜意，心情輕鬆的看著導覽圖，繼續前往下一個園區。

中途休息時，譽騰一邊喝冰可樂，一邊低頭滑手機，然後漫不經心的問：「欸，姊，昇哥今天在幹麼？」他說的昇哥，指的就是范莫昇。

「……不知道，大概在忙工作吧。」我咬著吸管，淡淡的應，「怎麼了？」

「沒有啊，只是突然想到而已，因爲很久沒看到他了，要是昇哥也一起來，應該不錯吧。」

「他才不會來呢，要是找他來動物園，他大概只會擺出這種嫌惡的臉，然後冷冷的說：『臭死了，誰要去那種地方？』」我瞇起眼睛，雙手抱胸，加上狠狠擰眉，模仿范莫昇不屑時的神韻和姿態。

譽騰當場拍桌狂笑：「哇哈哈哈哈！姊，妳學得好像！連口氣都超級像，太神了！」

他樂不可支，我也忍俊不禁的輕笑出聲，腦海裡倏地閃過那個令我擔心的人的臉。

不知道范莫昇現在在做什麼？

他在什麼地方呢？

是不是……跟某人在一起？

其實我不敢去深思，這幾天他都沒有跟我聯絡，會不會已經決定跟我絕交？他是不是寧可和我一刀兩斷，也不願意放棄游可崴？

我知道拿自己跟游可崴比，其實沒有意義，因爲范莫昇愛的是他，我算不上是什麼重要的人，所以就算失去我，對范莫昇而言，可能也未必是失去。

沒有我在身邊，他大概不痛不癢，沒有任何影響吧……想得越多，一顆心不自覺陷得越深。

我用力甩甩頭，吁出一口氣，用雙手揉揉臉，在心裡命令自己振作一點。

與其杵在這裡心神不寧，繼續胡思亂想，還不如主動一點，今天回家就打一通電話給他，關心他的狀況。

因爲，我眞的擔心他，眞的在意他，眞的想……再看到他的臉。

我跟譽騰離開動物園時，已經四點多。

去坐捷運前，他指向園區旁的麥當勞，跟我說：「我想買份套餐吃。」

「還吃？你的零用錢應該被你吃光了吧？半個小時前不是才吃完一個大亨堡？」

「唉唷，老姊，妳也知道，身爲考生最重要的就是想盡辦法塡飽肚子，這樣才有腦力和體力念書嘛！」

「藉口一堆。」我咕了一聲，從錢包裡抽出兩張百元鈔給他，「算了，今天就對你好一點，去買吧。」

「耶！那妳在這裡等我，現在裡面應該已經擠爆，等我買回來，我們就在這裡吃。我先過去嘍！」譽騰雀躍蹦跳，迅速往麥當勞飛奔而去。

我無可奈何的一嘆，接著環顧動物園門口，找尋可以坐著等譽騰回來的地方。

就在我四處張望時，視線不經意掃到某個人的身影——我的目光驟然定格，再也沒有移動。

穿著輕便短袖襯衫的游可崴，從動物園出口步出，身旁還跟著一位陌生女子。

游可崴雙手推著娃娃車，而女子勾著他的手臂，依偎著他。

她一身米白色連身長裙下，小腹明顯隆起，看得出已經懷孕一段時間。

他們有說有笑的朝著一個方向慢步徐行，這畫面無論誰看了，都會認爲這是一個溫馨甜蜜的美滿家庭。

我聽見自己的胸腔裡，傳出咚咚咚咚的劇烈心跳聲。

游可崴與他妻子臉上洋溢的幸福笑容，讓我我覺得呼吸越來越快，好像快喘不過氣……

我動也不動，目光黏著他們的身影，渾身血液似乎都要沸騰了，理智線即將被燒斷。

眼裡映著的，雖是他們相依偎的畫面，腦海浮現的，卻是范莫昇孤獨的背影，那個已深深刻進我心版，讓我心痛到不忍再回憶的背影……

「臭三八。」

看到游可崴此刻的笑容，突然間，腦中像被潑了一桶白漆，瞬間只剩一片空白，什麼理智、什麼冷靜、什麼顧慮，全部徹底消失不見。

那兩人的身影越走越遠，我握緊拳頭，雙腳自動的往前邁開，並且逐漸加快速度，最後，我根本是拚了命的朝他們狂奔，就爲了……追上那個男人！

終於趕上他們，我伸腳一跨，直挺挺的站定在游可崴的面前，他們霎時停下腳步，兩人都嚇了一跳，雙雙睜大眼看著我。

游可崴臉上盡是訝異，他打量我片刻，似乎認出我來：「妳是……」

話還沒說完，我就已經衝上去，朝他的左臉頰奮力揮了一拳！

沒錯，不是一掌，是一拳。

我的暴力舉動立刻引起周遭人們的側目。

游可崴的妻子站在一旁，驚嚇的摀住嘴，卻摀不住冒出口的驚呼。

而游可崴被我打得重心不穩，連退兩步，痛得低頭撫住紅腫的左臉，然後難以置信的抬眸看著我。

我反覆深呼吸，恨恨的瞪著他，感覺眼睛快要冒出火來。

顧不得自己的右手同樣痛得不得了，這一刻我什麼都無法思考，只能想著范莫昇的委屈，想著怎麼教訓這個深深傷害、深深欺騙范莫昇的人！

「游先生。」我強忍想將他當場撕裂的憤怒，冷冷開口：「假如你沒有辦法爲范莫昇做任何事，就請你別再招惹他；要是你沒辦法爲他放棄任何事，一開始就不應該給他承諾。請停止你那些自私卑劣的行爲，別再用你的花言巧語跟謊言哄騙范莫昇，徹底從他的世界裡消失，不要對他窮追不捨！」

游可崴臉色鐵青，一手摀臉，嘴巴微張，半個字都說不出來。

「我不會再把范莫昇讓給你！」我咬牙，衝到頂點的情緒，讓我無法繼續壓抑，我用力將每一個字擠出齒縫，要他聽得清楚：「從今以後，你沒辦法給他的，我來給！范莫昇想要的幸福，也由我來幫他完成，我不容許你再傷害他，更不會再讓你把他當傻子耍！假如你眞的在乎他，就請你放手，回到你自己的家庭，好好對待你的家人，別再擾亂他的人生！」

撂完這些狠話，我轉身就走，頭也不回的迅速離開。

我窩在房間裡，沒有開燈，窗外餘暉疲弱的照進屋內，我仰躺在地板上直直盯著天花板。

一陣腳步聲逐漸接近，沒多久，我便感覺到有人在我頭頂上方蹲了下來。

「妳很屌喔。」范莫昇低頭俯視我的眼，「聽說妳在動物園門口直接打掉人家一顆牙？」

發現是他，我疲倦的眨了眨眼，半晌才開口：「你怎麼進來的？」

「妳弟啊，我上來時，他正好開門，現在人已經跑回去了，說妳回到家後就變得不對勁，一直躺在地上不說話。」他的聲音平靜，我聽不出任何情緒。

「游可崴這麼快就跟你告狀了？」我面無表情，隨後閉上眼睛，淡漠道：「你要是心疼我打了你的愛人，想幫他報仇的話，我不會抵抗，隨你便吧。」

他沒有出手打我，也沒有罵我，只是往我的反方向坐下，眼神似笑非笑，像在瞧什麼有趣生物。

「手還能用嗎？既然可以把人家打到牙齒斷掉，打人的手應該也挺慘的吧？」

他一觸碰到我的手，馬上被我撥開，我翻身面向另一邊，背對他。

「我怎麼不知道妳會這麼捨不得看我受到傷害？」

「少臭美，誰捨不得你了？我是爲了外婆才這麼做的，我可不希望她離開後還得繼續爲你的事情擔心，不然我才懶得管你。」

「是嗎？」他繼續問：「所以妳說要給我幸福，也只是爲了婆婆才這麼說的？」

我全身一僵，心臟不受控的顫動了一下。

「從今以後，你沒辦法給他的，我來給！」

「范莫昇想要的幸福，也由我來幫他完成！」

當時，我怒火攻心，情緒太過激動，結果完全沒思考，就脫口說出這些話。

現在重新回想理解這些話的意思，雙頰瞬間發燙起來。

我倔強的繼續辯解：「那是我一時太過氣憤，昏了頭，才會不小心說出這些話，我根本就不知道自己在說什麼，我只是想給游可崴一個教訓……人在失去理智的時候……本、本來就容易說出一些奇怪的話！」

「所以這不是妳的眞心話？」

「……」我咬脣不語。

見我遲遲不回應，范莫昇淡淡的回：「妳這女人眞的很不可愛。」

他的話鑽進耳裡，我的眼眶一陣酸澀，某股溼熱的液體在眼角醞釀。

我本來就是一個不可愛的人。

「有什麼差別嗎？」我沙啞的問，「不管是不是眞心話，對你有什麼影響？就算我是眞心的，你喜歡的也是男人，知道了又有什麼意義？只要對方不是你心裡眞正想要的人，眞心再多你也不屑一顧，更不會在乎，不是嗎？」

聽到我悶悶的控訴，范莫昇沉默了。

良久，他開口喚我：「臭三八，轉過頭來看我。」

「不要。」死也不想讓他看到我這張又快哭出來的臉。

「叫妳看著我。」

「不要就是不要！」

「那我去找游可崴了。」

我一驚，瞬間回頭：「范莫昇，你——」

轉過身的剎那，范莫昇馬上抓住我的手，同時俯下身，一個吻重重落在我的脣上。

我的身體彷彿瞬間石化，四肢動彈不得，直到對方離開我的脣，我才重新看清楚他的臉。

「妳是有什麼問題？」他用雙肘撐著上半身，停在我上方約十五公分處，深邃的眼睛平靜無波，我幾乎可以看見自己在他瞳孔中的倒影。他溫熱的氣息噴在我的臉上，「我是喜歡男人，可是我也從來沒有說過，我『不會喜歡女人』吧？」

我呆若木雞，由於驚嚇過度，連自己到底停止呼吸了幾秒鐘也不曉得。

「要白痴要夠了就給我起來，五分鐘後滾到一樓去，跟我去夜市買吃的，我在樓下等妳。」他巴了我的額頭一下，隨即俐落站起身，冷冷警告：「不准摸魚，要是敢讓我多等一分鐘，妳就死定了，聽到沒有？」

范莫昇離開房間後，我還恍恍惚惚的癱在地上。

過了好幾分鐘，才意識到剛才究竟發生了什麼事。

自從在動物園揍了游可崴一拳，接下來的日子，乍看之下並沒有什麼改變。

范莫昇沒有爲此修理我，卻也沒有爲那天在房間對我做出的舉動解釋什麼，對我的態度一如往常，彷彿什麼事都沒有發生，彼此也沒有因爲那個吻和「驚人宣言」，產生任何化學變化。

一個星期後，下午兩點四十分，我隻身一人跑到學校附近的連鎖咖啡店。

咖啡店裡幾乎客滿，我一看到某個雙人座位的桌上放了「已訂位」的牌子，立刻悄悄靠了過去，並在那座位後方找到我預訂的空位坐定。

由於每個用餐座位都有矮牆阻擋，因此我不太擔心會被後方的人發現。

總而言之，就是個相當適合「埋伏偷聽」的地點。

會突然做出這種鬼鬼祟祟的舉動，起因於昨晚打工的時候，范莫昇打給我，問我知不知道這間咖啡店的電話。

我一開始不解，後來他才告訴我明天下午他要去，要是發現客滿他會很不爽，所以才想事先訂位，只是當我幫他查出電話，這傢伙又要我「順便」打過去幫他訂，簡直懶到不行。

但也因爲這樣，掛上電話後，我突然想到，他很有可能是要跟游可崴碰面。

范莫昇訂了兩人座，時間是下午三點，儘管他什麼細節，包括跟誰有約都沒說，但我幾乎沒有任何懷疑就認定對方是游可崴。

因此幫他訂位的同時，我萌生了一個念頭，直接跟店家訂兩桌相鄰的靠窗座，而且爲了避免被范莫昇發現，我還故意用不同人的名字訂，范莫昇要坐的位子就用他的名字，我的位子就用我的名字。

於是，我才在這個時間點到這家咖啡廳就定位，默默等待范莫昇的出現。

從玻璃窗的倒映中看到一張鬼祟的臉，我忽然很想問問這個人到底在幹麼？先是有生以來第一次當街出拳揍人，現在又偷偷摸摸搞埋伏……雖說是爲了關心范莫昇和那個爛男人的狀況，但自己竟做出這一連串脫序行爲，連本人都覺得不可思議。

爲了范莫昇，我根本什麼瘋狂的事都做過了。

當我還對著窗戶托腮發愣，一道熟悉嗓音驀然飄進耳裡。

發現身後那一桌的人已經到了，我努力豎起耳朵竊聽，先聽到范莫昇的聲音，再來是另一個男人的低沉嗓音，果然就跟我猜想的一樣，是游可崴。

從聲音傳來的遠近判斷，范莫昇應該坐在背對著我的位子上。

我整個人貼在椅背上，全神貫注，將所有注意力都聚焦到耳朵，只是等候了一段時間，卻遲遲等不到他們說話，一點聲音也沒有，兩人似乎無言以對。

三分鐘後，我終於聽見其中一人打破沉默。

「我老婆已經知道了。」游可崴開口，「自從你朋友上次一鬧，後來我老婆就知道所有的事了。她沒有辦法接受，等孩子生下來，她就會跟我離婚。」

他的口氣很沉，聽不出是喜悅還是悲傷。

「這一次是真的結束了。」

我屏息聆聽，范莫昇沒有回應，於是對方便繼續說下去。

「莫昇，我很抱歉，是我一直在欺騙你，但今後我不會再這麼做了。這一次，我跟我老婆真的結束了，請你原諒我好嗎？」他說得字字懇切，句句真摯，「以後，我跟你再也不需要躲躲藏藏，可以正大光明的在一起。我不會再傷害你，更不會再讓你受委屈，我會盡全力照顧你、保護你，所以莫昇，求你再相信我一次，我保證這真的是最後一次，好嗎？」

「喔。」半晌，范莫昇終於開口。

聽到范莫昇的回應，我的心一涼。

自胸臆間湧上喉嚨的苦澀，讓我無法順利換氣，彷彿連呼吸的力量都失去了。

游可崴似乎十分欣喜，語氣明顯變得輕快許多：「謝謝你，莫昇！謝謝你願意再相信我，我，我好高興！我保證，我們之間再也不會有任何阻礙，我們可以一直在一起，再也不需要等待了！」說完，他的語調一轉，像在遲疑顧慮著什麼：「但是……莫昇，為了我們，你能不能答應我一件事？」

「什麼？」

「我希望，你能夠離開你的朋友，就是在那間咖啡館上班的那個女生。我不希望她存在於我們兩人之間，也不想看到她繼續出現在你身邊。我不會干預你的其他事，也不會對你的朋友有意見，但就只有那個女生不行，我沒辦法看著一個同樣喜歡自己情人的女人在你身邊，只有這一點，我沒辦法接受，可以不要讓那個女人繼續接近你嗎？」游可崴的聲音十分溫柔，「我相信你可以明白的，因為在乎你，我才會覺得不安，這種感覺你一定懂，你一定能體諒我的這份心情，對不對？莫昇？」

「嗯。」

游可崴話語裡的笑意加深，很是欣慰：「那你可以答應我嗎？」

我緊抿雙脣，視線變得有些模糊……

聽到這裡，我幾乎已經知道結果是什麼，好想緊緊摀住耳朵，然後逃出這裡，因為我完全不想親耳聽到范莫昇為了游可崴，親口答應和我一刀兩斷。

我沒有心理準備去面對范莫昇即將說出口的答案。

我沒有堅強到可以承受這一切，也沒有足夠的勇氣去接受這個結果……

「莫昇？」見對方不吭聲，游可崴追問：「你不願意嗎？」

「不是不願意。」范莫昇開口，「只是既然沒打算跟你繼續下去，就算說願意又有什麼意義？」

聽到這句話，我瞬間瞠大眼睛，不斷冒出的淚水乍然止住。

游可崴似乎也傻了，他安靜幾秒，才用有些困惑的聲音問：「這是……什麼意思？莫昇，你沒打算跟我繼續下去？為什麼？你不是已經原諒我？也願意再相信我一次？」

「我相信你啊。」范莫昇回得一派輕鬆，「可是這跟我要不要繼續跟你在一起是兩碼子事。我原諒你欺騙我，也相信你不會再騙我，但這不表示我打算再和你交往下去，事實上，我已經完全沒有這個念頭，至於我要不要離開那傢伙，抱歉，大概也跟你無關了，既然不會再跟你見面，就算那女人喜歡我，天天在我身邊，你也管不著。你看她不順眼，覺得她妨礙到我們，也已經不是我要解決的事了。害你跟你老婆撕破臉，眞是不好意思，你現在要不要再回家努力看看？認眞求情的話，搞不好還有挽回的機會。」

「你眞的不想跟我在一起了？」游可崴不敢置信，緊張焦急的問：「你還在生我的氣？你已經不愛我了？」

「如果不愛你，就不會生你的氣了。」他淡淡的說：「我很感謝你當初的提拔，也很感謝你給我學習的機會，更感激你對我的好。但我不想因為你，就放棄我想要的人，你剛剛說的，希望她消失的那個女人，是我再怎麼喜歡你，也不想失去的人，所以我只是做出選擇而已。你要是覺得我不夠愛你，我也不會否認，因為現在的我，確實正在慢慢愛上另外一個人。」

有人從座椅上站起碰撞聲傳了過來，然後范莫昇淡漠的嗓音響起：「項鍊還你，我不會再戴了，我今天就是爲了還你這個才會跟你見面的。我們好聚好散吧！以後我不會再見你了，你自己好好保重。拜。」

聽到鍊子放在桌上的聲音後，范莫昇的腳步聲也跟著漸行漸遠，我沒有再聽到身後有任何聲響。

不知道過了多久，當桌上的手機驟然一響，我整個人差點跳起來，迅速拿起手機時，不禁順勢往後面的座位望去，這才發現游可崴早就已經不在那裡。

我倉皇的接起按下通話鍵，還不小心結巴：「喂、喂……？」

「臭三八，妳在哪裡？」范莫昇問我。

「我……在外面。」我嚥嚥口水，努力讓自己鎭靜下來，以免露出馬腳，「怎麼了？」

「我晚餐想吃火鍋，妳那邊有沒有菜頭跟玉米？如果沒有，我晚上拿到妳家去。」

我呆了一陣，吶吶的回：「喔……好啊，剛好家裡沒有這兩樣，如果你想帶來就……」

說到一半，一顆眼淚無聲的墜落在我的褲子上。

我伸手抹掉右眼角的溫熱，另一滴眼淚卻又同時從左邊滑下，我再也無法抑止濃濃酸楚，淚水失控的越流越多。

我緊緊搗脣，強忍著不哭出聲音，卻忍不住因激動而渾身顫抖，分不出究竟是喜極而泣還是感動的淚水，完全浸溼我的臉頰。

他選擇了我。

一直以來，等待的幸福就近在咫尺，只要伸出手，范莫昇就可以得到他渴求的一切。

看著他一路走來，我比誰都清楚這份情感對他有多重要，也知道他期待這一天有多久，所以他不可能會放手，然而在最後關頭，他卻毅然決然放棄這一切，沒有一丁點猶豫。

在他想要的幸福面前，他選擇的人，不是別人，而是我。

范莫昇選擇讓我成為他的幸福。

我就這麼在店裡哭花了臉，不斷抽泣，完全無法回應范莫昇。

我聽不見店裡的其他聲響，只剩下他的聲音在耳裡縈繞……

夏天到了。

大學最後這一年，課業已沒有那麼重，花在工作上的時間，因此變得比之前多。

沒什麼大變化的日子，不知不覺帶著我走到現在。

一年之後，我大學畢業，選擇留在臺北，離開了過去陪伴我四年的咖啡館，九月一到，我便進入一間外商公司上班，而且與媽的公司頗近，走路十五分鐘就能到，因此偶爾還會去找她一塊吃飯。

值得一提的是，我從小到大的畢業典禮，媽總是習慣缺席，但在我大學畢業的那一天，她居然在典禮上現身了。

她和譽騰一起來參加，還買了一束花送給我，雖然沒有待很久，很快就回去了，仍令我覺得萬分感動。

至於范莫昇，大二時，他去外島當兵一年多，所以晚我一年才離開學校，但以經驗來論，他算是比我更早進入職場，後來順利拿到美容乙級跟美髮專業證照，還沒畢業，已跟開業沒兩樣，畢竟他在學生時期就已經累積不少實力跟口碑，現在的他，事業做得有聲有色。

離開學校附近的租屋處，我用過去打工的積蓄租了另一間公寓，而范莫昇就直接住我家隔壁。

從大學就養成的習慣，讓他依舊三不五時就會到我家來煮東西吃。

與過去相比，我們兩人的互動方式其實沒什麼明顯轉變，還是常常吵嘴，但也總是在一起。

當年他離開游可葳之後，對我來說，似乎眞的有比過去更親近他那麼「一點點」，只是每次吵起架來，就又完全不像是那麼回事。

唯一的好處是，我們從來不會冷戰，應該說跟范莫昇在一起，就不可能冷戰，只要半天不跟他說話，就算兩人仍在氣頭上，他也會直接跑來找我，賴在我家不走，直到我受不了趕他爲止。

這樣吵吵鬧鬧的生活，繼續陪伴我走過一段時光。

到了二十五歲那年，我收到來自「某個人」的好消息。

大學畢業之後，直接在國外生活的溫硯洋，即將在十月底結婚了。

而他的對象，正是始終在他身邊的宛炘學妹，兩人會在高雄和臺北辦喜宴，雖然我和范莫昇都在臺北工作，但我們都決定參加高雄場。

喝喜酒那天，婚禮開始前，我們三人站在會場一角聊天。

范莫昇兩手抱胸，嘖嘖兩聲：「唉，結果結婚這一天，前男友還是缺席，果然是打擊太大了，可憐哪！」

我立刻刨他一記眼刀：「小諾學長才沒那麼小心眼，他是眞的沒辦法在這天趕回來，而且人家早就有女朋友了好不好？」

溫硯洋勾勾唇：「學長今天上午就已經先打給我了，說等工作告一段落，會再聯繫我們，剛好他十一月會去一趟加拿大，這次趕不回來，到時他會帶他的女友直接去那裡找我們，還說要請我們吃飯。」

「那就沒差了，不過阿洋，我沒想到你會這麼快就結婚，眞的不是因爲你老婆懷孕了？我跟這傢伙昨晚還討論好久——」范莫昇一抬手指向我，立刻就被我用手肘猛推一下！

溫硯洋又笑起來：「其實這本來不在我們的規畫裡，可是不知道爲什麼，我們都想在今年這麼做，所以就辦了，就怕之後工作忙，反而更難調時間。比較有趣的是，過去在高雄的同學或是學長姊，甚至是師長們，在收到我跟宛炘的喜帖之後，很多人都跌破眼鏡，完全沒料到會是我跟宛炘結婚……可能眞的應該再拖個幾年會比較好，只是等我們發現到這點，已經來不及了。」

「你居然也會有這麼衝動的時候啊。」范莫昇撇撇嘴，然後看我一眼，「好啦，你們兩個繼續聊，我去一下廁所，等等回來。」

范莫昇離開後，我與溫硯洋默默對望數秒。

西裝筆挺的他，依舊和過去一樣耀眼，讓人難以移開目光。

我心裡不禁感到一陣惆悵：「要是能讓外婆看到這樣的你該有多好。」

「我不覺得婆婆沒看到唷。」他溫柔的看著我，「直到現在，我都不認爲婆婆已經離開我們了。」

我微笑，再度凝視他的臉片刻，感慨呢喃：「時間眞的過得好快，突然想到十五歲時，我才剛認識你，結果一眨眼，十年就過去了，覺得很不可思議。」

「是啊。」他的眼裡閃過一抹微光，「這十年發生很多事，但我很慶幸當年可以遇見亮亮妳。」

「眞的嗎？不會是說場面話吧？」我故意挑眉。

「當然不是嘍。」他脣角弧度又上揚一些，「因爲妳是我第一個喜歡上的女生，不管是以前還是現在，妳在我心裡都占有相當重要的地位，是我非常重要的人，這點從來沒有變。」

「我是你第一個喜歡上的女生？騙人，我不相信！」我咯咯笑了起來。

「是眞的唷，不然我以前不會每天早上都在公寓門口等妳一起去上學，也不會要妳高中畢業後到臺北來。雖然婆婆對我有數不盡的恩情，但那些事，都是我自己想要爲妳做的，這些絕對是我的眞心話。」

我靜靜望著他良久，眼眶莫名的熱了。

「欸，溫硯洋。」我開口，「假如我這時候說，想要再擁抱你一次，宛妡學姊會不會生氣？」

他眸裡含笑：「當然不會。」說完，他反而先張開雙臂，主動的將我攬入懷裡。

我忍住鼻酸，與他緊緊相擁，輕聲說：「祝你幸福。」

「謝謝。」他在我耳邊回應，「謝謝妳，亮亮。」

看到溫硯洋牽著他的妻子走向幸福的那一端，這一刻，我打從心底爲他高興，並且深深感謝他。

感謝他送給十五歲的我一段美好的際遇，感謝他出現在我的生命裡，因爲是他，我才能擁有如此溫暖的回憶。

第一個愛上的人是他，讓我感到無比欣喜、快樂。

如果沒有他，我不會擁有過那樣的幸福。

謝謝他，曾經那樣愛過我。

婚宴結束後，我跟范莫昇一起步出會場，準備回外婆的家。

前往捷運站的途中，他說：「結果妳居然能待到最後，我還以爲妳中途就會落跑了。」

「我才不會這樣，只有范莫昇你才會開溜吧，心胸這麼放不開。」

「拜託，我紅包都包那麼大了，妳還說我放不開，我要是真的放不開，今天根本不會來好嗎？」他不以為然的冷哼。

「唉，隨你怎麼說，反正看到溫硯洋幸福就好，其他的都無所謂，不過……」我低下頭，盯著他和我交疊的手，納悶道：「范莫昇，你為什麼從出來之後，就一直牽著我的手啊？」

「我是擔心有人看到妳這個前女友特地跑來婚宴上多喝三杯，會覺得妳很可憐，才好心這麼做，妳才不會看起來太悲慘。」他幽幽的回，一臉氣定神閒。

「喔，你還真是用心良苦。」我丟了一記白眼給他，「那現在已經不在婚宴上了，你可以放手了吧？」

「不、可、以。」他想也沒想就拒絕，望著前方，拉住我繼續向前。

我抿著笑意，不再開口，就這麼讓他牽著我，跟他一起走在屬於高雄的燦燦陽光下。

曾經，我們三人共度了一段美好時光，雖然今後只剩我和范莫昇，但我倆的生活仍會多采多姿吧？

只要最重要的人在身邊，那些回憶，那些足跡，都將會引領我走向另一片風景。

為過去那一段歲月，那一段溫柔時光，開啓嶄新璀璨的續篇。

全文完

後記

開始動筆寫這個故事，和過去比起來，時間點已經算是晚了。

最初腦中構想的是兩篇故事，而且也已經各有百分之五十的大綱，但不知道爲什麼，心中就是缺少了一股熱情，遲遲沒有想要將兩篇故事寫出來的衝動，因此儘管知道該是寫新作的時候，但我還是就這麼延宕下去，直到《溫柔時光》的出現。

以往開始寫之前，書名就會先出現，這一次卻讓我碰上了瓶頸。故事先有，名字還沒有影子，甚至寫到一半了，書名還是一點頭緒都沒有，好不容易想出來的第一個名字，也被打了回票，現在想想幸好沒有眞的使用那個名字。（抹汗）

在這次的故事裡，亮亮國中時期的故事有不少的篇幅，其實我國中時曾發生過跟亮亮類似的事件，只是當時我的角色是香香，而且不是信件被竄改，而是被朋友冒名寫信給別人，就像電影《藍色大門》裡，女主角的好友冒自己的名，寫信給男主角的橋段，那些都曾眞實的發生在我身上，所以如今寫起來覺得特別有意思，也讓我發現國中時期的少男少女最重視在乎的東西，其實都差不多。

畢竟自己也走過那一段，因此每次碰到有年輕讀者跟我分享生活上的事，無論是愛情、友情、課業，或者是跟父母、兄弟姊妹之間的關係，這些都像是每個人必經的青春，讓我覺得彷彿看見自己最青澀的時候。明明生活在不同的地方，發生的故事，卻又是那麼的相似。

其中還有一個橋段，和原先設定的不一樣，我本來安排亮亮的外婆去世前，亮亮與外婆曾發生爭執，還來不及和好，外婆就不幸離世，這對過去經常寫虐文的我來說其實不難（但還是會寫得很痛苦），可是不知爲何，當我寫到那裡時，我渾身上下都在抗拒，腦子裡想著這一幕，身體卻遲遲不讓我下筆，無論如何就是寫不下去，像是書中主角拚了命不肯讓我這麼寫，於是最後我只能屈服。這大概也是第一次主角反抗作者成功，等到這故事完成之後，我回頭去看，發現自己並不後悔更改原意，彷彿那才是他們本來眞正該有的樣子，亮亮和外婆之間，不應該存在著這樣的遺憾。

感謝支持我完成這個故事的所有人。

謝謝家人，在看過我因爲卡稿而歇斯底里之後，還沒有阻止我繼續寫下去。（笑）

謝謝我的編輯尤莉還有馥蔓，多虧妳們的耐心，我才能順利完成《溫柔時光》，非常謝謝妳們的包容。

謝謝小平凡，無論碰上什麼難關，你們始終都是支撐我走過去的最大力量，謝謝你們再度陪我走完一個故事。

希望二〇一五年，還能繼續爲你們說更多的故事。:)

晨羽

國家圖書館出版品預行編目資料

溫柔時光／晨羽著. -- 初版. -- 臺北市；城邦原創,
民 104.02
面；公分. --（戀小說；37）

ISBN 978-986-91055-9-0（平裝）

857.7 104000438

溫柔時光

作　　者／晨羽
企畫選書／楊馥蔓、簡尤莉
責任編輯／楊馥蔓、簡尤莉

行銷業務／林政杰
總 編 輯／楊馥蔓
總 經 理／伍文翠
發 行 人／何飛鵬
法律顧問／元禾法律事務所　王子文律師
出　　版／城邦原創股份有限公司
台北市中山區民生東路二段 141 號 6 樓
電話：(02) 2509-5506　傳真：(02) 2500-1933
E-mail：service@popo.tw
發　　行／英屬蓋曼群島商家庭傳媒股份有限公司城邦分公司
聯絡地址：台北市中山區民生東路二段 141 號 11 樓
書虫客服服務專線：(02) 25007718・(02) 25007719
24小時傳真服務：(02) 25001990・(02) 25001991
服務時間：週一至週五09:30-12:00・13:30-17:00
郵撥帳號：19863813　戶名：書虫股份有限公司
讀者服務信箱 email：service@readingclub.com.tw
城邦讀書花園網址：www.cite.com.tw
香港發行所／城邦（香港）出版集團有限公司
地址：香港灣仔駱克道 193 號東超商業中心 1 樓
email：hkcite@biznetvigator.com
電話：(852)25086231　傳真：(852) 25789337
馬新發行所／城邦（馬新）出版集團 Cité(M)Sdn. Bhd.
41, Jalan Radin Anum, Bandar Baru Sri Petaling,
57000 Kuala Lumpur, Malaysia.
電話：(603) 90578822　傳真：(603) 90576622
email:cite@cite.com.my

封面設計／黃聖文
印　　刷／漾格科技股份有限公司
電腦排版／陳瑜安
經 銷 商／聯合發行股份有限公司
電話：(02)2917-8022　傳真：(02)2911-0053

■ 2015 年（民 104）2月初版　Printed in Taiwan
■ 2020 年（民 109）8月初版21刷

定價／280元

ISBN　978-986-91055-9-0
本書如有缺頁、倒裝，請來信至service@popo.tw，會有專人協助換書事宜，謝謝！

POPO城邦原創 www.popo.tw　城邦讀書花園 www.cite.com.tw